森崎和江コレクション

精神史の旅

1 産土《ubusuna》

藤原書店

1947 年

1944年8月福岡女専時代、金泉に帰省中。左より妹節子、著者、弟健一、父庫次

1938年4月。後列左より父庫次、母愛子、
前列左より弟健一、妹節子、著者

1954年8月、カブト山キャンプにて。
丸山怜子、長男・泉、松永伍一、丸山豊、
著者、児玉敏子

森崎和江コレクション　精神史の旅　第一巻――目　次

第1章　原郷・朝鮮とわが父母

第2章　十七歳、九州へ　109

第3章　戦後、新たな旅立ち　231

装丁・作間順子

森崎和江コレクション――精神史の旅　I

産《うぶ》土《すな》

第1章　原郷・朝鮮とわが父母

幼いころの母の記憶

四、五歳のころの記憶は断片的でこころもとない。朝の光が洪水のように射していた茶の間と海苔《のり》の匂いが奇妙になまなましいのは、まだ影の部分から目をしょぼつかせてそのへやへ近づいていたときの感じである。その光の幕の向こうに母がいた。いたはずである。何か声をかけられた。その声もときどきよみがえっていたのに、今はもう聞こえてこない。忘却のかなたへ去ったのかと、亡くなった母に対しすまなく、またさみしい思いもする。

同じころ庭に矢車草《やぐるまそう》が咲き乱れていた。矢車草の花は朝の露にぬれて、静かにしていた。その花の絵を、よくいたずらがきした。縁側から母が、「コンビネーションと書いてごらん」と声をかけた。その字が書けたような感じが残っている。

近所に女の子がいた。私はその子から何か宝物をもらったので、私もお返しをした。貝がらである。私は一つ一つ貝の色を吟味して渡した。そして門の外で立ち話をしていた母へ「〇子ちゃんに貝がらあげたよ」と報告した。とてもにこにこして母へ告げた。そのときの心のはずみは、まだかすかに残っていて、よみがえる。母が「まあ……」といった。そしてなんとか言いながらあやまった。その子の母に。立ち話の相手がその母親であったらしい。その子の名も顔も忘れている。「まあまあ貝がらなんかを。○子ちゃんごめんなさいねえ」と言った。私はきょときょとした。何をどう恥じねばならないのかわからずに閉口した。そしてあんなにいい宝物をあげてしまって、惜しかったな、と、ひとり思った。なんとなくばつがわるくて、家のほうを振り向くと門の内側にほおずきが熟れていた。

　やはり、四、五歳のころと思う。ほおずきの家に住んでいたのは、七歳以前のことだから。隣から、夏、アイスキャンデーをいただいた。当時はまだ珍しかったものなのか、皿の上に数本の氷菓子が、固く色淡く、のっていた。母は愛想よく礼を言ってその皿を受けた。私は母のあとについて（というよりも口にしたことのない氷菓子のあとについて）父のいるへやに行った。「あなた、どうしましょう」と、母が困った声を出した。「お隣から」と言った。父がなんとか言った。母も「ねえ」と言い、なんとか言った。私は形勢不利だな、と思い、少し前へ出た。「あのねえ」と母が言った。「せっかくいただいたけど、これはおとなの食べ物だから、和ちゃんはちがうものをいただきなさい」と父が言った。そして私は皿を持った母のあとについて別のへやへ行った。父もその色つきの氷菓子をいらないと言った。私には、それはどこかに捨てられたとそのとき思ったような感じがあるのだが、父も母も、捨てると言わなかった。珍しいものいただいて、あとでほかのおとなの人たちへもわけてあげましょう、とどこかへ持って行った。

私はアイスキャンデーはもとより、アイスクリームもかなり成長するまで、口にしなかった。氷も、食べさせてもらえなかった。女学校四年の夏、妹と弟と三人で氷を買い、私が割って、ぶどう酒と砂糖をかけて食べた。私はそのとき、氷割りで、左の人さし指の爪を突いた。氷割りは氷枕用のものであり、母はすでに亡くなっていた。

えび茶色のスカートを縫ってもらって着た覚えがある。その手ざわりが、かみきれない肉のように弾力があった。母が近所の女らににんだか自慢していた。わたしが縫ったのよ、と言っていた感じで、母は自分で洋裁をしたことがうれしそうだった。そのスカートは、母の女学生時代のはかまだったそうだ。私は、くるくるっと回っても、ぱっと広がらないから、あまり嬉しいとは思わなかった。けれども母がにこにこしているので、その不満は言わなかった。そう思う。こらえていた感じが、まだあざやかである。

そのかわり、薄絹で、そでとヨークは白で波型のヨークからぱあっと広がる青い服を、ときどき着せてもらった。ことに風邪やその他の病気で寝たあとなどに、半分ごほうびだったのだろう。薬やしっぷや注射やをこらえて、ちゃんと寝ていたから。そういえば、私は、よく寝た。よく冷やしてもらったし、しばしばリンゴジュースをのんだ。小学校にはいったら、母が学校まで持って来た。おかゆとジュースを。

毎日子らの世話に忙しくしていたにちがいないのに、少しもそんな母の姿が出てこない。ごく幼いころ、私のそばにいてくれた母の姿は、いかにも未熟でせいいっぱいである。おかあさんらしくしよう、そんな感じがただよっている。それでも父とテニスをして笑っていた声や、この上なくまずい父のバイオリンに合わせて、大波小波どうどうと、とか、ふけゆく秋の夜など歌っていたのを思い出す。苦笑せずにいられない。短い人生の人であった。二十歳になってすぐの長女に生まれた私は、両親の恋愛を許さぬその親にはばまれて、当時の戸籍に長庶子女と記入されていた。

ひそかな田植え

米および麦は子供のころの私には理解しがたいものだった。オコメのつぶは日々したしいが、麦はそのつぶも知らない。で、母が求めてくれた。それは小虫をせんべいにしたような、ひらたいかさかさしたものだった。両親はその具象に閉口して、あれこれ話をしてくれた。たとえば麦笛、おまえがいたずらをして引きちぎって鳴らしている麦笛、あの高い音を放つ植物の実が、多くの人手と加工とを経てこのようになっているのだ、と。加工まえの大麦小麦もどこかで手に入れたのであろう、私はそれをみた。麦ごはんも食べた。親たちと散歩に出て、解説つきで大麦小麦からす麦などを知った。大麦は兵隊さんのようにぴんとしていた。小麦は猫が夕陽のなかで遊んでいるようであった。からす麦は私にさまざまな空想をさせた。雲をおもうことが多かった。

こうして私はどうやら麦のつぶと畠にそよいでいる姿とを知った。けれども、どういうものか、麦というものの正体はまるでなにもわかってない思いがつのった。

私の家から、坂道をかけ降りていくと池があり、池のまわりの住宅地をぬけると広い田畠があって、そのあたりまで私の遊び場がひろがっていた。遊び仲間がそよいでいる穂を引きぬいて、これは噛むとあまいと教えてくれた。白い乳が出て、あまかった。綿畠もひろがっていた。しろい花とうすいピンクの花が咲いた。その熟さぬ実もあまく舌にとけた。

私はこの溶ける実が、オタフクワタの綿につくられていくことをかなしい思いで理解していた。が、そのように米や麦は私のなかでおさまってくれないのだった。無理やり私が自分をなっとくさせた唯一の手がかりは、米と麦とは季節ちがいの植物だということだけであった。穂になった実を口いっぱいほうばって噛むとチューインガムのように弾力をもってくるものと、噛んでも溶けてなくなるものがあり、どちらが麦でどちらが米か、いつまでも覚えきれなかった。

理解できないはずかしさは私をしばしば涙ぐませた。また米に、たくさんの名があることが私を立ちすくませていた。苗と稲とがなぜ米なの、麦はなぜ苗でも稲でもないの。私は涙声ではずかしさに堪えつつ幾度も父にきいた。

或る朝、父は庭の池に田植えをした。まだ肌に冷える朝影が濃かった。散歩ついでに捨てられていた苗をひろってきて、私たちは田植え遊びをしたのである。父も私も遊びだった。冗談をいいながら池を泥水にしている父と、植えられていくオコメをみつめながら、私はあのとき、心で泣くということを知った。声を出せば大泣きになりそうで、父のなかの沈黙の部分によりそっていた。

あの頃ひとしきり米や麦や稲にこだわり、庭のすみで田植えさえせねばならなかった私の恥部は、どこへ行ってもひろがっている青天井の影のようなものだった。私は空の青さが自然であるような自然さで、その影を宿し、宿主のもろさにおびえていたのであろう。農を生きていた人びとのほとんどは朝鮮人であった植民地下でのことである。私にとって米や麦は、一国の基幹というよりも、より根源的に人間に結びついた自然と生命との脈絡であり、また血生ぐさい殺りくの歴史でもあったのである。米麦の正体が知れない不安は、自分の生の地点がつかみがたい不安とむきあっていた。

小学生のころ幾度か内地の田舎で夏休みをすごした。両親の里は農を営んではいなかったが、村のなかで村のくらしを基にしていた。うすぐらい冷たい小屋のなかに大きな樽が並んでいた。樽には時間が漬け込まれているらしく、どれを開いてもいいというわけではなかった。その中の液をすくって、伯母は醬油のもとだといった。小屋のくらさがそのまま光ってたまっていた。いずれも米麦をもとにした手造りであった。内容は知れないながら、米や麦が風景でも食料でもなく、それらを含む息のながい創造物であるさまが感じられた。私の何かが共鳴した。

私が植民地下の朝鮮で抱いていたような緊張感が内地では消えた。農を生きる人びとにとりかこまれている私の、その恥部さえ、ここではうすれるかに感じられた。今にしておもえば、米をつくりつつ小米さえ食べかねた朝鮮の農民とその子らのまなざしが、私をゆさぶりつづけていたのかもしれぬ。それは今なお日本の外から伝わってくる。

律子さんへかるがるしい思いやりを持ったつもりはなかったけれど、でも全面的なものではなかったのでしょうか。ことに、今度のあなたの話を読んで、もう少し喰いこむべきだったとも思いました。弱気でごめんなさい。

十四歳、夏

そうね、性の意識は風物的群落へ対する感覚から芽生えてきたように思いますね。

でも、おしゃべりはあとまわし。気になっています。あなたの体力が。息ながく保ってください。たのみます。ノートなどほうり出していてください。書かなくっていいんです。ここにあるということを心にとめていてくだされぱいい。わたしは早く元気になって、汽車にとびのって逢いに行きます。

ではね、気分のいいときに読み流してくださいね。

小さなころからわたしがもっていた異性への遠心性は、どうもあわい特定者と、それからたくさんの異性の群れというふうに、二重になっているようですね。四つ五つの頃から誰かがわんぱく小僧のなかから引きぬかれているように、追憶のなかの肩や腕のまわりに感じられますよ。

七つのころは、すらりとして首の細い男の子と、夕焼けに浮かんでいる山をみながら毎日のように行き来しました。その子はかなり印象的でした。「女に一ばん大切なものはなんだとおもう?」そのとき路上にガラスのくだけがきらきらしていたのが、はっきり記憶されてるの。わたしはぐっとつまった。その子がこともなげにいった。「おへそ」「え?」わたしは仰天したけど、体がじんとした。そして、笑いたくなった。ちらとみると、その子、まじめな顔をしていた。それで、なぜと聞いてみたの。「人間のおへそは女のおへそとつながってるからだよ。知らないの」といったの。わたしは知らなかったらしい。ふうん、こいつ、楽しい子だな、と思った。あの時の身体的な感動は、わたしがとらえた性的な感覚じゃないのかな。特定者との間で。それ以前は思い出せない。

わたしはまじめくさっているその官吏の一人息子に「それじゃ男はおへそをみるとはずかしいでしょ。だっていらないもんじゃない」といったの。その子、青くなって立ちすくんだ。「そんなことという女の子、好きじゃないよ。もう送っていかない」(その子の母上が家まで必ず送らせていたから)「女はおへそしか大切なものないんだい」といった。「そんなことないよ」「そうだよ、ちがうならいってごらんよ」「あんたこそ、じぶんの大切なものいってごらんよ」立ちどまってにらみあいをしていたけど、二人ともそれからなんといい返してやれば決定的にやっつけられるのか分らなかった。夕食のとき両親へ話した。「やっちゃんがね、女にいちばん大切なのはね、おへそだって。ちがうでしょう?」父が、女にも男にも一番大切なものは、精神の自由だ、といった。なんとまあ、教育者の親をもっていたということは心のこりなことでしょう。母が「でも、おへそも大事ですよ、あなた。沙枝ちゃん指でさわったら病気になるからいけませんよ。おしっこさんもいけないの。こわい病気になるのよ。フジンビョウっていうのよ。とってもこわい病気だから、手でさわってはいけません。わかった？」といった。これまた何と衛生学的な性教育だったことでしょう。

次の日下校後、その子と金魚でおさしみを作るとき、自由とへそについて、またけんかした。金魚はちりぢりにちぎれ、わたしはふんがいして帰ってしまった。時々どうしているかな、と思うけど、喧嘩のあとどこかへその子は転校してしまって分らない。

そんなふうに特定の喧嘩相手が、一人だとか二、三人だとかというぐあいに、少女期青春期をとおして点在しています。

けれども同時平行的に、不特定多数の異性群――異性の総体――が感覚にとらえられている。特定者はたんに妻問者であって、彼が出てきたところの、もっと男っぽく根源的なあの洞よ、というふうに。まるでどこか遠方で大群がうなっているみたいに、むっとする男っぽさが、ある実在感をともなって感じられていました。

この遠心的な感覚的把握はわたしたちの生活様式からいって、当然でとりたてることもないけれど、わたしがそのような把握をしてしまうことの、内的根源は何なのだろう、またあの洞はどういう内実であり、どう対象化されるものなのか、と成長して思いました。

わたしは幼時に、よくアカシアの下で遊びました。蜜をなめたり、葉っぱをじゃんけんでちぎったりしながら。そんな遊びをしているとき、ふいに緑あふれるばかりのアカシアの群生がどこかに、わあっと茂っているのを感じてしまう。そしてわたしのなにかが、その群生のいきれと交換していることを、おしつぶされんばかりに実感する。するともう遊べなくなって、わたしはそれをかかえて、そろそろと家へかえりました。それはアカシアのイデエというより、存在の重層といった感じで、時折ふいにおしよせてくる。わたしにそれとの対応が湧き上る。その波濤と夜光虫みたいに交換する感動なしに、わたしは育たなかったんです。

　わたしは体のなかで緊張しふるえているものを、家族のまえにいっぱいにおしだすようにして坐ったものです。また親たちがねむっている早朝をそっとぬけだして、ゆらゆら動く門の扉にぶらさがりながら、朝の空が、うす紫からオレンジになり、そして濃紺の縞をはらんでくるその一瞬一瞬の放射に立ちむかうのが実に好きでした。心身がしびれるように統一してくる。あの対応の感動！

　それからまた、わたしは真冬の裸木が好きでした。朝鮮の冬は、かんと青空が痛く、ドアーの金具に手がふれるとびしと皮膚がくっつきました。そんな真冬にみどりは草一本ない原っぱで、裸木を眺めているとみぶるいがしてくる。樹木がどくどくと脈打っているんです。針のような枝先へまで。そこへ湧きあがっていく樹液の気配はわたしを息づまらせました。そして、それをとりまく空の緊張！わたしは感動のあまり雪へうつふして泣きました。何かが浸透し、わたしと交換しあうのを感じながら。雪が、わたしの綿入れのちゃんちゃんこの形にくぼんだ。

　いまは男を知ってしまったから、それら風物への感動がよういに透徹しない。どうも部分的な感じになるんです。残念だと思います。話はそれるけれども、女に、男犯の罪が精神の規律として独占できなかったことは、その一事だけをもってしても、わたしに社会的な怒りが湧いてしまう。

わたしは、あの空やアカシアや裸木との対応をくりかえし体験したんです。そしてそれがただ心情にとどまるものではなくて、わたしの存在そのものと対応するところの、くっきりと相対する世界というようにとらえられていきました。そして、その感覚に重なって、じぶんと全身的に対応する何か全面的なものとして、男っぽさの総体がとらえられていったんです。人物をふくめた風物的集団へ対する、心身一体となった交換感覚とそのときの感動をとおして、性感はなにかすっくとしたものとして形成されてきました。風物的集団のその全的な量感のまえに立って、全一的に対応するときの、心身のしびれるような感覚がわたしの性感の基盤を動かすことなく形づくっていったんです。

ああ男っぽい、と意識して風景へ立ち向かい充足感をもったのは、小学六年生のはじめでした。左右にひろい麦畑のなかに一本道がとおり、とおく新羅《しらぎ》時代の古墳からちらちら燐《りん》がもえる夜を、わたしはたいへんな充足感でもって、そのなかへぐんぐんつきこむように入っていったのを記憶しています。それらがわたしをとりまいてくれて、やさしくて、少しもこわくなかったんです。男っぽさと交換しあっている感じがたのしくて、授業がすんだあと、とどけてくれる夕方のべんとうを食べて、先生の家へ行き入学試験の準備をしました。そして夜家へかえるときその一本道へぐんぐんと入っていくのです。父母が迎えの人をよこすのが実に不服でした。

で、当時は個々の少年にあまり魅力を感じなかった。ラブレターのひな形をもらったはじまりはその頃です。次の日少年をみると、やっぱりなんだか男くさかった。ぴちぴちと体のあちこちの細胞が音をたてるのを感じました。少年がうろうろして、夕ぐれ下校していると、ふととび出して溝につき落す。その度に皮膚が張った。朝、小さな神社の曲り角で、小刀なんぞひょいとみせて出てくると、あんたはちっぽけで、ほらあんなにあの群衆が匂う、というふうに反応が起こった。そして時にはじっと沈うつに勉強している少年にそれが重なったりしました。

二十二、三歳の受持ちの男の先生は『ああ玉杯に花うけて』などという本を熱をこめて読んでくれたり、ガリ版の文集を作らせたり、創作劇を作ってやらせたり、また作らせたり、作曲させたり、というふうでわたしは大好きでした。膝の上にのって「先生のおひげタワシみたい。いたいのね」なんぞと頬をくっつけて尊敬していた。当時の特定者は先生でした。また、かわいがってくれました。

わたしは両親のもとでくらしていた小学生の間をとおして、子供は愛なしには生まれないものだと思っていたんです。その当時、親にかくれて濫読した雑本の情交はわたしに不快だったけれど、それをわたしは本ものの人間の姿ではなくて、社会の毒に犯された人間の妄想が生ませる空想だと思っていたんです。わたしは戸籍へ入ることを、自由結婚で家出した娘の子として、祖父母の世代から拒否されていた長女でした。それを知ったのは母の死のあと、十五歳のころでした。どの人間も両親のように愛しあうものだと思っていた。そうしないと子供は産めないんだ、と。

そして男っぽい〈あの洞〉、男たちぜんぶに対して、いつも感動的でした。〈あの洞〉の男くささは無人格的で非動揺的で、いつも身近な感じだった。その実体はわたしには深くささらない。そして時として、あの裸木のように、ふいに迫りました。

わたしはその洞へむけてなつかしさが湧きあがるんです。それは今も。簡単に男好きなんぞといわないでくださいよ。わたしは骨のずいまで男が好きです。なつかしい男たち、そういって死にたいもんだ、そんなふうにこの生体よ、くさってしまえと思うくらいにね。

そしてだんだんとこんなふうに考えるようになったんです。わたしの感覚がとらえた男っぽい〈あの洞〉は、人間の意識作用がもっているところの、自然への加害性と背中あわせになっている自然への親和性ではないかしら、と。たとえ一人の存在を性の相手に選択したところで、その親和への基盤なしに男たちの精液を（人間の意識作用の及ばぬところまで）一定の秩序ある感動で、わたしの存在が迎えられる筈がない。無人格的非動揺性として抽出され、わたしを養ってくれた男たちの総体。意識に先行して人類に属している性の自然が異性へも分割されていることに、やはりいまでも感動的です。

ところで、女学校へ入って広々とした民家に下宿した。幾人も女学生がいたし、先生もおられた。男の学生も。親切できびしい老夫妻が食事その他の世話をしてくれました。そこでわたしは、いままで持っていた性意識が一ぺんで激動するのを経験したんです。離れにあるわたしたち数人の女部屋で。間仕切りの襖をひらいて、上級生から洗脳されたの。向こうのほうでわたしへ向けて、すっくと張りつめていた異性の総体が動揺した。

愛と性とはこんりんざい無縁だということを、浮世絵や、上級生の苦心惨憺としたのぞきの報告とで、一晩かかって説教されたの。まさにイデオロギーの混乱というところ。一睡もしなかった。感覚もまた統一を失って、しばらくの間わたしは混乱をとりしずめるためにいじらしい努力をしました。一年生になってまもなくでした。

人間の性が行為をともなうことは雑本でとうに知っていましたが、この世の人らまでが愛と無縁にそれを営めるとは知らなんだ。これはいかにせん。なぜ愛なしに行為が可能かが分らない。いや分っても分らない。人間として、分らない。ラブレターは人並にとどくので、今度は一々《いちいち》その母親へ会って、ことわりを伝えてもらうことにした。手紙をみると、体がちぢかむのを感じました。

わたしはしかたがないので手当り次第に濫読して呼びつけられた。「『結婚の生態』とは何事です。一年生のくせに」「表題だけごらんになってそんなふうにおっしゃらないでください。なんでもありません、この本。お貸ししましょうか」「なんですって」「知りたいことがあります」「学校で教えています。何が不服なんです」「先生は〇〇先生と結婚なさるとききました。なぜですか」「なにをいうんです、あんたは。勉強なさい勉強を。なんです、修身は乙だったそうじゃないの。はずかしくないんですか」

独身の先生とはおつらいもんだと思いながら、また手当り次第。生理の時間に、にやけた青年教師が(わたしたち変態とあだ名を奉った)「ほら、おたまじゃくしのように精虫が……」とわたしたちへ向けて掌をひらひらさせる。四十人を犯しているな、こいつ。

やがて入学試験が一番だった少女が、一番に母体になった。体操の時間に、ユニホームがぱっちり張っている彼女になんとも圧倒されて、みんなぼんやりしていました。植民地はいいところです。産み月近くなって、お家の都合で転校なさいますということでお別れの式。男のベビーが誕生。

寄宿舎は授業中に、度々ぬきうち的に先生の見廻りがあったの。ここは同性愛でつい登校を忘れる者が多いので。でも「先生に決してわからないとこがあるのよ」というのを聞きました。

「T川の堤の所で待っている。○時。○男」というぐあいなものが下宿の机近くに投げ入れてあったので、行ってみようかなと思ったけれど、肝がすわっていなくてベンキョウをした。二十歳まえの女教師が、戸外体育だといってぞろぞろ医専の校舎のまえを歩かせながら、ご自分ばかり「○○さあん」と窓にすずなりの学生へむけて手を振る。「あとでねえ」。わたしは手をふる相手がなくてしょぼしょぼ歩き、腹を立てました。

講堂のうらで上級生にとりまかれ、なぐられつねられて奇怪な絵の配布のちょうちん持ちをし、その他かずかずの教育を受けて、幼児体験もへちまもない。同じ下宿の女教員の思慕の対象であった青年教員のことで、うら若い先生と対立した。そして青年教員の家へとび出して行き、一泊。女の先生は泣いて学校へいらっしゃらない。「級長がこんな混乱を起こしてもらっては困りますよ。みてごらんなさい。授業ができないじゃありませんか。明日は必ず出ていただけるように、仲直りできませんか」「べつに喧嘩などしたわけではないのです。あの先生の思いちがいです。お詫びしてきます」

下宿の一室で先生がぐしょぐしょにハンカチを涙でぬらしながら「いいのよ、いいのよ。わたしはあなたもかわいいんですもの」わたしは吐きそうになった。くらい重い感じで、しばらく本当に混沌としていました。感覚が不安定なのが一番つらかったんです。

そしてやっとこさ結論が出た。これは男たちと、ぜったいに幅ひろい友情を育てなきゃいかん。あいつらは、すぐ好きだというけど、それはまちがいだ。あいつらは自分の本能しかしゃべっていないのだ。そこに気がついていないのだ。これはどうしても、まず、確固とした友情をたくさんの男たちと女たちとが持ちあうべきだ、というのでした。わたしの持論になっちゃった。で、ほっとして小学校へ入るまえ、裸木をみあげて感動し、雪の上で泣いたあの木に逢いに行ったんです。なんと、一にぎりの林のまえに、それがぱらっと指をひらいて立っていました。ここまで来たことをかすかに後悔しました。うすれた出発という感じでした。それでも、いいよいいよ、ととりとめのないことを心につぶやきながら下宿へかえったのですけど。それ以後裸木への感動は、悲哀のこもった憧憬のような、また観念そのもののような傾向を帯びてきました。

そして幾度目かの帰省のときでした。ある「目」に出逢ったの。夕方ポプラの道を散歩していたら、むこうから四、五人の朝鮮民族の中学生たちがやってきました。しきりに何かきまじめな論争の調子で話しながら、背の高いの低いのがずんずん歩いてくるんです。その中の一人と視線があった。その目！　はすかいに迫りながら、それは根源的なくれないをふくんだひかりでした。まなじりから噴き出し、川のようにちらちらと微笑を流すもの。ちりっとめくれ、すくいあげるもの。爆発する青空の笑い。そしてただちらちらする川。川のなかのうなずき。小さなからかい。羽毛のようにわたしをほうり、そして川へ降らすもの。あのうなずき。まっすぐに流れ去るもの。えぐっていく静かなもの。あのくれない……。

わたしは夕焼けがはじけたかと思った。ぱあっと空高くとびちり、一瞬のうちにそれは一滴となった。

わたしはびっくりして立ちどまっていたんです。そのまま彼らはずんずん行ってしまった。わたしは立ちすくんでいたけれど、追っかけて行きたかった。そしてわたしのぜんぶが、あの夕焼けのようになって、内へ外へしずかに放たれだすのを感じていたんです。いつまでもそれはひびいていたけれど、わたしは自分が安定を得たのを知りました。

やがて、あの目が、紫をふくんだまっさおな空の色になりました。ときどき、ふとした折に射されるように感じた。カバンを机にほうり出して坐ろうとした瞬間などに。空の色がかたまりとなって、すぐそばにある感じでうろうろし、恋しいと思った。恋しい感じでした。

わたしは、はしたないと思いながら、それとなく苦心して名を知りました。知っただけで安心して落着いた。というより母が亡くなって、わたしは転任する父のもとへ行かざるをえなくなって転校したんです。あの目はわたしにたびたび思い出され、いまこうしていても、そのままみえてきます。その後、あのような目に逢ったことがない。大人の目はみな駄目ですね。部分的な意味しか放てない。あの大人になりかかった少年の目は、意味ではありませんでした。

わたしは夕焼けがじぶんの内へ外へと、皮膚をオーガンディのようにしながらちいさい往復をくりかえす感じを持ったまま、友情論を護持していったんです。やがて戦争は末期に近づき、同じ年頃の男らがぽつぽつ志願兵となったり、シンガポールの知事になるのだ、といったり、病身でもいずれ狩りだされるからといって、陽に堪える練習をしたりしだしました。その戦争のあいだの屈辱感。銃を独占し、戦争を持つ男たち。屈辱のない友愛の空間を持とうとわたしが願っていた幾人かの人々。こいつはいいと思っていたのが、突然キスをしたので一ぺんにそれは個別に視界から消えた。

そんな調子でした。性の感覚の周辺は。初潮はこれは水蒸気が溜れば雨になる、という感じで越えました。大人になったなという自覚はそれら具象とは直結しなかった。いまきたの、あんた、といって受けた。十四歳。夏。それでも両親がしごくほほえましく祝ってくれるので、素直に照れていました。

わたしは自分の環境からこんなふうに、生々しいものを受けることすくなく性感を得てきたことを、或るときはかなしく或るときはほっとするようにはればれしく感じています。性はその感覚の表目から、だんだんと底深い裏目を育てていくようです。直接間接に異性世界との交渉をとおして。律子さんが感じとっていらっしゃる性の感覚も、必ずその裏目へ全く相反するものを生み出すと思いますよ。そして、性はたえずその表裏を他人へ、また自分へ、つきさしてきます。そして、それをまた越えようと、するようです。

ごきげんよくおやすみになっていてくださいね。くれぐれも無理をなさらないで。

無言の交流

新羅《しらぎ》の古都・慶州《けいしゅう》で小学校を卒《お》えた私は、当時の道庁所在地の大邱《たいきゅう》（現テグ市）の女学校に入学し、学校の近くに下宿した。下宿は女学校の国語の先生の身内が、お子さんを育てられたあと、離れ座敷を女学生に貸し、食事の世話をしておられた。私は父からバイオリンをゆずり受け、小さなボストンバッグと共に両手にぶらさげて、このしっとりと苔庭がひろがる家の離れに入った。親元から自立できたようでうれしかった。上級生が三人、他の部屋にいた。兵営からぞろぞろと兵隊さんが市中へ遊びに出ていた。一九四〇（昭和十五）年のことである。

入学式に同伴した母が、町の映画館へ「オーケストラの少女」を友人と観に行った。たしかアメリカ映画だった。中国と交戦中だったが、身辺に緊張感はない。夏休みは母と九州へ帰郷したりした。

そして、翌年の十二月八日、下宿で朝食をとりつつラジオから流れてくる、ハワイ空襲、マレー半島上陸のニュースと、米英への宣戦布告を聞いたのだった。箸の動きが止まった。奇襲作戦だった。

やがて、バイオリンを習っていた音楽教師が出征。国語の先生も出征。数学の先生も出征された。私はクラスの意見を校長室へ伝えに行った。「内地（植民地を外地と呼び、本土を内地と呼んでいた）の女学生の校服はモンペだそうです。私たちも校服をモンペにしてください」と。

校長先生がにっこりして、「女学生スタイルがわるくなるよ。スカートでがまんしなさい」と返答された。

しかし、ミッドウェー海戦で海軍が惨敗するまで半年もかからなかった。土曜毎に帰宅する私へ、家事を手伝ってくれていた朝鮮人の少女が、こっそりとささやいた。

「もうすぐ日本軍は敗けるよ。早く敗けるように、王様の陵の前で年寄りたちがお祈りしているよ」

そんなこと、ほかの日本人に言っては駄目よ、と私はささやき返した。そして彼女から朝鮮語で朝鮮の唄を習った。それは恋人が連絡船で日本内地へと働きに行く唄だった。

パドヌン、ウロンウロン、エーラクソン、トウナンダ……

波はゆらゆら、連絡船は出て行く……

私は彼女と朝鮮語で歌いながら、涙が浮いた。慶州は気品を保った古都だった。王陵は巨大で、いくつも芝におおわれていた。遺跡はそこここに伝統を残し、伝承を私も両親から教えられていた。私たちが小声で歌っている部屋の向こうで、母は今日明日のいのちを横たえていた。父は慶州中学校の初代校長をつとめていた。朝鮮人内地人の共学の男子中学である。この父が、私に問うのだった。

「君は少数民族問題を知っているか。それは数の問題ではない」と。そして、「慶州でぼくは少数民族問題を追究している。いつかはそのための塾をひらきたい。君も生涯いい仕事をせよ」と言った。

父は王陵の前での古老たちのひそかな祈りを知っていたにちがいない。ちょうどこの頃、帰省した私は玄関で父と出会った。父が私をみつめてささやいた。「ぼくは、前と後ろからピストルでねらわれている。君は長女だ。ぼくに万一のことがあっても、母を守り、落ち着いていなさい」そして、急いで家を出た。

「はい」と私は応じた。私たち家族にとって戦局は、こうした緊張感の中で深まっていった。朝鮮人志願兵制度が施行されたのは、その四年前、私が小学校五年のときである。その制度が、父の中学へも軍部からの強要となっていることを、私は感じとっていた。

配属将校が来ていた。父は新羅時代の花郎《ファラム》という文武にすぐれた若者たちの独自な集団の意識について、文献を繰っては、家族や生徒たちに語っていた。慶州中学の個々の朝鮮人生徒の中には在校五年の間に、私もまた顔見知りとなり、その個性をも知った人びともすくなくない。「朝鮮人を尊敬せよ」という父の教えは、風土に滲《し》みている歴史性から匂い立ち、父に言われなくとも、私の心身を育てているかに思えた。私も祈らずにおれないのだ。戦火がひろがらぬように、と。早く終わりますように、と。母国日本という思いは私には淡かった。クラスメートたちも語っていた。内地ではコメやサトウが配給だけど、植民地でそんなことをしたら内地人がさわぎ出すから、しないのだって、と。

それは強化される皇国臣民の誓詞的教育と背中合わせとなって、女学生の常識めいていた。やがて春の昼間、母が亡くなった。親しくしていた古都の朝鮮人の、あの方この方もまた、白の喪服で葬列に加わってくださった。父はひとり家に残った。妻に先立たれた夫は葬列には加わるものではない、と、古老が語ったからだった。王陵のかたわらを、長女の私はセーラー服の腕に喪章をつけ、だまって母の棺に従った。白い長い旗を幾筋もなびかせて、顔見知りの中学生たちが歩いた。

坂道をころがる如く敗戦へ向かう。夜ふけ、父のもとへ私服刑事が訪れる。その父を残し、私は内地の女専の入学試験へと旅立った。

蝶

ものみな孵化《ふか》する季節。私もさそわれるのか、めっぽう大きな広がりが心に生まれ、その空間をあげはの幻影がひらりとよぎる。仕事の締切りも迫っているのに、百年もあともどりするようで、気が染まぬ。

蝶といえば十五、六のころ、下宿のひとりべやで、夜机にむかっていると、背中のほうで蝶が舞うけはいがした。私は幾度もうしろをふりかえった。そして背に不安をおぼえることを恥ずかしく思ったが、でも蝶の舞い込む思いは消えなかった。

いまはもう、そのういういしさはなく、表も裏も恥だらけ。ただひそかに驚いているのは、草にとまった蝶の息づかいのように、ひらりひらりと翅《はね》を開閉するものが、未見の扉でもしめすように心のどこかに生まれた。そしてそれはやはりみずみずしい。まるで年齢を重ねることの愉悦のように。私にわらいがこみあげる。この快楽のあることをだれも語ってはくれなかった。母はこの思いのはるか手前で死に、父はこの愉悦のころ、敗戦をむかえた。

けれども思いかえせば、傷心にかさなってきらりと遠いものが父にあり、若すぎた私はまるで気づかなかっただけかもしれぬ。あの父と川辺で芹《せり》をつんだ。夕陽が川に落ち、父がマルクスを語りきかせた。水で芹の根を洗ったとき、水の輪がきらきらひろがった。

きょうは昼間、ご近所から芹をいただいた。芹ごはんを炊いた。とらえようもなく香がたった。

詩を書きはじめた頃

詩を書きはじめたのは子どもの頃なので、それはかつての植民地でのことになる。幼少年期にはだれでも、いくつかの詩や絵を書いていることだろう。この世がまだものめずらしくて、経験することは新鮮な驚きとなって心にとどく。感動をことばや形にあらわすことにためらいがない。

私の詩もそのようにしてはじまった。家の近くの土手に腰をおろし、手にたずさえていた紙にスケッチをしたり、文字を書きつけたりしていた時の、柔らかな草の感触がよみがえる。あるいは湯あがりの淡いシャボンの香が心をよぎる。宵闇の色が浮かぶ。いずれも何かしら詩の断片の如きものを書きとめた時の名残りである。少女雑誌にペンネームで投稿しはじめたのは十二、三歳の頃である。どのような作品になっていたのか思い出せない。

ごく幼い頃の住いは日本人ばかりの、それも陸軍の聯隊長や将校だけが住んでいる丘の上に、数軒の民間人として加わっていた。裏の林のむこうへ下った所には、朝鮮人の町があるようであったが、行ったことはなかった。しかし、いつでも、自分のくらしのまわりには自分とは生活様式を異にする人びとが、それぞれ家族とともに生活を営んでいるのだという、異質な価値観との共存世界がこの世だとの思いがあった。朝陽がのぼるのも、夕陽がしずむのも、その異質な価値観を持つ人びとの集落のあたりであった。私は、陽がのぼるのを眺めるのも、西陽がしずむのを見送るのも好きだった。それは、太陽の一人旅ではなく、そのあたりをあかあかと染めて輝く美しさだった。そしてその太陽に染まっているものはみな、自分ではなく、朝鮮家屋のわら屋根であり、山河だった。

こうして朝鮮の風土や風物によって養われながら、そのことにすこしのためらいも持たず、私は育った。それでも、敗戦の前後を日本に来ていたので、やがて、支配民族の子どもとして植民地で感性を養ったことに苦悩することとなる。それはぬぐい去ることのできない原罪として私のなかに沈着していった。戦後はなばなしく動き出した帝国主義批判ふうの思潮にも、心をよせることはできなかった。なぜなら、私は政治的に朝鮮を侵略したのではなく、より深く侵していた。ことに新羅の古都・慶州に移ってからは、朝鮮への愛情は深くなり、はっきりと意識しつつその歴史の跡をたのしみ、その心情にもたれかかり、幼ない詩を書いて来たのである。

当時の詩はもとより、日誌をはじめ、すべての表現は彼の地に捨てられた。久しいあいだ、私は、原体験が自分の手にもどらぬことを、ちぎれた肉のように痛く思った。また、父や、母や、妹や弟や、私をこの世にあらしめたかすかなつながりある者たちの、ちぎれた人生を、たえがたい痛みで心に抱いていた。これが他人のことならば、被支配民族を傷つけた者たちの、尊大な生活の跡など、批判の火で焼きつくせばいいと直線的に思ったにちがいない。たとえ、一市井人の唄であれ。しかし私ら家族は朝鮮が好きだった。その固有の文化の流れを、私の感性は吸いあげてしまっていたのだ。それはどれとは言い難いまま。背負ってくれた朝鮮人女性の肌のぬくもり、父母と朝鮮の遺跡や書院をたずねた日々の感動。草のかたち、風の動き、朝鮮人の会話の重なり、などなどが、溶けあったまま血肉ふかくしみとおっているのを知るのである。そのくせ、そのまま、私は日本人なのだった。なんということ……

日本に住みはじめた私は、日本の風土への嫌悪感に苦しんだ。自民族に自足している者の匂いは、太陽がのぼるところも、しずむところも、自分の情念の野面《のづら》だと信じているので内にこもってしまうのである。異質の文化を認める力が弱々しいのである。むしろそれを排斥するのである。

私はさみしかった。こんな風土が母国なのか。近隣諸民族を軽蔑するばかりではない、国の中で同質が寄りそってたがいに扉を閉ざしあう。これでは植民者二世の私よりも劣っているではないか。生きて行こうと思う私は、植民地体験に沈んでいる自分に向かって、ほんの少しでいい、母国の中の何かを誇りにしたかったのだ。それでもって自分を元気づけたかった。

そんなことが可能だと思えぬ日本だが、ともかく、生きて行こう生きて行こうと、一日一日這うように過ごしながら詩を書いた。どのような表情をしていたろうと今になって思う。

ある日、入院先の療養所から一両日の外泊許可をもらって家に帰っていた。そのバスの窓から電柱に貼ってあるちいさなビラが見えた。「母音詩話会　丸山豊　丸山医院にて」としるしてあった。もう少し体がよくなったら行ってみよう、と思った。それまで詩を書いても、その時その場の知人たちの目にふれる程度で散逸していた。詩とは本来そのようなものなのだと思っていたし、その思いは今も変わらない。ともあれ、より多くの友人が欲しくて、後日、『母音』編集発行者である詩人の丸山豊氏を自宅にたずねた。

「和江さんは黒いドレスを着て髪に白いリボンをつけて、まあ楚々《そそ》として、おとなしくて……」

つい最近、丸山夫人がその当時の私のことをそう話して笑われた。目の前の流木につかまるようにして、このくにでの生活がはじまるのを感じていたころのことである。

書物ばなれ

本の読み方も探し方も人の一生のあいだにはかなり変化があるようです。私は十代が終るころまで、本虫《ほんむし》とよばれていました。読みふけっているときの忘我の境を今もかすかに思い出します。たとえば何かの用で父の書斎に入り、たまたま開いた書物にひきよせられ、用を忘れ夕ぐれまで書棚と机の間に坐りこんでいたり、母の雑誌を子ども部屋に持ちこんでノートや教科書でかくして読みふけったりしました。「また本を読んでいる、たまには勉強をなさい」という小言は、昨今の青少年が、レコードやテレビばかりに興じていていっこうに本を読まないといって、おとなたちから叱られるのに似ているかもしれません。なぜなら私の思春期までの読書は、最もたのしい遊びだったからです。

友人たちと共に遊ぶたのしさも捨てがたいものですが、読書はただひとりで大空を思いっきりはばたき渡っているような快感がありました。もし、今日の少年少女が読書よりも音楽のなかにそれを見出すとしたら、それで結構だと私は思っています。いや、実は書物やレコードもいりません。文学も音楽も絵画も、そしてあらゆる表現が追い求めているものを、ほとんどの人びとがごく幼ないころ、ふとした瞬間にその魂に感じとっているように私は思います。無心にそれを感じとった瞬間を、私たちは忘れてしまう。思い出す手がかりさえ、忘れてしまう。かすかに、ほんとうにかすかに、私は自分をゆさぶりおこすようにして思い出すのですが、それはもう晩秋のころだったように思います。冬近いころの草は地面のなかに長く根をのばしていました。私は誰かとままごとをしていたのでしょう。草花はすくなくなっていましたが、子どもは子ども特有のカンで、その低い視線のなかにまだゆたかに残っている草の穂とか、地面に張りついている草っぱの下の白い根とかを、掘り出します。掘り出されたものは、もう名も知らぬ草の根ではありません。それは世間のおとなたちが知らないだけである、みずみずしい野菜となって私のてのひらのなかで輝くのです。その土をはらいおとし、指でつやつやとみがいて、私はだいこんよりもすばらしいと思いました。そのまっしろなみずみずしい食料をさて何に調理しようかと思案しながら、ふと顔をあげたとき、その原っぱの木立のむこうに黄金にかがやきながら夕陽が沈もうとしていました。

木立は、しんとしてまっくらにみえました。その黒い影絵のように突っ立っているポプラたちのむこうに、しんかんとして、凍った火事のように、たったひとりで、太陽は沈もうとしていたのです。私はぴりぴりとふるえました。だいこんよりも美しい野の食べものの発見さえ、ささいなこととしてとり残されてゆきます。まわりはすっかり冷えてきているのに気がつきました。空はあかく染まって、その美しさは伝えようもありません。冬の草の根の発見は遊び仲間に伝えることができます。または、秘密にすることもできます。

けれども見る人もない夕空に、まっかな夕焼けをこしらえながらだまってかくれていく黄色い光の、その見事さは、伝えることも秘密にすることもできない。私は今まで経験したことのない広大な空間のなかへ、自分のからだがひろがり、ひきちぎられてしまうかのような感動を受けてぼうぜんとしていました。そして夕陽と私の何かがひとつになった。

そのまま原っぱから家へ帰りましたが、母をはじめとして、おとなたちも、家庭も、食事も、そして大好きな本も、なぜかちいさく思われました。親に対してかくしごとをすることのない子どもでしたが、親たちよりもずっと大きくて確かな何ものかにふれた思いは語ろうにも語れません。

そののち冬になれば落葉してしまう大きな樹木に向きあって、梢《こずえ》のさきざきまで流れている生命の躍動感に打たれて、まるで世界をのみこんだかのような充足感を味わったりしました。そして今日このごろも、時たま泥遊びに夢中になっている子をみたりすると、その子が、どうか土を握りしめて自分を越えて輝いているものに打たれ、その輝きと共鳴する瞬間を持つようにと願ってしまいます。そのような全人格的な感動を経験することをぬきにして、他者の表現にふれるのは、これは世間知のなかで生きるときの私たちの、それぞれの意図によるものです。たとえば中国に関する知識を得たいと思って読む、などというように。そしておとなになるに従って、全人的な感動よりも部分的な意図によって本を選ぶようになります。

が、そのような場合でも、表現されたものに対する基本的な姿勢は、表現者の存在を全人格的に受けとったうえで、こちらの要求とどう噛みあうかを考えたいと私は思っています。

ところで、私には、書物のすべてが無用になったながい年月がありました。いまになってその当時の話をしても通じるのかどうか、おそらく感じとってもらえないことでしょう。太平洋戦争がいよいよ激しくなり、爆弾が日に夜に落とされるころ、私は福岡県立女子専門学校、いまの福岡女子大の一年で学校の寮にいました。寮から飛行機工場の設計班に電車で通っていました。源氏物語とギリシャ神話とを防空袋にいれて、満員の電車にゆられて行きました。なぜこの二つになったのかわかりませんが、たまたま学校が焼けた日にこの二冊を持っていたのを記憶しています。なるべく戦争から遠い書物を握りしめて死のう、というような気持ちでした。

そして敗戦になり、このとき以来、数多くの書物を読みましたが、それは、どれも、ノウ！　という否定にみちみちた感性と意識でもって読んだのでした。敗戦までの書は、源氏もギリシャももとより否定してしまう。戦後はなばなしく登場してきたマルクスやエンゲルスも、ろくに読めもしないのに、やっぱり激しく、ノウ！　と私は叫んでしまう。そのにがいにがい思いは、暑苦しい狭い焼け跡の家のなかで、結核の熱にあえぎながら、違う違うと叫び出す心をおさえつづけて、先覚者たちの書物に集中しようとした私の、頭のなかにも口のなかにも充満するのです。唾液がにがく頭のなかへひろがっていくように、全身でもって世界中の営みを否定しているかに感ずるほど、つらいものでした。

それは私が、かつての植民地であった朝鮮で生まれ育っていたことと無縁ではないと思います。が、当時は心の整理もできないくらい、自分の生き方を探していました。心の整理の方法を、自分で見つけねばなりません。いくらマルクスが世界の矛盾を説いてくれても、朝鮮を侵略した日本国の女の子として生まれ育った魂の苦悩まで救ってくれやしない。論理的に救われたところで、人間の精神の奥底で静かにみひらいている魂は、うなずいてはくれない。そんな、やみくもな痛みにさいなまれながら本を読むのですから、その本の探し方も、原始仏教や聖書やと人間の古典にあしをつっこみ、やっぱし何かが欠けている、と思いつづけました。

誰でもそうだと思いますが、青春時代の苦悩は手本となる先人の生き方の真似ではだめなのです。何がなんでも、これが自分だといえるものをつかみだす、つまり自分で自分を生むための苦悩の時期なのです。それが私の場合は、日本というくにの歴史の新しい誕生とかさなったわけでした。それまでの日本は、神のくにから天《あま》くだった、天上天下に唯一の現人神《あらひとがみ》によってつくられ守られたくにであるというものでしたから、私が朝鮮で生まれたことも、神のくに日本の、ごくあたりまえのことだったのです。あのころは、そんな論理が公然と世間をまかりとおっていました。アジア民族のなかで、日本民族は神の民であり、アジア諸民族のなかでぬきんでている指導者である、というわけで、アジアの北方でも東南でも、そして南太平洋でも支配する使命をもつ、と国民すべてが信じこむような風潮におおわれていました。その国家ぐるみの民族観を、政治思想的にのりこえるだけではなくて、民族のくらしや歴史の根っこから問いなおし、組みなおしていかねば私自身を生むこともできないという思いが、食事をしていても、本を読んでいても、恋をしていても、からだのなかでうずくのです。

こうしてことばに綴ってみると、たいへんな大言壮語をほざいているようですが、敗戦のあとの日本は一面の焼け跡に本屋はおろか、一脚の椅子もみつからない町々がつづいていました。教科書は占領軍によっていたるところまっくろに墨をぬるように命令され、書物の多くは焼かれてもいました。戸外に出るとアメリカの兵士が日本人の男女をみては、まるで猿の仔をくっつけて遊ぶように、引きよせ頭をぶっつけ合わせて、ゲラゲラわらうのです。食べものは、てのひら一杯の米の配給を受けるために母親たちは幾時間も行列をつくったりしている。そして水のなかに浮く米つぶに、あらゆる野菜を刻みこんだ雑炊をつくって子どもたちに食べさせていました。その野菜も市場には出ていません。着物や帯などを持って農家へ行き、一本の大根や一個のかぼちゃと、かえてもらってようやく台所に立つのです。

この現実のなかから、自分自身と日本というくにとを私は生まねばなりません。それがばらばらに生みだされることを、私は望みませんでした。おそらくあの当時の青年期の人びとは誰もそう思いつづけたことでしょう。そして、がっくりと背骨を折ってようやく堪えている親世代の心を、必死に負って生きようとしていたのです。歴史の罪を負い罰をうけて、これまでの表現のすべてをわが身に引きよせているような親世代を、庶民のひとりひとりは持ちました。

その当時を経験していない今日の若者たちが、なぜ戦争に反対しなかったのか、と私たちをなじるのに出会うことがあります。私たちはそのように親世代をなじることができません。なぜ反対しなかったのか、それは、今、なぜ減反政策に反対しないで世界の難民を見殺しにしているのか、を自問してみるとおのずから感じとられることでしょう。その政治構造論的な自民族の生存欲と、ひとりひとりの人間たちの他人の肉をくらってでも生きたい願いとが、国家存続の観念を形づくっていました。その観念が敗れ去り、だれでも生物的に人間は生きつづけているのです。ただ生物的に生きるだけでは人間としてはずかしい、つらい、と、敗北を骨身にしみこませながら軍隊から帰ってきた親世代がおもっているのが、二十代前半になった私には十分に感じとれました。

どんなにちいさな灯でもいい、いま生きているこの存在を燃やして、明日へむかって親世代の悲しみをも生かしてやりたい、と私は食べられる草を探しながら思いました。郊外へ出て行くと大きな川があり、ひたひたと水が流れていました。私の父は植民地朝鮮で教育にたずさわっていましたから、微力ではあっても、朝鮮民族へおよぼした罪はふかいのです。愛情をこめて接していただけに、その傷のふかさは私の推察もおよばぬものがありました。父と川水で芹《せり》を洗いました。夕陽が川水を染めていました。父が若いころの話をしました。学生時代に心を傾けていたデモクラシーに関する書物の話でした。父の朝鮮での生活は、そのデモクラシー観が生活次元で朝鮮人の家庭とむすびついていました。私たちは個人と国家との拮抗について、ぽつりぽつりとことばをかわしながら、下流へひろがっている川水が手の動きにつれてゆらめくのを眺めました。

書物は著者の自己とのたたかいの跡であることでしょう。私はいよいよ書物から遠くなっていきました。一冊の書にそそがれた精神と通うような力を、書物以外のところで発見しだしたからでした。つまり新しい日本を生みだす人びととして私が信頼をかけようとしたのは、ごく平凡な日常のくらしのなかで、自己を問うている人たちでした。天下国家を考えることを職業としている階層が、古来この日本のくにはいました。書物の多くはこの階層の人びとの手によって生まれていましたが、書物ばなれをして世の中をみつめていると、これまでまだ一度も文字の世界に出てはいないと思われるたくさんの領域があり、そのひろい多様な分野で、精魂そそいで創造力を発揮している人びとがいるのです。

たとえば近代日本をつくるために、その原動力である石炭を掘りだしている炭坑の男たち女たちは、地上のくらししか知らない者の想像力の限界をよく知っていました。そのひとりである老女が、「わしの一生は小説よりもっと小説のごたるばい」といい、「理屈とケツの穴は誰でもひとつじゃ。大学の先生の理屈のほうがわしより偉いはずはない」といったりします。つまり人間にとって真理はケツの穴がひとつしかないように、全人類にとって共通したものであるはずだ、というのです。「新聞もテレビもうそばっかりいうばい。わしらの理屈はなんもわかっちゃおらん」と、そうつけくわえたりしました。

そのことばのなかに輝いている知性を、私は書物のなかで息づいている知性よりも美しいと思いました。きっとそう思いこませる魅力があったのだと思います。がっしりしたからだを丸くしてためらいなく語る老女の語り口のなかに、全身で生きてきた人だけが持っている認識力がありました。それは彼女が貧しさや、世上の蔑視に負けることなく、人生をみつめながらかちとった哲学で支えられていました。私は自分を生むということはどういうことであるかを、やっと知らせられたかのように思ったのです。

この小文はひとりの人にとって良書にめぐりあうための、本の読み方・探し方なのですが、こうした書物ばなれもまた私にとっての本の読み方の一端でもあったのです。おそらく人びとは存在する書物に満足することはありますまい。導師の役をしてくれる本にめぐりあうことができなくとも、人びとは世に満ちています。心の屈折を解く鍵は、それを探し求める思いが強くさえあれば、探し方を創造することができます。まっくらな地面のなかの坑道で、十三歳から石炭を掘りだしていた文盲の少女が、理屈とケツの穴はただひとつ、ということばをつかみとったように。本のなかにも、マーケットで売り場にいる人との語らいの折にも、あるいは市街に沈む陽を眺めていても、その創造のきっかけを得ることがあると思います。

青春をとおりすごし、世俗にまみれているおとなたちの読書は、なかなか自分から自由になれません。が、私は、しこしこ生きている私を遊ばせてくれる世界に出会いたいと、たのしみにして書物にむかいます。

風土の声と父の涙

　十四歳の頃のこと、太平洋戦争へと拡大して、植民地朝鮮の空気も緊張感が強くなっていた。土曜日曜と両親のもとですごしたわたしは、いつものように「では、行って来ます」と親に挨拶をして、女学校のある都市へむかうために、父の書斎のドアを押した。

「お父さん、行って来まァす」と声をかけて、あ、と息を呑んだ。「ごめんなさい……」と思わずつぶやき、ドアを閉めようとした。

　父が泣いていたのだ。机に向かって。椅子の背にからだをあずけて。

　父はこちらへ視線を向けると、ちいさく手招きをした。涙が光った。

　わたしは、おそれながら、父の大きな机の横に立った。

「和江、お父さんは今朝はとても悲しい。ぼくの中学校の生徒が、一人、親元を離れて隔離病棟へ入らねばならなくなった」

父が校長をしている慶州中学は、当時内地人と呼んでいた日本人と、現地の朝鮮人との合同の新制中学で、父はその生徒の名を机上の洋紙にいくつも書いて泣いていた。創氏改名前の名だった。二年生だ、と言った。

「健康診断の結果、ライの初期だとのこと。ぼくの友人の山口病院長にも診ていただいた。君も知ってるだろう。ライは現在の医学では全生涯を隔離病棟ですごさねばならない」

「知ってます。お母ちゃんが読んでいた『小島の春』を見せてもらったから」

わたしは、あの島へ彼は行くのだ、と思った。

「ほかに、どんな方法もない。たまらないのだ。生徒を救えない。ぼくはあの素直な少年に、何もしてやれない。一生懸命考えて来たが、生別《せいべつ》しかない。和江はしっかり覚えていなさい。現在の医療はいろいろと矛盾をふくんでいるが、せめて医療保険ぐらいは社会化しなければならない。医療と教育は、誰もが平等に受けられるようにしなければならない。いいね、君は、しっかり勉強をして、社会的にいい仕事をしなければだめだよ。この少年は、頭のいい、気だてのやさしい、君と同じ年齢の子だ。覚えていなさい。君は今から下宿へ向かう。この少年は、明日……」

父は声を失った。わたしはだまって、泣いている父へ頭をさげて出た。父の机の上のペン皿に、この時も、父の小指ほどの、青銅色をしたマリア観音がころがっていた。母が亡くなる一年ほど前のことだった。

――その後、二十七、八年経った時のこと、京都の友人に招かれた折に、奈良へまわり、「あじさい村」へ立ち寄った。わたしが子どもとくらしている家へ来てくれたことのあるハンセン病患者が、多くの退所者と共にこの相互扶助の家で、自活を始めていたのだ。

すでに新薬により治療可能となって、一般の知識もライ菌発見者のハンセン氏の名にちなむハンセン病として認識され出していた。退所した人びとがその支援者たちと、多様な自活の道へ入っていた。印刷業もしていた。

わたしは父の涙を思い出した。そして、あの少年を思った。かつての朝鮮は南北に分断され、一九五〇年に起こった動乱で、多くの死者を出していた。あの少年の家族も。

わたしがそのことを知ったのは、父の死後のことだった。動乱後の一九六八年四月、慶州中高等学校の創立三十周年記念に、父の代理として招かれ、多くの兄世代の方々に会い、そしてあの少年の家族にもお目にかかったのだった。少年の家族の中には、北へ行ったまま生死不明の人もいた。わたしには植民地政策が残した傷あととして、民族分断は身にしみた。

当時はまだ韓国には、戦時下のような緊張感があり、夜間の交通は絶えた。かつてこの地で生まれて、心ゆくまでこの風土を愛し、尊敬し、心身を養ってもらった。その罪深さを越えたくて、日本に帰って以来、わたしにとっての母国探しをする思いでくらした。兄世代の一人が言う。

「和江さん、ゆったりと歩きなさい、牛のように。急いではいけません」

そして、その数年後のこと、幾度目かの訪韓の折に、流れるとも見えぬ大河の向こう岸の山裾に、幾棟も並んでいるかつてのハンセン病棟を目にした。小石の河原がひろがり、山裾までは木造病棟のほか、何もない。まばらなポプラの木。しんかんとしている建物。橋も見当たらず、こちら側は近年の日本同様のバイパス並木だった。

すでにわずかな数の方々が、所内の教会のもとでくらしていると教えられた。教えてくれたのは女学校四年の数カ月を、父の赴任に従って転校して、机を並べたクラスメートの金任順《キムイムスン》さん。釜山《プサン》近くの巨済島《コジェド》で、知的障害孤児たち二百三十余人を育てている。一九五〇年の動乱をソウルから乳呑児をかかえてのがれて来た島で。わが子と共に七百余人の戦災孤児を育てた愛光園を、改築して。学校や作業所も建てて。

彼女の言葉が、何かにつけてわたしを力づけてくれる。障害のある孤児たち一人ひとりの特技を見出しながら彼女が言う。

「育てることは愛すること、愛することは待つことよ」と。幾年も幾年も。牛の歩みのようにゆったりと。

「どんな子供にも一つか二つは必ず好きなことがあるの。それを見つけてその子の仕事にしてやるの。五年十年かけて。待つのよ、わたしは一生、待つことができるのよ」

一度みた学校

それは緑濃い山腹に建つ赤レンガの校舎だった。私は十代のなかばであったが、父に連れられて、その金泉《きんせん》中学校を一度だけ見た。数ヶ月後には日本に留学し、やがて敗戦となり家族も引揚げて来たから、その学校に接したのはそれっきりである。

しかし鮮やかに心に残っている。赤レンガ二階建のモダンな校舎がめずらしかったせいもあるだろう。が、父から聞かされたこの学校の歴史が身にしみたからだった。それは朝鮮人の校主が、朝鮮人青少年のために創設した五年制の中学だったが、戦争が激しくなり、校長も関係者も投獄されたというのだ。その後任に父が突然転勤したのだった。父は、学生たちは当局への抵抗を廊下などへの放尿でしめしていた、と語った。

私たちは母を失ったばかりだった。父の前任地は慶州中学校で、その古都のふんいきは、人びとも、中学生たちも、典雅な趣を持っていたし、私は父が古都と、創立期からかかわった五年制中学とを、深く愛していることを知っていたから、転任を気の毒に思っていた。私もまた金泉の女学校へ転校した。

こうしたあわただしさの中で、とある日曜日、久しぶりに父と私ら子どもは散歩かたがた父が働く校舎を見せてもらいに行ったのだ。この時父は、投獄された朝鮮人校長について、キリスト教徒であったと話したように記憶していた。

今年（一九八四年）になって『慶州は母の呼び声』という小著を新潮社から出した。植民地体験を記すのはつらいことだったが、歴史の一回性が心を刺し、のちの世の証言にでもと思うようになったので、つとめて身辺の資料だけを、それも当時に限定して読み返して書いた。金泉中学については、この地が民族運動の一拠点でもあったことを、移住して知るともなく知りはしたが、敗戦前の私ら家族の日常を通して書くことにしたのだった。そして、店頭に本が出ることをおそれ暮らした。植民地主義下での、現地の人びとへの民族性・人間性への敬愛などというものは、人の心を内側から侵蝕することに通じるにちがいないのだ。そう生きてきた私たちがかなしかった。

読者からさまざまな手紙をいただいた。その中に、金泉中学校の卒業生がいた。一人は父が転任した時の在校生、一人は父といれちがいに卒業したが、進学した大学で慶州中学卒の親友を得て、私たちのことをよく知っているという方であった。いずれの手紙もやさしさに満ちていた。私はからだを固くし、涙を流しつつ読んだ。

二人の便りにはこもごもに、あの中学はキリスト教とは無縁であり、創立者は女性であること、投獄された校長は「反日家であり、尊敬できる人格者であり、朝鮮民族のリトルガンジー的な存在でした」と、書いてあった。私は上京して、創立者について話をうかがった。また、一九八一年刊行の、金泉中・高等学校の同窓会誌を拝借した。ハングル文字にまじっている漢字を拾って、その女性にふれんとした。

崔松雪女史。一八五五年生れ。一八九七年権門夫人たちとの交際中に、厳妃の目にとまり高宗皇帝の王世子・垠《ウン》殿下の保母となった方であった。垠殿下といえば、いわゆる「日鮮融和」の礎ということで梨本宮方子《なしもとのみやまさこ》妃と結婚された李王世子である。李方子著『流れのままに』によると、王世子は一八九七年誕生、乳母二人に育てられたとある。黄乳母・李乳母。他に女官や侍女がお相手をした。崔女史もこの中に含まれていたのだろう。一九三一年に全財産を寄付して五年制の中学を建てた。当時は金泉高等普通学校と称した。

鄭烈模校長は早稲田大学高等師範部国漢科出身。早稲田大学の同窓会名簿によると、解放後に北朝鮮に拉致される、とあり、読者からの便りには、北朝鮮で文部次官を務めておられた様子との風聞がそえてあった。

ハングルで書かれた同窓会誌は、「松雪五十年」と表題が記してある。日帝時代の校長に私の父の名がある。卒業生が思い出を記していた。その中には私の父の思い出もあって、あの方は韓国史に通達した学者的な立場から新羅時代の花郎《ファラン》の話を聞かせたり、中国史記に関心を持つなど、戦争下にまれな日人教師で、学者的風貌を持っていた、とあった。

また、ある卒業生は、とある作業中に森崎校長が見廻りに来たので、ウェノムが来た！　とささやいたところ、すくなくとも教師である者に対し、ウェノムとは何事か、と叱られたと追想していた。ウェノムとは日本人に対する蔑称である。

私宛の私信には、「朝礼の時の訓示はすばらしいものでした。人を呼ぶ時は××君、と、そのくんを長くのばすくせがありました。朝礼の時に当時の配属将校を、中塚君と呼ぶと返事がなかったのです。あとでその軍人が私達に、自分は天皇の命によって来校したのであり、校長の命によって来たのではない、と言い、この時初めて同じ日本人でも反目しているのだと知りました」とあった。

私が『慶州は母の呼び声』を記したのは、そのあとがきでもふれたように「鬼の子ともいうべき日本人の子らを、人の子ゆえに否定せず守ってくれたオモニへの、ことばにならぬ想いに」よっている。それは、近代的な人権意識ではないが、より深く、民族性に内在している人間へのやさしさと平等観だった。そしてそれは、投獄された校長の後任者である日人教師にさえ、静かに注がれていたのを知らされた。

この会誌をかかえて九州大学の朝鮮史の教室へ行こうとし、たまたま韓国からの女子留学生に会った。彼女は同窓会誌に目をとめ、あら私の郷里です！　と言った。この学校有名です！　と言い、事情を知ると、ここで先輩に会えてうれしい、と言ってくれた。私が通った女学校が金泉女子中・高等学校の前身だった。私もまた若い友を得て、肩を抱いてよろこんだことであった。

母のこと

その当時は若いとも思わなかった母だが、三十六歳になってまもなく亡くなった。のちになって父が、「……いい女になったろうに。これからというときに……」と、長女である私へつぶやいた。たいそう仲のいい夫婦だった。日曜など、私が目を覚ましたころは、二人で散歩へ出ていて、やがて野の草木を腕いっぱいかかえて帰り、活花《いけばな》にしては何かと話し合っていた。

母は、生家をそっとぬけ出して父のもとへ嫁いだ女だった。母方の親はなかなかゆるそうとはしなかったから、私がはじめての子として大邱《たいきゅう》の三笠町にあった一宮《いちのみや》産婦人科医院で誕生したときも、父の母、つまり姑と、あによめとが産後の世話をしに海を渡ったという。

その母を、近所の人びとはたいそうかわいがってくれた。女学校を出たばかりで二十になるやならずの、家事もろくに知らぬ女だった。父と母は、植民地で、二人で住んでいた。

あるとき、ナマコを買ったが、気味がわるくて藁《わら》でくくってもらって持ち帰ったところ、ナマコはとけてなくなっていた、といった。ナマコはそんなことでとけてしまうのかな、と今もまだ私はふしぎがっている。

母の名を愛子といった。

「愛子さんはかしこい女ではなかったけど、いいおかあちゃんだったよね……」

父は折々そんなふうにもいっていた。

父よりも十一歳も年下だったので、なんとかして、ふけてみえるようにしたくて、地味なものを身につけようとし、戸外へ出るときなど、伏目がちにして大人っぽくしていた。すらりとしていた。当人はそれが気になっていて、背が高すぎる、という。父の仕事柄、時には人目につく場へも出なくてはならず、そんなときにはうなだれ気味に、そっと歩いて行く。それはつつましくて年より落着いてみえたけど、子供の私にはなんだかおかしかった。おかあちゃん、いっしょけんめいだな、と、かわいく思った。ほんとに、なんだか、かわいいのだ。

ある日、何かの用で母は町へ出ていて、冬の短い日はもうとっぷりと暗くなった。そんな時刻、母が息を切らして、玄関へ駈け込んで来た。

「おとうちゃん！」

ドアを押しあけて叫んだ。

「どうした」

父も私たちもとんで行った。

「誰か、男の人が、あたしを、追っかけたの……」

危くあのとき、私は噴き出すところだった。小学校も六年生になっていて、こっそりと母が読む婦人雑誌をぬすみ読んでいた私は、私の母が男の人に追っかけられるなど、考えられなかったからである。その役は、私の役どころだと感じていた。腕白な同級生はしばしば道で待ぶせして、おどしていたし、もうすぐ女学生になるのだもの。

父が、こわかったね、と慰めて、おそくなったら電話をしなさい、といって、ちょっと戸外へ出て行った。もう、まっくらだった。母は激しく肩で息をし、帯もとかず、ぼうとしていた。

夕ぐれのながい季節は、母もテニスのラケットを持って、表へ出て父とボールを打ち合っていた。通る人もわずかな郊外だったから、子供たちは犬と駈けっこをした。そんなときの母は、のびのびとして、大きな声で笑った。私たちも大声で呼び合って走った。

母は時におセンチになった。一人でオルガンを弾いてうたった。「夕空晴れて、秋風吹き……」と。故郷に残した母の母を想っている様子だった。

病床についたとき、家政婦のおばさんといっしょに私は掃除をしていて、母の書きかけの手紙を見てしまった。故郷の親への手紙だった。「……はじめはこわかったけど、今は死ぬことはすこしもこわくはありません……」とあった。母は、がんを再発させていたけど、いつもおだやかで、明るかった。

母のいけ花

愛華園樹風という華道の名をいただいて、母は教えるともなく人を招いていけ花をたのしんでいた。戦争中のことで、一つだけといって残していた釣り花の花器の、その銅の色合いを私に話したのを思い出す。が、その最後の花器もいつしか見あたらなくなった。鉄とか銅とか金属類は、兵器の材料として家々から供出させていた時代である。それでも新羅《しらぎ》の古都慶州には、古墳などから出土する壺があって、花器には過ぎた静寂さをみせていた。

そのころ三十歳のなかばに近づいていた母は、病体を一時快復させていて、私が朝目覚めると、よく家の中にいなかった。やがて両手にかかえきれぬほどの、樹の枝や草々に露をしたたらせてかえってくる。日曜日の朝などは、裏の川を渡って向うの丘で採ってきたのよ、と、和服の裾をぬらしていたり、父をともなっていたりした。

その母がふたたび床についた或る日、父は土産だといって、母に黒い繻子《しゅす》のモンペを渡した。朝鮮でも防空演習などというものが始まっていた。電灯に黒いカバーをかぶせたりする夜があった。病床から土産のモンペを見上げてぽろぽろ涙を落した。ひどいことを、といった。それは洗濯をするお手伝いにあげてしまった。

数カ月して、母は死んだ。その死は母にも、そして父にも、予期されていたことだったので、父は戦時の息づまるような仕事の間を、まるで木の裂け目から落ちてくる樹液のように、日に幾度か母の病室へ来ていた。母を両手で抱きあげて日射しの縁の椅子へかけさせ、自分も腰をかけて雑談をした。数分の間そのようにして、また病人を床へかえして、あたふたと出て行った。

敗戦となり、引き揚げてきた家で、父が母を追想したことばになるが、次のようにいった。「みんなが戦争戦争といっていたのだから、モンペの一枚ぐらいなければさみしかろうと思ったのに、どうしてあんなにおこったのだろう……」と。私はだまっていた。あのときの、父の切なそうなかお、母の切なそうなかおが浮かんでいた。別離をまえにして、母は、せいいっぱいすねているようであった。戦争が日本の土の上まで来ないうちにさよならしないと、おとうちゃんの足手まといになるわね、と笑っていったりするころであった。母は病床へ私を呼び、和江は医者になって、がんの勉強をなさい、といった。母はがんを再発させていて、父も母も、十分に知っていた。

私は、人間の心には関心があるけれど、体になんか興味がない、といって母を泣かせた。子供の私には母の思いがわかっていなかったし、一方では、別れようとする母をはげましているつもりでもあった。そんな母が、おとうちゃんにみせる、といって、床をぬけて花を活けたりした。帰宅した父が、賛否の批評をした。母はたいへん嬉しそうにして、家事を手伝うというよりも母の話相手をしていた朝鮮人の少女に、ねえ、などと何かの話の念をおすあんばいで笑いかけたりした。

その少女は私にひそひそと語る話を、母にはたのしげに話すのだった。日本はもうすぐ戦争に敗けると老人がいっていたから、奥さんも早く元気になって山の上のほうに咲く花をとってきてかざるといいですよ、などと。川向うの山には、きれいな朝鮮つつじがたくさん咲く、といった。あれ、とてもいいですよ。母は、そうね、と礼をいい、その頃は手に入りにくくなっていた木綿の布をおくった。

死に近くなるにつれて風のように明るくて、残る者ばかり落ち着かなかった。それでも、梅の花を見られるかしら、などいっていたので、その花が庭にひらいたのを見つけると、胸に動悸が高なってしまい、母にそのけはいを気づかれぬようにと心を落ち着け落ち着け、花鋏《はなばさみ》をもって庭へ出た。そしていけ花のまねをして、母の目のとどくところへ置いた。枝ぶりのえらび方が上手、と母は誉めた。私は、木が若いから花がきっかりしないいね、といった。母の死の数日まえだった。花は二輪でちいさかった。

生きることは愛すること

戦争が激しくなり日本軍に敗色が見えはじめた一九四三（昭和十八）年の春四月、母が没した。三十六歳だった。

当時植民地だった朝鮮の慶州に、私たちは住んでいた。今の韓国の観光都市慶州である。新羅時代の古都で、王陵をはじめ石仏や石塔その他の文化財も多く、また神話や伝承もそれら遺跡にまつわりつつ伝わっていた。父は慶州中学の校長をしていた。私たちはしばしば家族で遺跡をたずねては、それらの伝承を父から聞いた。「朝鮮民族を尊敬せよ」と父は語ったが、そう言われずとも、心打たれる古都のたたずまいだった。

母が亡くなる数日前、私は庭の梅の小枝を花器に挿して、母から見えるように柱に吊るした。母がちいさな声で、ほめてくれた。

「和ちゃんは活け花が上手」

母は活け花が好きで、日曜など朝早く父と郊外へ行っては、腕いっぱい野の草木を採ってきて、床の間や父の書斎の片隅に活けていた。愛華園樹風という華道名を受けて教えてもいた。切り花の水揚げの仕方など、いつしか私も見覚えたのだった。

母の没後に、父がぽつりと言った。

「愛子さんはいい女だった。今からだったのに……」

私は十五歳。だまってうなずいた。父が淋しげで、慰めようがなく思えた。父は、愛子さん、と日常母を呼んでいた。どこの家族でもそうだと思っていた。

その後の日本の激動期を父と共に生きた私には、父が心深く守っていた自由という思想も、子ども心に知っていたし、父はピストルでねらわれている事実も知っていたから、無言の中での教えも、父のほうが印象深い。

しかし、両親の没後久しく生きて、母もまたしのばれる。あれは、一九六五（昭和四十）年の早春のこと、たまたま母の郷里の近くを列車にゆられていた私は、読んでいた本から目をあげた。すると、じっとこちらをみておられた初老の女性が、前の座席から微笑して問いかけられた。

「あなた、愛子さんの……」

「え！」と言って、声をのんだ。

私の母は、その郷里から、父を追って出奔していた。郷里へは帰れぬ身だった。母の没後、私は母の里をたずねて、母の出奔を詫びた。母の母親が、娘のためにととのえていた花嫁衣装を私へ渡しながら、涙を拭いた。家制度時代の戸主権は、家族の結婚に対してきびしかった。戸主に一切の決定権があった。

私は車中の未知の方へ、「愛子の長女です」と挨拶した。上品な、その婦人が「やっぱり……」と言って、「お幸せにね」とささやいて下車された。

胸があつくなった。亡母だったのかも知れぬ、と思った。

その後、テレビ訪問を受けて、それが放映されたあと、未知の老人から電話をいただいた。私の母を知っている、と語り、そのまますすり泣いておられた。どう応じようもなく、個々の人の内側に深く流れる時間があることを感じていた。

そして、母が没してから、ぼつぼつと父が語った愛子さんについて思いかえすのである。そのほとんどは私の知らない母だと言っていい。私は母から叱られた記憶がない。明るい人で、積極的で、そして静かな人だった。畠でトマトを育ててケチャップを作ったり、納豆や味噌の作り方を習って食卓へ並べたり、ケーキをどっさり作って近所へ配ったり、鶏を養ったり、そして、オルガンやテニスが上手だった。これらは私の知っている愛子さん。

しかし、父がこんなことを言った。

「愛子さんはどこへ行ってもお年寄りにかわいがられたよ。朝鮮人のお年寄りにもかわいがられたなあ、あの人は……」

今になって思う。私が引揚げ後、生き方を求めてさまよった時、炭坑町でなんと多くのお年寄りに世話になったか。日々の食物のことから言葉のはしばしまで。私はその情けに支えられたが、生きることは愛することなのよ、と母が私の心身へ、そのこころざしを注ぎこんでくれたのかもしれぬ。

親へ詫びる

母が三十代のなかばで逝ったとき、父が「愛子さんとはたった十六年いっしょにいただけだった……」

とつぶやいた。

私は十五歳になっていて、ひそかに驚嘆した。十六年も！　と。それは気が遠くなるような時間に思われた。たいへんなことだなあ、と思った。その時間が、子の私も共有の時間であり、そんなにながいこと養育してもらっていたのだなど、まるで気づかず、父の悲しみのかたわらにいながら、心は行方も不確かなまま飛び立っていた。

母の死は私を無口にしていたが、ひたすら飛んでいくより仕方がないというような、そんな感じで、本を漁りつづけた。戦争がひどくなっていた。

その三年まえに母は九州大学で胃がんの手術を受けていた。

夏の終わりに手術をして、秋風のさわやかなころ、女学生のように若くなって、にこにこしながら、当時は植民地だった朝鮮の、私たちが待っている家に戻ってきた。私は土曜ごとに下宿先から家に帰って母に会った。女学校の一年生だった。

その下宿へ、元気になった母が来たことがある。何かの用でこの町までやって来て、娘をたずねてみたかったのだろう。私は母を自分の部屋へ案内することなく、座敷で話した。一人前のつもりだったので、母を自室へいれるのがためらわれた。母は苔が美しい庭へ降りると、紅葉の下にしゃがんで、離れのほうへ目をやった。離れは二部屋あって、女学生が四人下宿していた。三月だった。三人とも上級生で、私はやがて二年生になる。

なぜおかあちゃんを部屋へ案内しなかったろう、と、母がいなくなって、幾度も自分を責めた。入学したあと、下宿にとどいた小包には、手縫いの肩ぶとんと赤いぶどう酒が入っていたのを思い出しては、おかあちゃんごめんね、と詫びた。詫びてどうにもならないのに、いつまでも詫びる。今も。

小娘が一人前になるというのは、親離れや、体と心とのアンバランスの調整や、手のとどかぬ夢や、何や彼やがごちゃまぜになって背伸びをしている状態を通りすごして、ようやく息をつくようなものである。

私はそのとき、母と呼吸をあわせることなど、とてもできなかったのだ。

母も、そして父も、そんな子どもの状態がよくわかっているようで、知らぬ顔をしていた。そして二人して、さっさと二人だけを楽しんでいた。

母は、「三年間再発しなければ大丈夫だって」といって、父としばしばラケットを振っては、テニスのまねごとをした。また、日曜の朝など、早くから二人はいなかった。しばらくして、さまざまな野の草や灌木の枝をかかえて戻ってくる。母はいきいきしていた。二人とも足元が朝露でぬれていた。採集した山盛りの草々を、花ゴザの上にひろげて、母が水盤や、銅の花器へ活けた。父が、「あの枝のほうがいいんじゃないか」などというのを、私はいささかふくれっつらで、こっちのほうから見ていた。

「ああ、いい朝!」

十分に活けて、満ち足りて、愛子さんがそう言う。彼女は二十歳のとき、十歳年長の父と結婚、翌年私を産んだのだった。私の下に、妹と弟がいた。子らに手がかからなくなって、活花を教えていた。

「愛子の花はいいよ」

父が賞めた。

いくばくもなく再発。それでもおっとりと寝ているので、いなくなるなど想像もできない。作文の時間に短歌を作らせられて、病む母という連作をし、先生が黒板に幾首かを書いて、母親を想う気持ちが実によくでている、といってくださった。それでも、ほんとうに母を想っているのか、自分を想っているのか、ちっともわからない。

「おまえはおまえの道をまっすぐに生きなさい。何かあれば、すぐに連絡する」

父がそういった。父はまた、

「女もいい仕事をしなければだめだよ」

と私に何かの折に話した。

いい仕事とは何か、イメージが湧かなかった。ぼんやりしていたのだろう。

「与謝野晶子は七人の子を育てながら、あの詩や短歌を残したんだよ」

そういって、「妻をめとらば才長《た》けて、見目うるわしく情けある……」と、たのしそうにうたった。

母が、

「わたしは才もないしね……」

そばで茶化した。


その寝ている母を抱いて、父は縁側の椅子に掛けさせ、二人してたあいない話をする。

この二人を見ていて、どうして母がいなくなるのだと思えよう。今も私は理解がとどかない。二人の愛の奥底に。

「戦争がひどくなる前に死ななきゃね」

そういって、母はにっこりする。

父は私へ、自分の身辺にも憲兵の目がそそがれていることをひそかに話し、長女としての覚悟をうながし、一方で、まるで何もないかのように母を抱いて入浴させた。

軽くなった母がしあわせそうに笑う。

二人はそんなふうにして別れた。

私が結婚をし、みごもっているとき父は逝った。

「人は生まれてくるのに十か月もかかったんだ、死ぬのにもそのくらい必要だ」

私にそう話す。私はしっかりうなずいた。

それでも、そう話してくれた親の心がはっきりわかったとはいいきれない。

今になっても、父へ詫びる。こんなふうな生きようでゆるしてください、と。

母は、がんのことを知っていた。

二人は子らへ、死をおそれるなと、伝えようとしたのかも知れぬ。力のかぎり生きよ、と。

米味噌　麦味噌

わたしの母は三十代で死にました。

その当時は三十余年も生きていたのだ、と思っていましたが、いま思うと、とても若くて、かわいそうな思いがします。

その数年まえに手術をしていました。再発すれば、ほとんど助からないということを、本人も十分に知っていました。日ごろそういっていたのを記憶しています。

そのおそれていたことがやってきました。子どものわたしには、まだ切実な感じではありません。じぶんの親がこの世からいなくなるということが、想像しようにも想像できないのです。ただ、ひたすら病気をうれうだけでした。

そのころ日記に書きつけた、つたない短歌をおぼえています。

あかあかと西陽に映ゆるふるさとの
　山仰ぎます母は病みたり
くれゆける山へむかいて立つ母の
　病めるうなじはほそぼそとみゆ

こんなふうに、母をいくつもうたいました。不安でしたが、死ぬと思うことができません。死というものがわからなかったのでしょう。

わたしの母は平凡な人でした。

いよいよ病気が重くなって、わたしは女学校のある町の下宿から、日曜ごとに母のもとへ帰りました。母は父に抱きかかえられて、そっと縁側へはこばれ、ほんの数分、空を眺め木を眺め、「ああ、いいきもち。とてもしあわせ……」といって、ねどこへ連れて、かえられます。

一度、「おふろへいれて」と、父へたのみました。父はとても心配してとめましたが、それでも、母を抱いてゆき、おふろで、そのからだをながしてやりました。

抱かれて帰ってきた母は、おさげ髪で、かわいくみえました。

「ありがとう。とってもいいきもちになったわ。しあわせ……」

母がほそい声でいいました。

わたしはその母が、ぐったりしながら、目だけ子どものようにかがやかせているのを、なんだか涙ぐんでみていました。そっと、母のふくらはぎをもんであげました。

母が、父のいないときに、枕もとのわたしへいいました。

「あなたはしっかりしたいい子だから、おかあちゃんはすこしも心配がない。あのね、お味噌は米味噌と麦味噌とを、たくさん松永さんについていただいたから、古いほうからおあがり。新しいほうは、ふたをしっかりね。

おかあちゃんがいなくなったら、あなたが、みんなのおせわをしてあげてね」

わたしは目からぼとぼと涙をおとしながら、うなずきました。顔をふくこともできません。母が枕もとのタオルを、手を泳がせてさがしていました。

いよいよ終りにちかくなったとき、母は集まった家のものへ、ひとりひとりことばをかけました。父がにぎりこぶしを、しっかりひざにあて、よしよし、といいました。母は、あしもとに坐っていたお手伝いの少女へも、ありがとう、と、いいました。

母に、けいれんが来ました。目がみえなくなってきた、と、いいました。

父がそのひたいを、なでつづけました。

「ほんとうによくしてくれたね。ほんとうにやさしくしてくれたね。愛子、愛子……」

と、なでつづけました。

はげしい熱と、挫傷のいたみと、衰弱のなかで、一度もくるしいといいませんでした。父がこらえ

きれずに、目のみえなくなる母へ、

「くるしいだろう。くるしいよね。くるしいだろう……」

と、泣きました。

母が昏睡におちました。

どうしようもないわたしは、父にかわって母の髪をなでていましたが、いつのまにか、子守り唄をうたっていました。涙がながれつづけました。幼い弟の放心した表情が忘れられません。

子守り唄をうたっていると、母がわたしを負う姿がみえました。また、母のその母親が、子を抱くのがみえました。わたしは、いまこの世から去ろうとしている母を、見守っているような、また、母に近づいているような、切ない思いでした。

そして数年たって、母の郷里へゆきました。そこには、母が、実家の母親へあてて書いた手紙が残っていました。それには、不治の病のかなしみや、死の恐怖からようやく立ち直れたこと。安らかなおもいでこの世で縁をもった夫や子にかこまれていることのよろこびが、へたな字で書いてありました。

わたしは、あの凡庸な母が、どんなに苦しみぬいたかを、その短い手紙に読みとりました。そして病床の母と、その母を見守っていた父を思いました。それは両親というより、この世の先輩のように、心にしみました。

海へ

晩年の母はおだやかな表情をしていた。三十なかばを晩年というのはかわいそうだが、母自身もそのことをさぞかなしんだろうと思うのに、病床にある母はいつもやさしくおだやかだった。ある昼間のこと、母によばれてその枕近く坐った。母と二人きりだった。

「胃ガンという病気は手術して五年あまりのあいだ再発しなければ助かるそうだけど、おかあちゃんは三年しないで再発したのよ。それでもあなたは長女だから、母親がいなくなったからって、めそめそしていてはだめよ、おとうちゃんがかわいそうだから。あなたがしっかりしていないと、おとうちゃんが病気になるのよ」

私はおどろいてぽろぽろ涙をこぼした。母が叱っていると、父が帰ってきた。

「どうしたのか」

「なんでもないの、しっかり勉強しなさいって叱っていたところ」

「そうか。すこしおそくなったけど、日光浴をしようか」

うん、と母は父へ両手をさしのばした。その母を父がそっとかかえて縁側の寝椅子に運んだ。ひざかけや肩かけをしてやって、父もそばの椅子に腰をおろし、外を眺めた。ときおり短いことばをかわしている。いつもの父の日課だった。母が手入れをしていた庭には草がはえている。庭の向うにひろい田畠を越えて紫にけむる山がみえる。

私は涙をおさえて子ども部屋に帰り、母の姿を短歌によんだりした。やがて父が母を寝床にもどして、じゃ行ってくる、といいのこして勤めにもどって行く音がした。

母がひとりで立ち上がれるころは、そうやって出て行った父を、こっそりと起きてカーテンのかげからのぞいていた。あんな男のどこがいいのかしらん、と、生意気にも私は思ったりして、夫婦のくせに今出て行った夫を陰から熱心に眺めるなんて大人気ない、とがっかりした。久しくそのがっかりした気分は残っていたが、そうやって眺めながら、母は生死の境をどのようにして越えればいいかを、わが心にためしていたのだろうと、やっと今ごろわかる。

女ざかりを前に倒れた母の、せめてもの夫への愛は、最後までしあわせでいることだったとみえて、自分の心の恐怖はまるっきり家族のまえに出さなかった。ただ、戦争が激しくなるまえにさよならしなくちゃね、といっていた。笑いながら。

梅の花が咲いて、母が逝った。

夫婦は年老いていくまで健康で、たがいに結ばれているに越したことはない。誰でもそう思って結婚をする。けれども結婚のあと、いくばくもなく夫が戦場に出るような時代もあった。また私のように夫婦愛を友愛か兄妹愛のように移らせていくことで信頼をつなぐ者もいる。実にさまざまで人びとの出会いはそれなりに貴重である。ひとりひとり作品を描くように結婚は個性的である。

夫婦が性の一組となって、そのカップルだけが持つ世界を育てていくのはたのしい。そしてむずかしい。が、それにもましてその一組の男女が、ひとりひとりの世界をも同時に育てつづけていくことは、いっそうむずかしい。女たちは娘時代は男の子と同じように個性を自由にのばすように育てられている。そして結婚して、自分を育てることがいつも二の次になっていくような雑事のなかに追いこまれる。いや娘のころと同じように努めていても、世の中がそのような女たちを必要とする度合いはうすい。必然的に子育てに専念して、子離れがむずかしくなる。

とはいえ、むずかしいからこそ人生は味わい深いのである。親の手を離れて苦い海へ船出する娘たち、こころざし高く生きて欲しいと思う。

わたしのかお

朝鮮について語ることは重たい。私は朝鮮慶尚北道大邱府三笠町で生まれた。生後十七年間、朝鮮でくらした。大邱。慶州。金泉。

私の原型は朝鮮によってつくられた。朝鮮のこころ、朝鮮の風物風習、朝鮮の自然によって。私がものごころついたとき、道に小石がころがっているように朝鮮人のくらしが一面にあった。それは小石がその存在を人に問われようと問われまいと、そこにあるようなぐあいにあった。そしてまた小石が人々の感覚に何らかの影響をおよぼしているようなぐあいに、私にかかわった。

いや、そうではないのである。そのようなかかわり方にとどまっていたならば、加害者被害者の単純な対応図がえがけるだけである。

私は朝鮮で日本人であった。内地人とよばれる部類であった。がしかし、私は内地知らずの内地人にすぎない。内地人が植民地で生んだ女の子なのである。その私が何に育ったのか、私は何になったのか。私は植民地で何であったか、また敗戦後の母国というところで私は何であったか（いや何であろうと骨身をけずったか。私は、ここで、このくにで、生まれながらの何かであるという自然さを主観的に所有していなかったのである。私は何ものかであろうと、自分の力で可能なかぎりの生き方をした。まるで失った何かをうばいかえそうとでもするかのように。）

私は顔がなかった。

がしかし、私の顔なしは、内地的基準にしたがっての話である。

私には、私にさわることが可能な私の顔がある。それは朝鮮（そして植民地朝鮮）によって作られたものだ。私は自分の顔にさわると、その鋳型となった朝鮮のこころに外からふれている思いがする。外からさわりうるだけである。

私の朝鮮への思いは、私の鋳型となったものの実体についての恋しさに似ている。知りたくてならぬ。作られた存在が、作った手につながるその本態をなつかしむとき、私は絶望的になってしまう。私は知るすべを作ることからはじめるほかない。

敗戦後二十数年、私は私の鋳型である朝鮮を思うたびに、くだらなくも泣きつづけた。この断章も泣き泣き書いている阿呆らしさである。どうしようもない。涙から脱出するため、私は長い間、日録をつけてきた。私の生誕以来の年月日と重ねあわせて朝鮮の事件、出版物、ことわざ、民謡、生活法などを書いていくのである。私の生誕と成育とに重なっているオモニらのこころに追いすがろうと夢まぼろしを追うのである。個体の歴史が自然に対する感動をともないだすころ、つまり三、四歳のころにもっとも深く記憶しているものは何だろうなどと、私は、あたかも歴史の小道を踏みかえすかのように暗雲のなかへ入っていく。くりかえしくりかえし、そうしてきた。しかもなお私には個体の歴史をさておいて頭にえがくことができるアジア史・世界史のほうが鮮明なのである。また、朝鮮の民衆や農民学生がたどった植民地闘争の書物上の歴史のほうが明確なのである。それでいいのか、私は。そんなことで逃げを打とうとするのか、十七年間もあそこを食って。オモニ！　といううめきが腸《はらわた》から裂け出る。ごめんなさい、などではないのである。

オモニの生活内容を知らず、そのことばも知らず、しかもそのかおりを知り、肌ざわりを知り、負ぶってもらい、髪の毛を唇でなめ、やきいもを買ってもらい、ねむらせてもらった。昔話をしてもらった。私の基本的美感を、私は、私のオモニやたくさんの無名の民衆からもらった。だまってくれたのでない。彼らは意識して植民地の日系二世を育てたのである。ようやく今ごろわかる。オモニたちの名前すら、私はもう記憶していない。たった一人、六十代になっている人の居どころが分り、その息子さんから朝鮮文字の手紙をもらった。半日かかって諺文《おんもん》（朝鮮固有の文字）の返事を書いた。

意識して育てるということは、個体と個体との直接的接触だけに限らない。たとえば自己の民族の生活共同体内で生まれくらしたものは、過去から未来にわたる未知の人々との間に共有している膨大な精神の領域がある。私は内地人でありながら内地の人々と共有するその領域をもってはいなかった。（今もって、しかと、成立したとはいいがたいのである。）が、不特定多数の朝鮮人民衆は、ひとときも植民地生まれの女の子を、彼らがつくりあげた無言の対内地人対策の視線から自由にさせなかった。

あの張りつめた視線の中をあるいて育った私は、日本内地の対応法が不潔に感じられてならなかった。いまこの日本で、あれに似た雰囲気をたずねるなら、小さな炭坑のハモニカ長屋が並ぶ地域にかすかにただよっている。つまり腹巻きにドスをのんでいる親分やあんちゃんが、逃亡しようとする労働者をひっとらえて指をつめたり、対立する血縁集団が互ににらみあっている地帯である。本音が様式化されている地帯である。

こうした例をあげるなら、権力争いめいて血なまぐさい。例としていささか不似合でもあるけれども、またどこやら似ているものを日常性の中に探すなら、輪姦をもくろむ若ものの無言の集団のなかを、女の子が歩いている図を考えてほしい。私は十七歳まで、朝鮮人の幼児から老人にいたるまでのまなざしに集団姦を感じなかったことは一度もない。それらは性交をめざすなどという快感に端を発し、快感の消化に終るたぐいの視線ではない。姦《おか》し殺すのである。もはや姦すはうすれ、一瞥で殺す、つまり勝負のまなざしで、私の性を突かんとする。私は女をかくすことなく、その目をみつめかえし、女性を生きることでそれに堪えんとしてきた。生ま身の私を保護する女大学は植民地にはなかったのである。彼ら民衆はそのようにして私を育てた。これは一つの例にすぎぬ。

日本には雑踏にまぎれるということばがある。群集の中の孤独ということばもある。いかにも日本だなあと思う。いや、自民族だけが集団化して生活している地帯には、集団のなかでおのれを無にしえる境地が普遍的にあるのかもしれぬ。幼児期少年期をとおして私にはまぎれこむというものはなかった。そのような生活意識を知らなかった。朝鮮在住の内地人が内地人集団のなかでしか生きなかったということ、それは大人たちの意識がどうつくられていたにせよ（いつか大人たち、つまり私の父と母の墓を掘り起こすようにその穴ぐらへもくだっていくことを、父母の霊にちかっている）そのこと自体が、私には、自己の特殊性を認識する要素となっていて保護色とはならなかった。

私は内地人のなかの一人の女の子である。そのちいさな生活圏のなかで私の存在を無視されたと感じたことはない。内地人の絶対量はすくなかったから互に認めあうことで十重二十重の朝鮮人の視線の網から防禦《ぼうぎょ》しあったのだろう。がその生活範囲を越えて世界を思うとき、私はひとりぼっちであった。日本人の範疇に自分をいれえなかった。そんなことはうそっぱちだし、日本人という範疇が好きでなかった。植民者二世の女の子である私には、政治や経済や文化の支配者が内地であるということは誇りとはなりえなかった。それよりも内地と私のずれのほうがより大きく私の意識をしばっていた。私は内地を、私に対して同化の義務を要求する無人格的圧力として感ずるほうがつよかったのである。何と同化せよというのか。女の子の私にとっては、日本は、いじけたくに、なのであった。日本の女はみんないじけていたから。それ以外のものが外地に伝わってはこなかったから。私はあんな女の子ではない、という自他分別が、私の対日本法の本音であった。日本の女についての概念は、すべて文字を通して私につくられたのである。それと同化することは、ごめんなのである。私は針先で爪立つようにして内地と朝鮮に対応していたが、それが日常であったから、苦にはならなかった。が、そのような私自身を、私は植民地でのくらしの中で、主体者としてではなく特殊性として認識していたのである。日常性の主体者は朝鮮人であった。

そうなるのは自然なのである。朝鮮人が多いところには「和ちゃん、ひとりで行ってはだめよ」と若い母が声をかけつづけたから。「行ってはいけない」時間や場所がなんと私たちには多かったことだろう。行ってかまわない領域を植民者二世たちは、心得て、まるきりままごと的に生きていたのである。もし朝鮮をわがもの的に感応していた子供がいたとすれば、よほどの知覚障害児である。

では朝鮮人、ことにその子供らと私とは常時対立していたのか？　とんでもない。したしんだのか？　いいえ。無視したか？　とてもそんなことなど。それではどのように対応していたのか。

私はものごころついて十歳の春まで、内地人ばかりの住宅地に住んでいた。それも陸軍官舎が立ち並ぶ丘陵であり、ほぼ軍人と官吏だけが住んでいた地域である。となりは金氏という朝鮮人の主人と内地人の奥さんが子供らと共に住んでいた。金氏の父君はかつて金玉均らとしたしくて中枢院に席を占めておられたから朝鮮の名門の出である。もちろんそのようなことは、引揚げ後に父から教えてもらったのであって、それまでは「おじさんおばさん」といって遊んでいただいたり泊めてもらったりした。そして十歳になって、慶州へ転じ、やっと内地人地帯から半歩出るくらしへ入ったのである。

慶州へ移ったとき、大きな格式ある朝鮮ふう建築にしばらく住んだ。床が高く、個室がそれぞれ廊下でむすばれている。塀は瓦をのせた土塀である。私の心情は土に吸われる水のように、ふかみへ向ってしみとおって行った。愛が定着の対象を得たという感じであった。遠くへ行ってはだめよ、を私は忘れた。となりも前も朝鮮人の子供たちが、これは藁屋根のなかでくらしていた。裸んぼで、おへそとおちんちんを出して、ちいさな子らが遊びにきた。もちろん私の家に、でなく、子供の私にあのいつものみんなの視線でなく、ひとりぼっちの目できてくれたのである。私たちができ、私たちは井戸ばたで（井戸というのを知った。私は抱きしめたいように、それを愛でた）無言劇でもって遊んだ。遠くへ行くこと、それはみしらぬ山道を木こりが踏みしめて行くように、くらしの歴史へまよいこむことである。誰のくらしの？

私は母のもとを離れ、ひとり、迷い歩くことをそこで覚えた。慶州は朝鮮民族が七〇〇年代に統一国家を形成した時代、つまり新羅二〇〇年間における首都である。私は身じろぐたびに松の花粉が散るのをおそれるようなぐあいに、その歴史のにおいが充ちている古都のたたずまいの中をうろうろしていた。

およそ私の対朝鮮人児童の心のかたちは、その古都のかもし出す雰囲気に守護されて定着したのである。私は「侵さず彼をあるがままにあらしめ、そして私をもどうかこのままにあらしめてほしい」という態度で既知未知の朝鮮人の子供らに対応した。

日本内地に対して保身的であり抵抗的であった私のこころは、同年配の朝鮮人の子供に対して基本的によわよわしくなったのである。同年配以上の朝鮮人に対しては全くちがう。日本内地に抵抗的であったのとどこか一脈通じている。わが心を売り渡してやるものか、と緊張していた。彼らは私にとって未知の、膨大な集積を所有し、私の手うすさを冷笑していた。（そして実は、私たちとなったものらをも、私は、私自身を守るのに似て彼ら大人どもの内地人朝鮮人のあらゆる意図から防ごうとしてきた）

私には、私自身の特殊性がいやであった。いや特殊性自体をいとうたのではない。生まれ出た私が、その目にふれる一切の朝鮮を自分の心情の母といえない不自然さを、なんとか自分で処理していく、その自己処理する方法の不安定さが、たいへんいとわしかった。たとえば私が絵本を読む。すると農夫のもとへ鶴がたずねておよめさんになる絵がかいてある。私はその絵本をみながら、白衣にチゲをかついで行く朝鮮人の若者を連想し、文金高島田のおよめさんを連想するのである。自然にそうなっている。そうでないと物語のこころが読めないのだ。私は、物語のこころをたのしんでいるうちに、ふと、われにかえる。そうして、しばし、もやもやを味わわねばならぬ。私が幾度も米とか百姓とかについてたずねたので、父は、わが庭の小さな池を田にしてくれた。そこに、父と二人で捨て苗をひろってきて植えた。それでも米も農夫もどうしても分らなかった。麦との区別さえつかぬ。

母がレコードを買ってくれる。「あかいかわいい牛の子　いなかへもらわれていきました　メエメエないたら竹やぶの　チュンチュンすずめが　みにきてた」私は、それを、牛をとられた朝鮮人の子どもの涙ぐんだ目として、くりかえしきいた。「十五でネエヤは嫁に行き　おさとのたよりもたえはてた」もちろん私を負ってくれたチマ姿のネエヤである。私はそのネエヤの写真をみたら、ネエヤから教えてもらった「人を食べた虎の話」を思ったりしてなつかしんだ。彼女は、その子に、またあの不思議な物語りをして聞かせたことだろう。ネエヤが内地人一般に対してどうであったか、ということは、私の体験にとって皮相にすぎるのである。彼女はその一般性をとびこえて、私の生まれたてのこころにその肌をつけてしまっていたのである。オモニやネエヤに限らず、朝鮮そのものが。

私はそれに守られつつしかもそれを自己処理しつつある自分を、ひとりぼっちと名づけていたのであって、私が同年配の朝鮮人の子供らに、私たちを感じとったのは病根を共にする身勝手な共感であったにちがいない。

権力によって民族語をうちくだくことはゆるしがたい残忍さであるが、民族語が言語としてよって立つ日常的伝統を、他民族のなかへ移植することも不可能なのである。私は日本語をつかいながら、そのことばのもつイメージのほとんどを朝鮮化して用いてきた。その集積から全くのがれ去ることは、もう私には不可能なのである。その偏向の事実によって、その原因とたたかう以外にないのである。

そうはいっても、帰国後のくらしは私には、他へ伝えようがないつらさであった。それはさておき、私が朝鮮化させて用いてきたことばは、あくまでも私個人の傾向性や私ら家族のそれとその歴史性とにかかわっている。そのように植民者二世はそれぞれ固有の朝鮮化を、その精神の内部にもっているのである。その表現法がみつからぬまま、ただ人種差別などという荒っぽい概念を踏み絵的に素通りしてきている。

私は明日慶州へ旅立つ。いったい私は何をしようとして出かけるのだろう。父の霊と共に針の山を踏むのである。それは幾重にも裏返っている朝鮮コンプレックスの是正への、こころ重たい出発である。しかし、それは果して是正しうるものなのか。是正とは何なのか。

私には分っているものがあるのだ。逢いたい対象があるのだ。私が遠くへ行きはじめたころ、私はそこへ行こうとして果せなかった。それはあらゆる植民者二世の幼魂に、影をとどめているにちがいないものなのだ。それは植民地朝鮮のなかの、鎖国的境界である。黒い霧がかかったようにそこから先はみえなくなってしまっていた。それはオモニの世界だ。あのははのくに。私には閉ざされていたあのふかいところ。しかも有無をいわさずにその実在感を私におしつけ、たちまち姿をくらましてしまったあれ。

　つかまえたい、逢いたい。そしてこうした心のうごきを私が形成してしまっていることがつらくてならぬ。私自身が今あるごとく作られるために、彼女らはどれほどの破壊を経てきたことか。私が生まれ育った事実が、理屈ぬきに私を苦痛へ閉ざすのである。閉ざされた果てからそれでもうめき出てしまう、逢いたい、と。迷いこみたい……

　くらしのこころの水脈へ迷いこみたい欲求は、墓をあけてくれとせがむ幼児に似ている。私はその思いを朝鮮の何へむかっても、口にすることはできない。私は敗戦後二十年、自分自身の感覚的欲求の百八十度転換をはかるような痛みをもちながら、この親愛湧きがたいにほんの、ははたちの実感をさがし歩いた。にほんの女の世界はほんとうにぶずぶずしていて、かんと打ちかえす個体のかたさをもっていなかった。とはいえ、私はこのくにの固有性について知る必要があった。それは私自身をあばくために、である。

　理性をとおして到達した意識だとか知覚だとか心情だとかが、まだ目のない胎児のようであったころの魂の肌に感じとっていた世界を、崩壊してしまうには、いったいどれほどの歳月が必要なのであろう。なぜ私は私の両親というたった一つのにほん的よりどころよりも深く、生存の原型をあれら朝鮮民衆の群団から受けてしまったのだろう。なぜあのオモニらは、あのように強く私を抱き、すばやく姿をくらましたのか。私は逃げ去ったそれの後姿へむかって、もろもろの視線を懸命にとざして、つったっているだけである。

あの後姿のかくれた先が、何であるかを、私は知っているのだ。そこは彼女の伝来のへやであるにちがいないのである。日本統治中に彼女らがつくりあげた鎖国的境界なのだ。あれは近代化とともに崩壊するものなのか？　それとも、大人になれば霧散するにすぎぬ、ははのくに、なのか。

私はおそれているのである。私はうちのめされに行くにすぎないのだろうか。もうあの乳房はないのか。つまり幼いころの私の、緊張した生を、ふとやすめさせてくれた唯一のものは、その時のきわめて特殊な朝鮮民衆の母体の抵抗にすぎぬのか、ということである。抵抗体がほろびるとともに、ほろびるような質にすぎないものであったろうか……

それは内地人社会と交流をもっている朝鮮人社会の母親ではなかったのである。私を養ってくれたオモニらは、そんな階層ではなかったのである。あのオモニたちに、内地人社会が投げあたえていた朝鮮語を私は記憶している。なぜなら、私の若く美しかった母がつかっていたからだ。私は書きとめておく。

アンデ（だめよ）　オモニ、イリイッソヨ（オモニ、仕事があるのよ）　オモニイッソ？（おかあさんいる？）　カラ！（行け！）　カッソ（行きなさい）　オルマ？（いくら？）　パンムグラ（ごはん食べた？――単純な挨拶である）　ムリチュッソ（水ちょうだい）

これくらいしか覚えていない。十七年間いながら。この程度で用が足りた。オモニらのかたことのにほん語はみるまに豊富になったからである。

二つのことば・二つのこころ

自分の出生が——生き方でなくて生まれた事実が——そのまま罪である思いのくらさは口外しえるものではない。ふだん私は自分の出生の事実は歴史の核につながると思うことで、自分のこころを救おうとしてきている。敗戦以来日本の大衆のなかにまぎれこんで生きのびているが、私はまわりの人々のように植民地政策の罪は国家次元のことであってわれわれ一般人は……というふうに思う余地がない。たかが子供の時代ではないか、自分ですきこのんであそこで生きたわけでもなし、と思ったとて無駄である。選択せずにその地のすべてを吸収して自己を形成したことが、救いのないつらさを起させる。朝鮮のことや朝鮮人の動きに対して客観しておれず、平静さを失ってしまう。唇には、背負ってくれたオモニとネエヤの髪がはりついている。こんな別れをしなければ思い出しもせぬものを。その一すじの髪の毛についての私のこころは、いまだに一度もことばになっていない。そんなことができないのである。凝ってしまっている。私はひたすら朝鮮によって養われた。オモニに逢いたいが礼をのべる立場をもたない。私はこの小文を朝鮮人の目からかくしておきたい。その感情とのたたかいなしに私は朝鮮が語れない。書き出せばただ涙がながれる。そういえばいつぞや在日朝鮮人と話をしていた折に、ふと涙がこぼれて侮蔑された。「――問題はナニワ節の次元ではありません」といわれた。ほんとうに朝鮮人のまえで涙などみせるべきではない。私は朝鮮について、事実を――私の肉となったものを――表現する自由はない。私はそれをおしころしてきた。おしころすことで、ネエヤをさらにふたたびおしころしている……。ここは、私のこの肉のどこかは、あれの墓である。それを表現しない力で私は何かをつくろうとして生きてきた、今日まで。私はただ無分別に、痛い。

私は朝鮮人へ対するへつらいの態度で表現しないのでない。表現法を失っているのである。めったなことで、私の中の一要素である在鮮日系二世の思弁に私を占有させてなるものかと思う。その抑制とならんで、ぐずぐずしていたら朝鮮が駄目になるという思いが火花をだしている。没民族的万国共通のイデオロギーごときものに冒させてなるものかと、制禦がきかない。朝鮮人の全体験は、朝鮮の思想を生みだすべきであって分裂した政治国によって政治的存在にしたてあげられてはならぬ。二度と自己を外力で変型させてはならぬ。早く朝鮮人と出逢い、私の錯乱の箱を両者の手であけて共同工作せねばならない……

やはり私の感覚はどこかが分裂しているのか、どうしても何か一すじ朝鮮人なのである。朝鮮人の仲間を必要としている。そして墓をあばいて声をあたえたい。(それは他面からいえば錯乱状態の私がそのまま存在理由をもっている事実に、めったやたらと刀を刺して、思想的に存在理由を失わせたいことと同義語だ。)

まわりくどい論理、それが私だ。ちっともまわりくどくないストレートな心情なのに、ことばを媒体にしようとすればそうなってしまうのが私だ。日本語の実感を得たいとこいねがう、そのつよさと同時平行的に、朝鮮の実感にことばをあたえて朝鮮を生みたい。

――不遜な表現であることだろう。もしこの小文を目にする朝鮮人があれば、どうか、あなたの不快に堪えてください。その不快が深部でかもすものを守ってください。その力によってねられぬ限り、私は朝鮮と日本についての表現が成立せぬという負目があります。私のその負目は、資本主義帝国主義の本質そのものの死滅へむかって何らかの身ぶりをしてすませることができる質ではありません。人間が支配・被支配感覚を止揚して自己のことばをもてるか否か、ことばによって思想が表現しうるか否かに関しています。

私には「私」という時空が、重なったふたつの民族色として表示されます。保身のためのこじつけではありません。もともと「私」という用語は個体の歴史を総体として表示する機能をもっています。そのために自他の個体史を峻別せんとする凝縮的な自己運動をする側面と、自他の個体史のかさなりあった部分つまり不特定多数の他者をつつみこまねば語としてのいみをなさぬ外延的な自己運動をもつ側面とが拮抗しています。ふつうに、話しことばとして使われるとき「私」は、その後者の機能をことばの表層にしています。そして個体が内包しているくらしの上での責任の範囲をばくぜんと指示しています。

私は敗戦後日本に来まして、日本の民衆のくらしがその後者の機能を軸としたところの「私」を自分のことばとしていることを知りました。私は朝鮮でのくらしで、私自身は「私」をその前者へ傾斜させてつかってきました。私は日本の民衆に対して「私」の機能を全面的に自己把握しえない種族なのだなとものめずらしく思いました。

ともあれ日本のくらし方のなかで「私」はそのような傾向性をもつことばなのです。例として適当であるのかどうか、まだ十分に分っていませんが、日本人が互に「私の家に遊びにいらっしゃい」とか「母に逢ってください」などとつかうときと同じ意味あいのものを、朝鮮のことばでは、내 집（私の家）とか내 어머니（私の母）というふうにいわずに、우리 집（私〈たち〉の家）とか、우리 어머니（私〈たち〉のおかあさん）というように表現する、あのニュアンスで日本語のくらしことばの「私」は常時つかわれると考えていただいていいかと思います。あのニュアンスは所有関係をしめすばかりでなく、また単なる複数をいみするのでもなくて、体験の共通性共有性やまた生活の複合範囲をあらわしているように思います。そのニュアンスは우리 학교（私〈たち〉の学校）というぐあいにもつかわれますが、私は在日朝鮮人の知人から동무（友達・同志）と呼びかけられてもさして困惑は感じませんが、우리들（私〈たち〉）と私もふくめていわれるときはその複数の成立要因が何であれ感覚が激しく動揺して平気にしていることをつらく感じます。とてもあのことばのもつ歴史性には、私の全体験や存在の力では、たちうちできません。

そのとき私は顔から血が引くのを気づかれぬようにつったっているのが、せいいっぱいなのです。また反面、私が一人で朝鮮（あるいは日本）についてもの思いにふけっているときは、私はしらずしらずのすべてを、「私」のなかの不特定多数の他者の影でおおっているのです。それはもとより無定形である無名の朝鮮人です。あるいは朝鮮の風土風物がゆらめきながら発する民族発生史以来の何ものかなのです。それを意識が否定すれば私は存在ではなくなってしまう……

　このようなことばに対する感じ方、または論理の構成法をさして、それが支配の裏返った感覚だとみられることもいといません。が、私は日本に関するあらゆることおよび朝鮮問題に関して「私」というとき自分が自他峻別的な機能を動員して生みだすものの方角よりも強烈に、その不特定多数の緊張方向へとぶれてしまうのです。だからといって、被植民者大衆そのものだというのではありません。私の用語の源泉なのです、そこは……。私は、日本人ばかりが互に閉ざしあっている日本のくらしの中で、おつきあいをしたりたたかったりしている時に、その源泉での亡霊みたいにしていることがあります。すると非難されます。非協力的にうつるのだと思います。

　私は、「私」のぶれの事実をみとめつづける勇気をもちたいのです。それが思想をかもすことを祈り、私個人の占有物として死滅するのを防ぐ方法を見出すのを自分の人生だと思っているだけです。それが朝鮮を生みたいという飛躍的なことばとなってしまいます。

過日、それも私が住む九州にも雪が降りつんで寒かった頃のことである。金《きん》嬉《き》老《ろう》という在日朝鮮人が日本の暴力団員を二名射殺して、ライフル銃をもったまま静岡県榛原《はいばら》郡の寸又峡《すまたきょう》の一温泉旅館にたてこもり、警察に抵抗した事件が起った。金嬉老は犯罪と抱きあわせてやっとことばによる自己表現の公開性を得ていた。日本人の朝鮮人差別を弾劾した。

金嬉老が抵抗して四日目だったか友人からとどいた便りに、金の動向をみまもっている、とあった。たった一人で全日本を敵にまわして捨て身の戦法をとるとは、なんというすさまじいたたかいだろう、と書いてあった。それにくらべると日本の抵抗運動のありかたは、なれあいを感じてしかたがない、とも書かれていた。友人は日本生まれの家庭の主婦である。私はふいに、軽いめまいを感じた。彼女と私との脈絡がふっと消えた。一両日後にまた別人から同じ意向のハガキがとどいた。金の抵抗への支援のこころが書かれていた。

あの時は日本中が多少ざわめいた。というより不用意な発言をするまいというような、ことばに対する自己抑制的な気分が日本に流れた。自国語に対する抑制的気分は、日常語が思想化へむかう数段階まえの状態である。私は日本はこの気分にたえるおくにがらではないとはらはらしていた。そうした気分を一手に引きうけて大衆を緊張から解き放つ層をたちまち生みだすのである。日本人のぜんぶがしんぼう強く待つことをしない。そしてそうなることで、大衆がはらむかにみえた前思想状況をいっぺんに元へもどしてしまう。ふたたび元の饒舌へおいかえし、日常のことばの無謬性へ人々を閉ざしてしまうのだ。またここでそれをみなければならない。朝鮮人の目の前で、またまた責任の論理が消滅していくぶざまさをさらさねばならないのである。どうか大衆の代弁者を自認する層があらわれぬようにと念ずる思いであった。

が、私の一面には、そのような日本的悲喜劇に無関心な感覚が、あの事件にまきこまれていたのである。私が友人の手紙で一瞬くらくらとしたのは、その私がおちこんでいた井戸からは、友人の金嬉老へ対する支援の位置が知覚できなかったためである。

それなら私はどこにいたのか。私は人質の位置にいた。そしてどうしていたか。緊張して金をにらみ、ことばをおさえていた。子供のとき常にそうしていたように。そのとき私は伝達したい明確なものをもっていたか。もっていた。では、口外しえたか。いえない。いまは？　いえぬ……。いえない。いえて、そして、いえない。私には金嬉老のまるはだかのおしりがみえるのである。金が何をしゃべり何を同時にしゃべっていないかもみえる。

私が幼時以来ふみわたってきた朝鮮は、たった一人の金嬉老ではなかった。無名で、不特定で、大人であり、幼児であった。私は日本人ばかりの街——官吏と軍人だけの、大邱府陸軍官舎が建ち並ぶ丘陵地——に住み、そこから朝鮮人も内地人も行きかう道をとおって草に逢ったり水にふれたりした。二重にも三重にもとりかこまれている感覚、それが日常性であった。子供が一人で歩くと腹を切り裂かれる。比喩ではない。だから大邱川をこえた郡邑には昼間しか出なかった。世界とはそういうものだと思ったのである。朝鮮人は個別に逢うとふかぶかとソフトである。不特定多数の一部と彼が化したとき、無言のコルセットとなって私を緊張させ私にことばの源を掘らせた。

私を人質としてぐるりと取りまいている金嬉老群が、四つくらいの男の子を前に立たせて、その子だけを私のほうへむけて、みなむこうをむいているのである。それは幼時以来の、在鮮日系二世の女の子の世界である。だれも笑わず、凍《し》みたように沈黙している。妥協をゆるさぬ取引きがはじまる、男の子と私との間で。

男の子の目玉の行列が、その子の目の中にみえる。私をみているのがみえる。私のこたえがあの目玉の行列の奥へ運ばれていった……。やがてみんな消えた。わたしが石けりをしはじめる。ポプラにさわる。また男の子がみえる……。それが空気であって、愛であって、私へ運ばれつづけた乳であった。

いま私は金嬉老のまるはだかのおしりで強迫されつつ、私の中に形成されていたもので対決しているのである。いえるか？　いえぬ。刺されようとも口外できぬ。

が、万一、私がその位置で発音したなら、在日朝鮮人の金嬉老は一発で私を殺すだろう。が、いったい私のうちのそれはそのとき日本語を発するだろうか。それとも朝鮮語か？

私は金嬉老がテレビの画面で短歌などをしゃべりまくるのを、野いばらの袋の中をころがされている思いできいた。とてもたええぬのである。フライパンの油の音を激しくたてながら、タオルをかんでいる私のほうを、私の子供らが見てはならぬものをうかがうようにして、ちらちらと見てはテレビへ向かっておとなしくしていた。

私は日本に住む以外に余儀なくなってからは、短歌をつくることに感覚を集中させんと、流木のごとき努力をした。朝鮮にいたとき、私は短歌も詩もかるがるとこしらえた。それはほんとうに、こしらえうるものだった。どうでもよかったのだから、そんなもの。私は日本語どうしで勝負する世界があるなど思いもしなかった。

私には忘れえぬ記憶がある。戦争が激しくなって内地では戦場と同じ心でいるという。シナに行く兵隊さんは朝鮮を毎日通っていくのである。銃後の国民として作文を書かせられた。学校の代表作にするのだから、いいものを書けといわれた。

いいものか。私はさらさらと、ほんとうにさらさら気楽に書きあげて出した。賞状をもらった。今も他の記録とともに手もとにある。「支那事変四周年紀念日ニ捧クル作文慶尚北道代表作トシテ入選ニ附茲ニ賞状ヲ授与ス　昭和十六年七月七日　国民総力朝鮮聯盟」

私は「戦争ごっこ」というのをでっちあげたのである。朝鮮人の男の子たちが戦争ごっこをして遊んでいました、という文章だ。これならばヒットすると思った。先生は内地で審査するのだ、といわれたから、気楽だったのである。「ボクはセンソウだいきらい、いまにおおきくなったなら、チョウセンドクリツウンドウの……」そんな唄を朝鮮人学童がうたって遊んでいるのが、唄の意味もピンとこぬままに、あんまりたのしげだったのでそのうただけをぬきにして一篇ができあがったのだった。

日本へきて、私はどうすればよかったろう。日本のこころは愛のかたちすら、小説でしかしらない。「あたし、にっぽんがしりたいの」ということばが私の最大級のささやきであった。私は七輪《しちりん》という炊事道具にしがみついた。だんだん世の中がおちついて、友人たちが助言してくれた。「合理的になさいよ」そのたびに私は「七輪の煙にむせないと日本がわからないもの」とふざけた。友人は笑った。

「まだわからんと？　何年たつと思っとるんね」

私は結婚してから七輪につれそった。どんなに炊事をのろいくらしたことだろう。煙なしにすごせぬ内部の要求に屈伏している自分の日常をなんとのろったことだろう。私の心理のかたわらにいてくれる日本生まれの家人たちこそいい迷惑である。赤ん坊を背にくくりつけて歩きながら私は、そんな人まねをしている自分の裾がネンネコごとまくれていやしないかと、ほんとうに幾度もたしかめねばならなかった。めくらめっぽうに私はネンネコぐるみの自分をつくり出そうとし、なんとか手ですくえることばだけをすくっては、自分をたすけた。炊事の煙と女性の労働、社会的地位、性の問題……。言語の世界はなんと人間にとって浅いものなのか。そしてまた民族語とはなんと人間にとって偏狭なものなのか。

私は家の仕事はどれもみな好きなのである。肉体は物にふれてたのしんでいるのに、心理も意識も氷原にころがる鉄片にふれでもしたようにはね散る。炊事用物質にしみついている日本的偏向をめがけて犯罪者の心理が噴きだすのである。もし私が、この内地であの両親の娘のまま育っていたなら、抽象的に物体をたのしみ、愛《め》で、具体としてはたのしめぬ女として成長していたことだろう。

私は自分がどこまでも自己を解放しえぬように、が、それでも反権力意識だけは木のこぶのように凝っていくように、金嬉老が日本語をぶちまくるのをきいていた。それは彼にとって闘争であって闘争ではないのである。そんな皮相なもので死ねはしないのだ。それでは在日朝鮮人が死とひきかえにしうる闘争とは、どこにあるのか。

——私はこんなふうに、私が単独で朝鮮（あるいは日本）について語ることを好まぬ。この方法の無力さをやぶらぬかぎり日本はその民族語のもつ地方性をこえることはできない。思想の部分的表現に終止する。思考用語が内包しまた指示するものに対する意識性を高揚することさえできない。それでいてなおこのくりごとを書きつらねるのには理由があるのだ。

それは、日本人は、誰でも、あるとき、ふいに、個人的な理由なしに、朝鮮人によって人質とされてなんのふしぎもないといいたいためだ。しばしばそうなるであろうことを指摘しておきたいからだ。人質とは、朝鮮人の主体性にとりおさえられる状態である。けれどもまた、朝鮮人の主体性に対して、まともに対応する自由——つまり生命の危機感とひきかえに自己の朝鮮を掘り起す自由を確保する。日本人は犯罪の有無にかかわらず人質として日本人が朝鮮人の主体性にとりおさえられることを、ふつごうだと考える。それは日本の大衆にとってごく自然な発想である。そしてまた日本の支配意識もさようなことはふつごうだと考えるが、それはいささか不自然な反応である。その意識は反応の立脚点を心さわがしく探さねばならない。

ではもし、中国人が日本人大衆を人質としたらどうだろう。朝鮮と中国とは、ともに日本国が侵略の対象とした相手である。が大衆の両者に対する感情にはかなりの差があるのだ。たとえば日常語に対する反応ひとつでも雲泥のちがいである。私は日本語が不自由な訪日客を案内して街をあるくことがある。通行人に道をたずねる。訪日客がそばから、英語と日本語と民族語とをまぜて距離や交通費などをたずねる。若い日本人がていねいに教える。そして問う。「中国からいらっしゃったのですか」

客がこたえる。「いえ、韓国です」「まあ中国語かと思った、似てますね」若い日本人は失望をあらわして去っていく。

私は朝鮮語の本を時折電車のなかで開くことがある。こまかな横書きの紙片へ目をおとしていた隣席の人が「ネパールあたりの文字ですか」とたずねた。「え？　いえ朝鮮の文字です」「へえ朝鮮……」そして私のあたまから沓《くつ》までをしんしんとみる。「朝鮮に字があるのですか」としばらくしていう。

それ以来、私は電車へ乗るときは在日朝鮮人学校へいっている小学生からもらった朝鮮語の教科書をひらくことにしている。絵がかいてある。チマやチョゴリがかいてあって、文字がついているのですぐわかる。あるいは韓国から送ってもらった子供の教科書をひらく。紙がまだざらついていて、絵も入っているのですぐわかる。すると、なんという視線を受けることか。舌うちやこそこそならまだいい、ひじや脚など肉体までぶっつけなくてもいいではないか。或るとき誰かが声をかけた。「なぜ朝鮮語の勉強をなさるのですか。どうせやるなら中国語がよくはありませんか」

この反応は大衆の気持ちをよくあらわしている。もしこれら大衆が中国人の手で人質になったなら、やはりふつごうなことだと大衆一般は反応するだろうか。

同じ侵略国に対する日本人大衆の一般的な感情のちがいが、日本国の敗戦を契機に異なったものとなってあらわれているのである。中国人に対しては心もちのうえに相対性をとりもどした。朝鮮人に対しては異種分離性をとりもどしている。

中国人とは日本の大衆も血を流しあって対決したのである。朝鮮人に対しては日本の大衆は血も流さず異種同化の輪をひろげた。日本のなかにも、中国とはたたかったが敗けてはおらんという心情もあるけれども、日本の大衆のくらしの基盤は書かれざる歴史——女たちの思惟の世界である。それを底にしきつめて日常思惟の決算書はつくられている。どのような権力ももてない諸階層は、女の労働を軸とした独特の寄り集まり方によって自分たちを守ってきていたのだ。その集まり方の原理原則は彼らのこころの斜面を決定していて、何らかの社会的権力を媒体にして成立している意識共同体とは、分離してできあがっているのだ。日本の人々は初対面の挨拶に「あなたのおくにはどちらですか」といっている。それは郷里そのものの所在をたずねることよりも、社会生活の意識と二重になってつづいているはずの日常生活のこころが所属している空間を表明しあっているのだ。その二重性は独特の世の中の像を人々にもたせている。

私にはその世の中像が欠落していたから、日本にきて人々がにっこりと出迎えてくれる厚かましさがまったく理解できなかった。人々は土民としか呼びようがないなまなましさで私を呑みこむのだったから。まるきり、くらしの股をひろげている感じで、自分の思惟様式をおしつけてくるのであって、それが彼らの生活生態だった。私がどのような生活信条をもつ小娘であるかなど眼中にないのである。父の総領娘であるだけで十分すぎる条件だったのだ。かすかな異様さを感じとったとしても、人々は自分のこころでそれを打ち消さねば落ちつけず、私の本質を全面的に無視することで親愛を表明した。ましてや父が彼個人の信条によって深手をおい、その深手のみを世界としていることなどは侵入を拒否した別世界のことであって、彼らはただ一方的に、あたかも畠の野菜を持ち運んでくるように、つもりつもった日常のあれこれを厚意の貢物のように食べさせた。父がにこにこして彼の個体史をさしおいて対応するとき私は孤立していた。日本に来て「同化政策」の本態が何であるかを理解したのだ。そして今日まで、私のがわからの民衆同化のこころみは成功していない。

ともあれそのようなくらしの精神構造をもっている集団は、本質の相違よりも属性のちがうものを排除する。もし彼ら集団が異種と定めているものが漂着するようなことがあれば、その異種は集団外に定着しなければならない。そしてもし何らかの事情で(それはほとんどの場合支配権力の意向で)彼らが異種と定めているものも同一の生活体に加えなければならない場合には、彼らがいままで本質を問いあわなかったように属性をも問わぬことを原則として同種同化の輪をひろげてくるみこむのである。そしてこの世界で問われないところの或る意識要素だとか、問われなかった属性(たとえば血すじのちがいや階層性や地縁など)は、同化した一つの生活体のなかで独自性の表現となる。差別とはその独自性の裏面である。

これは日本人民衆のくらしのこころの様式であって、行政化されたところの原則ではないのだ。そのこころにとっては、自他同化は他者へのやさしさであって他者の死滅へと偏向する生活原理ではないのである。つまりそこまで問うていく思惟様式をもちあわせていない。それは他者へのみならず自己へも。そうしてこの共同の生活体内での相互関係(問われなかったさまざまな要素関係および個体と個体のあいだがら)は同じ原理で終止するのが原則だとみうけられるのである。同化の輪をひろげたものは、事情あればその輪を収斂しあう。それは自己をも他者をも死滅からすくう、というより生くるままに生かしめるのだ。ここへ異なった原理をもちこむのはルール違反である。たとえば同化の原理でもって成りたった間柄に、対立の原理をもちこむのはふつごうなことであって、くらしの感情はそれを受けつけない。

日本の支配権力は朝鮮の植民地政策として、この民衆のくらしのこころを、原理原則化して応用した。日本人の多数のものは、わたしは朝鮮人を差別しなかった、という。それは同化の輪をひろげたのである。また敗戦のあとでも、問わなかった要素を権力が異種とみとめたからには、いさぎよく身をひいて相互に活路を得たのだと感じてうたがっていない。私の父は私が十歳のとき、新羅の古都慶州の初代中学校長として赴任した。父の情熱はここに松下村塾のたましいをといっていた日々に張りつめていた。父が愛した若い青年の氏名表情は今も私の心に残っているほど、その若者の個性につきそった父のこころざしは私にしみとおっていた。父の次元での人種差別はみじんもなかったという事実が、私たちを敗戦以来くるしめつづけたのである。私は私自身が内地へ来て、はらってもはらっても無感覚におしよせてくる同化の海に直面したので、父の愛のふかさこそがそのまま彼らの死滅へ通じたことを思ってしまう。

日本民衆の気の毒さは、自他対立の概念をくらしのこころの一つの要素としてもつことができなかったことである。さらにまた同化の原理を目的意識的につかうことのできる階層を、同じ生活体の指導者としてもっていたことだ。目的意識性はそれをつかう者個人の善意からの発想であれ、おなじ生

活体の他の意識を圧迫する。慶州の松下村塾の傷あとから、亡父のかわりに私宛に便りがとどく。私はそれらの日本文字の手紙のなかに、우리들（私たち）と나（私）と日本式のわたくしたちとを、気持ちをおちつけて読もうとするのである。우리들が強烈であったとき（そしてそれが高潔であれば）他人に伝えがたいやすらぎを覚える。나は相当にするどくみつめても容易に出て来ぬ。かなりのところまで交流ができて、また互に逢うこともできて対話をかさねた人の場合でも、나つまり日本語の「私」が明瞭に私にとらえられない。これは私にとって個人的な思考のテーマとしては残念なことだが、父と子と二代がそこでくらした歴史のあとを、犯罪者が犯罪の現場へかならず立ちもどる心理にも似てさしのぞくとき、天に感謝したくなるのである。

同化はやはり存在の根源をみずからたずねる手段をうばわれた諸階層の自衛手段である。その必然性にしたがっているとき、それは生きたはたらきをするけれども、どのように目的意識的につかおうとも、生活の思惟様式を異にする人格や集団を、ひとつの全体性へ変質的に結合させることはできない。ましてや他民族の支配の原理につかうなら、日本民衆がそれへ自他ともに生きて合一するという質を附して自衛手段としていたものをぬきさることになって、まったくの政治性と堕すのだ。政治的な圧迫は具象化されたもの形象化されたもののことごとくを破壊しようとも、被圧迫者の無形無言の空間の緊張を強化させる。その空間の存在を認識しえないものはほろびるのだ。民衆はかくのごとく抵抗する。

私は自分が朝鮮人大衆のそれによって、どのように幼魂を組織されてしまったかを思わずにおれない。私はただ彼らにとりまかれて遊んでいただけである、朝鮮語さえ知らずに。また情にもろくて厳粛だった父の感情の方向にしたがっていただけだ。そして丘陵と王塚と石の古蹟のたたずまいが子供心には悠久の時間をかたりかけるようにみえるあの古都を、心ゆくまで愛していただけである。もし二世の時代が植民地におとずれ三世がその地を歩くことにでもなったとしたなら、私は、二、三世の意識が日本国を祖国としたろうとは思えない。南アフリカの白人の意識とさしてかわらぬ雰囲気で、せいぜい善玉と悪玉にわかれたりして、政治経済的には日本と連帯したがよいか中国の方がよいかと論争したことだろう。そして数代ののちには植民者にしみついた朝鮮人の無形無言がみずからの思考を表現できることばを生みだしたにちがいない。そう思うだけで感覚の一部に、ぱっと光がさすのである。人間はまさに歴史的な存在である。ここで私は在日朝鮮人の意識・下意識を思わずにおれない。

日本の大衆が自分自身の日常的思惟様式の欠陥にめざめるためには、在日朝鮮人からの打撃が必要である。私が負ってきた母国との断絶よりも深い傷そのものから、かりものの朝鮮らしさを超えた思想を生みだしてくれることがその一つだ。そのための試行錯誤が、日本人大衆の日常的思惟の世界に対する直接性である時期はなおつづくことだろう。大衆は異相分離ののちの無関心を贖罪だと感じているのだから。また同化の原理以外の対応を知らないから、目の前に立ちあらわれたものとの対応法がわからないぶきみさに、日本はさらされる必要がある。自分のもっていた発想法そのものをゆさぶられるという体験を意識にとどめたものは、敗戦後にやっとかすかに生じたにすぎない。

植民地体験に対する一般の日本人の罪は、戦前戦後を問わず、政治的には徹底した差別を行政化している国内で、なおくらしの次元では差別をしていないと感ずるほかにない社会構造精神構造をもちつづけている点である。それと格闘していない点である。どうもこの精神構造の特色は、二重性の核心部分が不明確というのかゼロだといえばいいのか、これがその核心だというものを指定できないところだとみえる。その内実となっているのは、わたしはあなたとおんなじ、あなたもわたしとおんなじだ、だからわたしもあなたもおなじで、つみはどこにもない、というふうに、いっさいの本質を無に帰結しうるところにある。つみのありようがない。それは一面からいえば権力に対する民衆の自衛法にはちがいない。支配権力はこの生活体にとどめをさすことはできないから、意見や行為の震源地がないのだから外からほろぼしようがないのである。そして誰でもくらしの次元ではここに加入することができる。

けれども支配の能力はこの運動体の法則性をあらゆる段階で他に利用することは容易である。特定の人間のあいだに同化の媒体や結合目的をあたえてやれば、それに対する責任の所在は不明のままに支配の目的へ近づけることができる。おそらくそうした能力は、このくらしの自衛運動体の要員となる要素をより少なくもっているものほど、やりやすいと思われる。というのも、アメリカが行なった日本の敗戦処理の方法を思い起すからである。

こうした精神構造に対して、外来神をあたえるごとく安直に階級意識をもてということはいっそう罪ぶかい。階級意識を胸いっぱいかかえたあなたとあたしが、段々畠のようにならんで、自分たちの味方だと信ずる同じ集団の支配権力の指令を待つからである。この精神構造は一代二代で超えることは不可能だ。他者との対立の視点を個人の発想の内側に定着させることは容易でない。日本人の朝鮮問題は、やはり、日本自体を思想的葛藤の対象としたときにはじまるのだ。それ以外に朝鮮人を自分の発想の外に自立する存在だとして認識することができないからだ。われも問いかけ、かれも問いかける形を創りだすことがむずかしいからである。

金嬉老にかぎらず、朝鮮人が自分自身の存在を告げるために、犯罪を代償にしたり血縁を死においやったりして日本人宛のことばを作り出そうとしているときに、日本人は朝鮮人むけのことばを、自分の何ものをもこわすことなく排泄することができる。くらしのなかのちいさな愛がこわれるおそれもなく、氏名をかくすこともいらず、孤立もせず、権力からは代弁者の役を間接的につけられて重宝がられ、反体制的はねあがりたちの尊敬さえ得て、しかもそれを叱咤激励する役得まで附随するのである。

私には連帯のうそっぱちとして敗戦後の日本共産党の朝鮮人対策が印象ぶかい。朝鮮人党員に対する日本共産党の指導性は、まるきり日本民衆のくらしの感情の悪用だった。民衆が同化の輪を収斂して民族それぞれに生きようと感じている点を、党は、朝鮮人が抱いた解放感に対する皮肉として利用した。解放を朝鮮は勝ちとってはいない。血を流させないでものをいえる位置においてやったではないか、ごたくを並べずに弾よけの役をやれ、という心情が中央の方針にみられる。地方の労働運動の場でも日本人党員がそれを口外し行動化した事実は、私の耳にまだなまなましく残っている。「同化」の根はまことに深いのである。いったい他の資本主義国の植民地対策が、植民者被植民者の精神に及ぼしている傷あとはどういうぐあいなのであろう。日本と朝鮮との関係は大ブリテン島とアイルランドとの関係に、歴史的に近いと聞くけれども、その植民地対策はたいへんに異なっている。対朝鮮人問題を、私は人種差別一般の中へ解消させて思想の根を浅くすることをおそれるのだ。

近くの在日朝鮮人とおしゃべりをしていたとき、彼女が少し表情をあらためて問うた。「気わるくせんどいてね。奥さん外人てほんと？　朝鮮人たちがいいよったばい。わたしはね、奥さんは日本語が上手だから日本人と思うといったんよ。それでも、いや外人の血が入っとるという噂ばい、といってわたしのいうこと聞かんとばい。ほんと？」外人てなん、と問うと「さあ、アメリカかどっか、日本や朝鮮じゃないところじゃろ」といった。民族性を証言するにはどうすればいいのだろう、とふと思った。日本語が上手だから日本人と思う、といわれて足もとが少しゆらゆらした。

私の息子は私へ、時にいうのである。「ママは朝鮮人だのにどうして日本語がうまいの」初めて耳にしたときは私は少し青くなって息子に自己を証明しようとした。すると「知ってるよ、昔朝鮮を日本が植民地にしていたことぐらい」という。「それでね、ママはね、そこでね——」話したあとで息子は私の顔をみていう。「わかってるよ。だから朝鮮人でしょ」「それじゃぼくは？」「ぼく？　ぼくは日本人」「ママは朝鮮人でぼくは日本人？」「それがどうしていかんの」私の顔をみて娘が弟へいってくれた。「バカねえ。ママは日本人にきまっているじゃないの。人種としては日本人よ」そのことばは、私のこころに、また涙をにじませてしまった。

第2章　十七歳、九州へ

神話とふるさと

一

進学のために私が帰国したのは、十七歳のときでした。

まだ戦争のまっさかりでした。空襲となってついに学校も焼けました。

やがて敗戦。

学友のあいだから、飢えていたように音楽が聞こえはじめました。まずジャズが戦前のどこかクラシックなひびきを保ちながら華やかに流れました。その音楽を、日光に当るように目をつむって聞いたときの心身の感じを、私は今も思いだすのです。しみるようでした。全身の皮膚から音楽がしみこみました。

まだ夏でしたから、八月十五日の敗戦を聞いてから、さて、どのくらいたっていたのでしょうか。

十日か、二十日か……。

そのレコードを聞かせてくれた級友と、そののち一度も会っていません。

私は誰かにあげてしまった油絵の道具を、また買いました。

もう二度と使わないだろうと思って、誰かにさしあげたのでした。

その敗戦直前のことにすこしふれましょう。

空襲で学校も市街も焼けてしまい、女子専門学校の生徒である私たちは工場に動員され、私はといえば苦手な数学を使いながら設計室に通わせられていました。結核の大学生たちが兵隊にとられぬまま、設計室で、ゴホンゴホンと咳こみつつ飛行機の製図にたずさわっていました。

月一日の休日がきたとき、私はキャンバスをもって川土手に行き、夢中で絵を描きはじめました。心も体もよみがえるようでした。

人通りもまれでした。遠くから、三人の男が寄ってきました。「非国民！」と彼らは私をののしりながら、キャンバスを踏みつけ、絵の具箱をひっくりかえしたのでした。

個人的な表現行為は、すべて、非国民だったのです。

結核でじっと寝ていることも、もちろん、非国民でした。そのまま自然死することなど恥です。兵士が戦死するように、血をハンカチに吐きかけながら、生ニンニクをかじっては、戦闘機の製図をしつつ死ぬ。そうやって死んだとしても、一人前の死とはみとめられないのです。戦地に行けないのは、人間のくずなのですから。

私はひどいことばを使いましたが、これはごくふつうの日常会話でした。

私は設計室で、たちまち結核に感染しました。三人の女子学生がここに配置されたのでした。一番体格のよかった級友が、敗戦のあと、まもなく亡くなりました。

こうした夏のことだったのです。友人の兄上が戦争中ずっと押入れにいれていたというレコードを聞いたのは。ひびわれた音ながら、鮮やかなジャズがよみがえったのでした。私は熱をだしていましたが、目をつむったまま、太陽光線のような音の波を浴びていました。

戦争中の私は、学校をおえたら家族が住んでいる朝鮮に帰って、そして仕事をするつもりでいました。どのような仕事をしたいのかはばくぜんとしていましたが、しかし、女も一生いい仕事をしつづけること、という親の考えがうれしくて、私もそう考えるようになっていました。

父は時折オールド・ブラック・ジョーの歌を口ずさんでいました。

若き日、はや夢とすぎ、
わが友、みな世を去りて、
あの世に、たのしく眠り、
かすかに、われを呼ぶ、
オールド・ブラック・ジョー
……

父は四十代でしたが、その他国の歌に感慨がこもっているように聞こえました。

「少数民族のことを和江は知っているか」

そんな話を父がしました。中国との戦争が拡大してとめられそうもなくなっていたときでした。

「強くて大きな民族のしあわせだけを考えてはいかん。お父さんは少数民族のことについて考えているのだよ」

父からそんな話を聞いたときの私は、日本領の南洋群島にオールド・ブラック・ジョーはいて先に亡くなり、「われもゆかん、はや老いたれば……」とその友人にうたわせているのだと想像したりしました。父もそこへ行くように思いました。日米開戦となってその歌も禁ぜられました。ポピュラーなアメリカ民謡のかずかずとともに。私たちは家の中だけで口ずさみました。

ふりかえってみると、ジャズからポピュラーソングまでの多くの欧米の歌を禁ぜられたのは、時間的には長い年月ではありません。でも、それはなんと長く長く感じられたことでしょう。敗戦となるや、ジャズを数人で聞いたあと、私たちは禁ぜられていた歌をつぎつぎにうたいました。讃美歌もうたいました。

主よ、みもとに近づかん、
登る道は十字架に、ありとも、

など、悲しむべき……

子どものころ教会に行っていたのを思いだしながら、ようやく死ぬことをしみじみとふりかえっていました。やっと、自分の死、自分のいのちが実感できました。

空襲や、機銃掃射で電車からとびおりて山肌にへばりついたときなど、死ぬことは思いませんでした。殺されることは考えましたが。

こうしてやっと、殺される不安から身を守っていた日々をぬけだし、これから先へと生きることを考えはじめるや、私はくらやみに落ちました。

学校を卒業して何か仕事をするために朝鮮に帰る、という私の目的は、汚れた夢としててのひらにのこりました。今までひややかな気分さえ持って眺めていた、「日本精神」のすべてが、私自身の過去とくっついてしまいました。日本全体の歴史の中に私は足をすくわれまい、と、幼稚な心を抱いていたのですが、敗戦は私を呑みこみました。世界をさわがせた日本人の、何が何かわからぬくらやみに私を引きずりこみました。

一体、日本とは何なのだろう。

私は日本とどうつきあえば生きていけるのだろう。

それまで怒濤のように日本精神は私の頭上にもおそいかかっていました。でも、おそわれると、私自身の中にある豆つぶのような「わたし」は目を覚ますのです。全体とともに生きながら、しかし、

「わたし」は「わたし」でしかないという、いのちの声がのこるのでした。

そのように、外圧がしっかりとかぶさってくるから、私はそれにさからったり、耐えたりする自分を感じとることができていました。

たとえば、つぎのように。

植民地でも戦争の激化にともなって、植民二世の教育は根本からやり直さねばならなくなったのでしょう。二世たちは母国の暗部を呼吸していないので、死ぬことは個人の自由だと考えている面があったからです。

天皇のために死ぬことこそ、無上のしあわせである、という考えを、女学生の私たちは持てなくて、授業がおわると、授業中に聞いたことをわらってしまうのでした。掃除当番に当ったとき、教職員用便所を数人で掃いたりしながら、

「おそれ多くも、もったいなくも、皇后さまのうんこはね、白の羽二重にくるみます」

などと、誰かが芝居をはじめたりしました。

箸がころげてもおかしい年齢というのは、いつの時代もあると思います。ただ、そのおかしさは、環境によって相当なちがいがあることと思います。

私たちには、それらの芝居は、ベルサイユ宮殿の女王や王族の女たちの排泄と、どこもちがうことのないものとして、演じられました。マリー・アントワネットやその母マリア・テレジアなどへも飛

躍しました。

　こうした心境は私たち女学生だけのものでもなくて、植民地の先生にもありました。歴史の時間など世界史にとどまったまま、あちこちへと飛躍して、神国日本にもどってこない先生もおられました。今はその気持ちがよくわかります。屋根の上から小便をとばす話をしたまま、なかなか地上へ降りてこなかった先生の、歴史の授業を、私は転校生として不審な気持ちで聞いたこともありました。しかし今はその思いがわかります。

　そのような面もあった私たち植民二世の学校生活を、日本人らしいものに鍛え直すこと。そのことを大まじめに遂行する先生に、私は会いました。修身の時間に。

　その先生はおごそかに、私たちの精神に日本の伝統をしみとおらせようとして、姿勢を正させて精神統一をはからせました。無念夢想。無私の心。心も体もわがものではなくて、いのちは天子さまからいただいたもの。それは理屈ではなく、無私の精神に心身が統一できればおのずから会得できる日本精神だというのでした。

　しずかに目を閉じたまま無言の授業時間がすぎていきます。

　私には精神統一ということが、どういうことなのかわかりませんでした。静かにしていましたが、私の精神は統一できていないとの先生の判断で、修身は乙でした。天皇の赤子《せきし》として死ぬ心を養うのは私には無理でも、まず精神統一という状態を知りたいと私は思いました。

　禅宗の始祖の達磨《だるま》大師は九年間壁にむかって心身一如の域に達した、といいます。そんな境地に達することが精神統一なら、とてもおぼつかないことです。

先生が私たちに求めているものについて理解するのは困難でしたが、私はそのずっと手前の段階で、精神統一ということのイメージがつかめないのでした。

たとえばまだ小学生のころ、朝早く起きて戸外で詩を書こうとしながら、朝焼け雲の美しさに打たれて泣いたことがあります。そのとき私の心は大空のようにひろがり、とても澄んでいました。ただただ空の美しさに感動して、すべもなく、涙をこぼしました。ほかにどのような雑念もなくて、人間よりもはるかに偉大なものを感じていただけでした。

あのような心の姿が、統一された精神なのでしょうか。

心と体が一体化したとき、精神が統一される、とはどういうことなのだろう……。

私は夏の夜、家族たちが眠ってしまってから、ひとりで正座してそれを知ろうとしました。

二

こうした試みは、日本生まれの女学生には必要のないことだったろうと思います。

自分自身の感情をそのまま日本精神だと思うことができたのではないでしょうか。

その点、私は自分が不安でした。天皇のためによろこんで死ぬ心が日本人だというのは、戦争のためのフィクションだと考えていました。そのフィクションを守りあうことが求められているのだ、と理解していました。何しろ非常時なのですから。ここをのりこえねば、好きな仕事もできないのですから。そんなフィクションも必要なのだ、と。

私は夜おそくたたみに正座して、両手を合わせて、無念夢想の境地というものを知ろうとしました。かなりの時間がたったように思います。

心と体から、「わたし」を捨てていって、そして心身一如の状態を得てみたい。それができたとき日本精神なのかどうか、私にはどうでもいいことでした。ただ、男の子たちが、そのような心で少年飛行兵として死にに行くのだ、ということを教えられた直後でしたから、ふまじめな思いは露ほどもありませんでした。

女の子はミソッカスのように、戦争の脇役にまわるのだということが、はっきりと感じられました。せめて、心境を得ておきたい思いは、十六歳となった私のあせりだったのかもしれません。

正座瞑目してどのくらい時間がすぎたのかわかりませんが、心臓の鼓動がよく感じとれるようになってきました。その規則正しいリズムのままに身をまかせるようにしていました。

ゆったりと体がゆれはじめた気がしました。やがて正座した体がリズミカルに、正座のまま跳びあがるようになりました。

これが精神統一なのかな、へんだな、と、思いました。薄目をひらいてみると、跳びあがったときに、窓の外の灯が見えました。灯が見えたり見えなくなったりするのです。私のリズムのままにまに。

これでいいのかなあ、という思いと、なんとなく拍子ぬけした気分が走りました。しばらくつづけていましたが、もう止そう、と思って目をひらき、立ちあがって窓を閉めて寝床に入りました。

何も新しいものは得られませんでした。ただ、意識を外へ働かせないように、体内に集中させるようにしていると、体は心臓の働きのような自律反応をするものらしいと知りました。

私は登校の途中で、とある祭場をのぞき見したときの光景を思いだしました。それは、祭壇の前に立っていた巫女が、鈴のようなものを持ち、はげしく体をふるわせながら忘我のふぜいで倒れていくところでした。神がかりしていく途上らしく、人びとは神がのりうつるのだといいました。

でも、あれと私のこの試みとはどうちがうのだろう、と思いました。私だって神がかりしたと思わせて神託をたれることはたやすいと思われました。

その当時は神話が現実のことのように話されました。

それら神話には、神と人間とのあいだに、神のことばを伝える巫女がいて、身をきよめて神に祈っているうちに、常態を失って神がかりするといわれています。が、私は精神統一という奇妙な実験をしてみたばかりに、その試みののちは無心にそのことを聞いたり読んだりすることができなくなりました。私が古代人の心や、素朴な民間信仰の心を失っているせいですが、でも他面では、私のその試みがわざわいして神がかりの演出について考えさせるのでした。

神託は、神がかりして無意識状態になった巫女が口走ることばにこめられているといいます。それを、神官が聞きとって人びとに告げるのです。

しかし私は、心身の状態を意図的につくりだすことも不可能ではないと感じました。

女学生当時の私たちに、日本精神を体得させようとされた先生は、国家神道を核とした国学を専攻した方でした。国家神道の立場に立って精神統一を教えようとされたのは、私のような安直な反応を求められたのではなかったはずです。

私は授業のはじめに、「精神統一！」と号令をかけられ、目を閉じて静かにしている私たちのひとりひとりに両手をさしださせながら、自己統一ができているか否かをてのひらの様子で判断される先生の、即物的な方法をつまらぬことだと思いました。そして先生の判断はどうでもいいけれども、私は精神の統一ということが知りたかったのです。でも、先に記したように、知ることはできませんでした。

そして、かすかな疑いだけがのこりました。私は、無意識に近づくためのテクニックがあるように思ったのです。心を虚しくして身体の自律的な働きに意識をゆだねることは、そうむずかしいことではなく、またそれは自覚を失うことでもなく、覚めた意識を静かにさせながら、そっと体の律動を眺めることができる。

おそらく誰もができることだと思います。その必要がないので、開発されていない意識・無意識の機能は、いろいろとあるのでしょう。社会のありようによっては、個別に、または集団的に、私が行った試みなども失神するまで試みられて開発され、神まつりなどに使われたかもしれません。最近になって、肉体の未開発の分野について語られるようになりました。私たちの脳細胞にも、開発されていない可能性が実に多くのこされているそうです。体細胞にも。

私は敗戦後に、熱心に日本神話を読みました。戦争中の神話の解釈には国体に結びつけるための無理があって、神話を神話として読むことができませんでしたが、平和になって神話を古代人の世界観として読むと、日本に関する多面的な要素がうかがえてなかなかたのしいものでした。また、戦時中の歴史観を反省することもできました。

私たちは日常生活をさまざまな次元で多様に組み立てています。単独であったり、家族とともであったり、集団となったり、群集であったり、と、まるで幾重にも色を変えることができるカメレオンのように。それらのさまざまな次元で、作用と反作用のように人びとは互いに影響しあいながら暮らしています。

もし、その相互性をみとめることなく、一方的な作用だけが人間関係の中で機能しているのだと主張するなら、それは地球の上で暮らしながら夜だけしかみとめない生活状態だといっていいでしょう。たとえ強大な権力者と無力な者とのあいだであっても、人間的な相互性はあるのです。ただその相互性をどう解釈しているかは別として。

それら相互性の総体が、民族の精神とか文化とかを形づくるのだと思います。

戦争中の日本精神は日本人のさまざまな生活上の相互性を、戦争へむけて効率よく高めながら、たったひとつの死の方向へと秩序づけようとしたのでした。神話を現実としながら。そしてたくさんの人のいのちを失いました。

日本人だけではありません。兵隊は他民族を殺しにでかけたのですから。

今は戦争を語るとき、失った日本人のいのちをいたむことしか考えません。けれども軍隊を進めた先ざきで、幾万もの他国人を殺しました。兵士を殺しただけではありません。女子どもや老人たちを、彼らがいのち乞いをするのに、殺しました。生体解剖や毒ガスを吸わせることもしています。聞くに堪えず、読むに堪えなくて、耳も目もおおって私は今日まできたようなものですが、死と死ぬことを考えるとき、降る雨の音のように、その聞くに堪えない血のしたたりも聞こえてくるのです。

三

戦争中は、たくさんの神の声を私たちは聞かされました。神国日本なのですから。神の声のままに進軍ラッパはひびいたというわけです。

少年兵たちは、日本精神の華として散りました。私が安直な反応で気分をしらけさせているときに。敵を殺しながら散りました。

日本人は慰霊の心は貧しくはありません。当時は軍神もたくさん生まれました。戦死でなくとも死者を心をこめてとむらいます。

でも、すべての死者ではありません。

他国を戦場とし、他国の日常生活のただなかで銃を撃ちましたが、日本人の骨だけを拾ってとむらいます。人情としてやむをえないことかと思いますし、××家之墓としてしか、死者をまつるすべを知らずにきたせいかとも思います。

しかし庶民の心には、かつては無縁仏をまつる心も生きていました。日本の山河のそこここにはその名残りがありますし、盆踊りなどもその発想は無縁有縁の死者の供養でした。

あまりに非道な自分の行為は忘却にまかせるほかにないのかもしれません。忘れる働きのおかげで私たちは生きのびているのかもしれません。それに、無縁仏をまつってきた心には、亡くなった誰かの霊がたたりをもたらすことへの、おそれがあったのでしょう。

戦争が止《や》み、私は日本で暮らすことになりました。それまでは一時の留学先と考えていましたから、美しいと感ずる面に感動してすごしながら、友人たちから何かとこまかな風習について教えてもらうことで満足でした。

たとえば学校の寮生たちが話す正月の雑煮ひとつをとっても、地方によってたいへんなちがいがありました。私は親たちが博多ふうの雑煮をわが家の味にしているのを知りました。故郷の味のままに。

戦争中に農村に稲刈り奉仕に行ったとき、手織り木綿でつくった雑巾を見ておどろきました。美しい絣《かすり》でした。その雑巾をもらって帰ってから、ぼつぼつと手織り木綿をあつめはじめました。ほんのわずかな古布のきれっぱしです。しかしその味わいはなんともいいようがないもので、女たちが家の中でたがいに磨きあげた縞の色どりや、格子や絣の美しさに、生活に根づいている美意識を感じていました。

その稲刈り奉仕には大学生も高等学校の生徒もきていましたが、学徒兵として戦地へ行かねばならないことを、泣きながら話し、濁酒《どぶろく》をあおって泥酔していきました。それを農家の出征兵士の家族たちはだまって世話していましたが、そのかたわらで手織りの雑巾が丸められているのを見て、おどろいている私の心は複雑でした。

ともあれこんなぐあいに、進学先ですごしていたわけですが、日本のほかに生きる場所がないのだ、となると生き方は全く別の形をとらねばなりません。

それは自分の中の日本人の発見でもあります。また、未知の日本の風土に、それまで私に命令しつづけていた日本精神とは質のちがった、私の好きな日本を見つけだすことでもあります。そうせねば堪えられないし、生きられない。私は見つけだした日本の中に埋もれたい、と思いました。そうして、そうすることで、私のてのひらにのこっている、汚れた夢の罪深さを忘れたい。

つらくてたまらないのです。

戦争が他国の人を殺した、と私は書きましたが、そのことをふくめた近代史の中に、私は自分が植民地・朝鮮で生まれたことを加えずにおれません。自分を除外してしまうことができないのです。植民地での誕生は間接的な殺人であったのですから。

個人的な思いがどういうものであったにせよ、植民地に入りこんだ日本人のために、幾万もの人びとが、朝鮮半島や台湾や樺太や南洋諸島から流れてさまよいました。もちろん殺されてもいました。生まれたことを罪深い事実として感じねばならないのは、なんとも苦しいことです。私は忘れたいのでした。朝鮮の風土、朝鮮人のふんいき、朝鮮人のクラスメートたち。私を養ってくれた風物のことごとくが好きで、それらのもとへ帰りたい心を、ほろぼしてしまいたい。どこかに捨ててしまいたい。そして日本のどこかに、まるごと埋もれて、くさってしまいたい。

でも、日本は混乱していて、私が埋もれたいほど心を打つようなものはまるで見つかりません。

家族が引き揚げてきて、父の郷里に身を寄せました。

「ああ、帰りんしゃったなあ、よかったなあ」

にこにことして本家の人たちも地元の父の旧友たちも父を迎え、私らをうけいれてくれました。まるで自分たちの延長のように。ここで生きてきた人びとの心が、そのまま私たちにもおなじように脈打っていると、信じているように。

そのほかの生き方があって、私ら家族のひとりひとりは自分を問いつつ苦しんでいるのですが、そんなことなど、まるで気づかぬようなあたたかさで。戦争で誰も彼も何らかの傷をうけていたはずですが、それをおさえて、自分らの分身を迎えるような周知の表情が郷里にありました。

父の郷里がそのように父をよろこび迎えたことには、次男の父と本家とのそれまでの歴史があってのことだったのですが、私は何も知りませんでした。

私はその無条件な、それを裏返すなら個々の独自性の承認をぬきにしたところの、全体意識の出迎えに絶望したのでした。

それのおかげでゆったりと寝させてもらいながら。熱のある体を休ませてもらいながら。

私はどうやってこの自他のあきらかでない風土で生きていこう、と、ほんとうに、くらやみをじっと見つめる思いでいました。

四

この章で私がふれようとしているのは、私の個人史ではありません。それを素材に提出しながら、その素材への反感や共感でもって戦争という時期をふくんでいた近代の日本を、今の若い方たちに感じとってもらいたいと思っているのです。そして、私が、近代的な（それは今日の発想の基本ともなっている）自意識の限界を越えたいと考えていることの意味を、もうすこしはっきりさせようとしているのです。それはしばしば現代以前への謳歌のようにとられがちですから。

歴史は民族ごとに発展の速度がちがっていたり、また停滞したり、衰弱したりしますが、しかし踏みわたってきたむかしへ逆もどりすることはできません。

ちょうど私たちのいのちが、そうできないように。私たちの生命活動は活発に細胞を分裂増殖させて、文化を生みながら、やがて個別に活動を弱めていきます。トシは六十でも心は十八、ということはいえても、きのうの私の体にあともどることはありえません。

そのような人間たちの活動の結果である歴史なのですから、いかに古代にあこがれても中世を慕っても、物質化された時間空間の状態を、現代以前へと逆行させることはできません。

私が日本で生きねばならなくなり、庶民の生活の肌ざわりになじめぬまま、それを古臭く、停滞的に感じたとしても、それはその時点での日本でした。また、そう感じた私の「わたし」が学友たちと共にしていた敗戦直後の古典的なジャズとか讃美歌とか、そしてことばにしがたい開放感とか不安とかも、その時点での日本の一端でした。そしてこれらの、今から見ればのどかなとさえいえる、当時の日本人の生き方が、高度な科学技術の産業社会から郷愁をもってふりかえられようとも、逆もどりすることはできません。

限られた資源と人間との関係について考えるとき、しばしば戦争前の日本人の生活への郷愁が語られます。けれども近代前期ふうな村の暮らしへの逆もどりでは、未来はひらかれません。そういう意味で、今しばし、私が経験したかつての日本にふれようと思います。

私が通っていた女子専門学校が敗戦後に女子大学となったように、女たちの進学の道はしだいに多様にひらかれ、選挙権も得て、人権ということばも味噌汁になじみかけてきました。

それでも一般に、引き揚げてきた植民二世が目にする日本は、びっくりするほどの旧態をもった男尊女卑のくにでした。洗濯物も男性のものとおなじ竿に干してはいけないという故郷へ帰った私の小学校の同級生のKさんは、恋をして自殺しました。十代末でした。

おなじクラスだったYさんも、やはり恋をして、いのちを絶ちました。

私たち娘の目からは、帰国した日本には、男尊女卑の側面が立ちはだかっていましたが、でも、同級生の男の子も、死を選びました。M君も、S君も。

私の弟もいのちを絶ちました。

彼が大学に行っていたときのことでした。

弟も私が苦しんでいたのとおなじように、この日本で何を愛し、何を誇りとして生きようかと、激しく探し求めていました。

今の若い方には信じられないことでしょうが、たとえば結婚した村の女が、嫁として自由に処分することをゆるされるものは、ただひとつ、放し飼い中のにわとりの卵だけという不文律があった当時です。家には、しゃもじ権というのがあって、ご飯茶碗にご飯をよそう権利も嫁は持たないのでした。そのような無権利な状態を基準にしてさまざまなバリエーションでもって、町や村の家父長の権利は守られていたのです。

嫁は、卵を売っては子どもに足袋などをつくってやって心を満たしていました。国は敗れましたが、生活の場での旧秩序はすこしもこわれていませんでした。それは、新憲法の制定などでかわるものではありませんでした。古い制約とたたかう心と、たたかいによってもたらされた新しい価値観が生活になじんでいくことによって、すこしずつかわってきたのです。

私の弟も、その当時の若者たちといっしょに、新しい風を求める波の中にいました。M君も、S君も、事情はちがっていましたが、生活次元での自分自身の主張を持っていたのです。

今であれば何事もなく通る自己主張も、当時の町や村ではとんでもないことでした。そこでは地域や家の代表者しか、発言権はありませんでした。そのことによって、地域の平安は保たれていました。血縁地縁の共同体は。

一般の者には、「私」ということばの基盤はまだ育っていなかったのです。「私」ということばは、へそくりのことでした。

「うちの嫁は、わたくしししとる」

と、いうぐあいに使いました。

私心を去って天皇の赤子《せきし》たれ、という発想こそ政治上から消えましたが、日常生活のうえでは集団と別意見を持つ者は、個人主義者か、アカ（共産主義者）といわれました。引き揚げた若者の多くは、アカといわれながら、個の尊重の場を築こうとしていました。

村の多くで個人に属するものは、ご飯茶碗だけといわれていました。あとは家のものでした。個人が死ぬと、出棺のときに生前の茶碗を土間で割って、個人の死のシンボルとする風習があったように、生活の基盤は個人ではなくて、家という集団だったのです。

この集団の中でたがいを守りあう道がつくられていました。無一物で引き揚げてきた血縁の者をあたたかに迎える心も、血で結ばれた縁者全体がともに生きてこそしあわせだという大家族ふうな生活観があったからです。

その反面では、血縁地縁のない者への閉鎖性がありました。

私がその当時、もっとも気にかかった挨拶に、「あなたのおくにはどちらですか」というものがあります。

どういう心で何を問うているのかわかりませんでした。出身地を問うて、さて、何にしようとしているのかがわからないのです。

「おくに？」
「お生まれはどちらですか」
「朝鮮です」
「ご両親も？」
「いえ、両親は福岡県ですが……」
「ああそうですか……」

相手はにっこりとするのです。

それで、「福岡ですけれど、何か……」と問いたくなります。だって、それから何かがはじまるわけではありませんでしたから。それは初対面の挨拶だったのです。

どこへ行ってもそうでした。男も女も。年配の人も若者も。これは一体どういう精神構造なのだろうと、数年のあいだ、理解できずにいたのです。これが生活を支えてきた地縁血縁共同体の、外来者に対するほとんど無意識な識別でした。

その延長線上に、たとえば戦地での死者の、民族区別が成りたっていました。

私は、日本がわからぬまま、こうした表面にあらわれている家中心主義の暮らし方に対して、批判的に生きはじめました。

なぜなら、そのような社会では自分を生かせないからです。私の中の「わたし」は、激しくこの社会にさからいました。こんな封建的な生き方はいやだと思いました。

だからといって、希望があったわけではありません。日本と私個人の関係に光が見えてこないのです。何よりも、自分が生まれたことに対する原罪のような思いが、重く厚くたちこめていました。わかりもしないのに、私は原始仏教の本を読みあさりました。流行しだしたマルクスも読んでみました。

私がよりどころにしていたのは、どのような人間であれ、個々の人間こそもっとも大切なものなのだ、という幼時からの一貫した価値観でした。それが根をおろす場が見つからないのです。でも、その考えを主張して結婚しました。相手は長男でしたから、具体的な場で困ることもありましたが、基本的な方向が通ればこまかなことは気にしませんでした。

それよりも私には、もっと大きなものがほしくてなりません。今ある日本ではなくて、もっとはるかなむかしから生きてきた山河への共感がほしかったのです。山河と書きましたが、単なる自然でもなく、見えない精神史のような、私たちの共同の墓が。先人がたくさん眠っている墓が。愛し、尊敬できる精神……。

弟は、「ぼくには心のふるさとがない」といって、この世からいなくなってしまいました。

私より先に。

ひょっとしたら、私がそういって消えていたかもしれないくらやみの中で……。

必死になって、この姉はがまんしていたのに……。

「日本式共同体」を越えたくて

チビッコという言葉がコマーシャルベースにのっかって全国を風靡《ふうび》し、子どもにおもねりながら明日の新局面をひらこうとする情況が見えた五〇年代末から六〇年代へかけて、私はしばしば、自分の幼児期を思いうかべた。何かが似ている思いだった。

私は一九二七年、昭和でいえば二年生まれなので、文字通り「昭和の子ども」だった。ものごころついてから、「昭和の子ども」という表現を何かにつけて耳にした。まるで幸福の象徴ででもあるかのように。

レコードにも絵本にもそれはあふれていた。私も童謡を謡った。

「昭和の子どもって、なあに」

親にたずねながら。

私が生まれた場所は、当時日本が統治していた朝鮮の地方都市であり、日本人の住宅地には老人の姿は見かけなかった。いわば今日の単婚家庭のはしりが集まっていたのだ。私の遊び友達は官吏の子と陸軍将校の子どもばかり。朝早く、ぱかぱかとひずめの音がして、将校官舎に迎えの馬が兵卒に連れられてやってくる。何十軒と建つ将校たちの玄関先に。

遊び仲間といっても、向こう三軒両隣の域を出ないし、子どもはどこもすくないので、一人遊びのほうが多い。生まれて以来、そんな暮らしなので、さみしいと感ずることもない。

親たちが選びとった生活スタイルのほかには、直接に他人の生活倫理が入ってくることもない。そして、日本人住宅地の外にあふれている地元朝鮮の風物——山や空や遠くの藁《わら》屋根や働く人びとの声や生活の音などを、バックグラウンド・ミュージックのように呼吸した。

いつかその当時の古新聞を見ていたら、大きな活字で「植民地は女の天国」とあった。三食昼寝つきの上に、口うるさい年配者のいない社会なので、そういわれたのだろう。子どもの私は、キンダーブックや蓄音機の童謡や三浦環《たまき》のソプラノなどがもたらすのんびりした日常の中で、これがずっとつづくものと思っていた。

遊び友達が限られていたせいか、本を相手に遊ぶのが好きで、身のまわりに子どもの読みものはすくなくなかったが、日本の昔話や童話がにじみ出させる、なんともいえぬねっとりとした感じがいやで、アンデルセンなどの西欧の童話がはるかに身近に思えた。

今ふりかえってみて思うのだが、あの当時の私が感じとった日本の昔話や物語がにじませていたもの——狭く、重苦しく、ユーモアに乏しく、飛躍のすくない、渋い味——を、今日チビッコともてはやされて育つ都市の単婚家庭の子らも、やはり私のように、どことなくはずかしく思うのではあるまいか。それは男と女の愛の物語ではなく、一組のカップルの愛をさまたげるもろもろの人間関係がにじみ出させる味であった。

子どもの私は、そんな味ばかりがする童話の上での日本内地を、否定していると思われる父と母を持つことを、真実、うれしく思っていた。私がこの世と対応するときの、基盤となるものは、個人であり、それは西欧の童話や物語を読むとき、すっきりと共鳴した。

ある日、いっしょに遊んでいた父が、追いかけっこをしながら言った。

「おれは熊襲《くまそ》だぞう。おまえらのような姫御所《ひめごじょ》ではないぞう」

それは何かしら、批判めいて聞こえた。

「いやいや。和江もクマソ！」

私は父にむしゃぶりついて主張した。

「だめ、熊襲は反骨精神。おまえはだめ」

いやだ、いやだと、私も鬼の面を要求したが、反骨精神という言葉の意味はわからなかった。しかし、わからない言葉というものは子ども心に染みるとみえて、しっかり染みついた。

お手伝いの朝鮮人の少女がどこかへ連れて行ってくれた。老女が紫の鉢巻きをして病の床に伏し、かたわらで、長鼓《チャング》を鳴らして祈禱《きとう》していた。私はそのへやでちいさくなって座った。

クリスマス・キャロルがそのころ子ども雑誌に出ていたのか、雪の日、小学校でお話会があり（それはしばしばあった。外へ出て遊べない日などに）、私も指名されて、それらしい筋書きを話した。級友たちは面白くなさそうにしていた。

たしか三年生の冬だったと思う。戸外は白く雪が散っていた。東京で陸軍青年将校たちが重臣らを襲撃したというニュースを、朝食の折に知って、私はひどく緊張した。中学教員の父のもとに時折遊びにみえていた大尉が、まだ独身で、母上と二人で官舎に住んでおられたが、父との会話に、「自由」という言葉が出て、襖《ふすま》のむこうから洩《も》れてくるのを聞いたことがある。

何で読んだのか、その言葉が危険視されているのを知っていたから、その青年大尉もてっきり反乱軍の仲間だと思った。それで緊張したのだ。父が、かるがるしく口に出すものではない、と、その朝、私のはしたない想像をたしなめた。私はなぜか、襲撃犯こそ天下をうれう人びとだと、とっさに思い、それを口にしてたしなめられたのだった。

緊張は当分の間つづいた。それとなく気をつけていると、その青年将校はどこかへ転じ、やはり私のカンは当たった、とひそかに思った。

世の中は重苦しくなるように思えた。

弟に母が買い求めた絵本の桃太郎は、私がかつて読んだ絵本と、たいそうかわっていた。たとえば、桃太郎が鬼たいじに出かける前に、おじいさんおばあさんとともに神さまに必勝を祈るシーンが加わっていた。

その神さまの祠《ほこら》が、大きな木の、根っこにちんまりと描いてあった。うずくまって両手をあわせているる桃太郎のおじいさんとおばあさんは、藁《わら》屋根色のモンペをはいていて、白髪頭に白い鉢巻きをしていた。

私はあきれてしまった。なんというつまらぬシーンを加えるのだろうと、いっそう内地の人たちの発想が、きらいになった。

今思うと、それは満州事変のあとの、政治的緊張のたかまったときのことで、絵本の挿絵の変化を内地の人の発想と思ってしまう私もあわれなら、内地もめいわくな話なのだが、とにかく母国というよりも、後進地域としてしか、内地を思うことはできなかった。そのような読みものしか、目に入ってこない。

そして、やはり、白雪姫とか、フランス革命の（もちろん革命の意味も知らないままに）マリー・アントワネットの運命などが親しく思えるのだ。

なぜだろう。

親たちは内地のよさを伝えようと、四季折々の行事をこまめにとりいれ、その風習について話した。私にはそうした折の、父や母の、表情や話しぶりや、七夕のためにいっしょに歩いて、すずりの水の朝露をすくったときのさわやかさが、家風として感じとれるだけで、心の中に育っていた、文化のおくれた内地という思いは動かなかった。

その内地に、「綴方《つづりかた》教室」が生まれた。私ほどの年齢か、もうすこし年長者かと思う少女によって書かれていて、それは実にいきいきと東京の下町の家族を描いていた。豊田正子さんといった。さっぱりとしたお父さんが伝法肌《でんぽうはだ》のたんかをきる。その作品が出ていた雑誌の名を忘れた。かなりの期間活躍していて、のちに本になった。そして、やがて、綴方運動は禁止された。子どもが日常生活の内側から発想するのは、反戦意識につながるというのだった。

昭和十二年の七夕の夜に戦争がはじまったのだ。中国との間に。家族みんなで笹《ささ》かざりをこしらえ、願いごとを書いたその夜のことだったので、事件はかなしく心に落ちた。

ちょうどそのころ、母が読んでいた雑誌に山本有三の『路傍の石』が連載されていて、大人の小説を読むのは禁じられていたが、こっそりと読み、なぜか戦争のかなしみと重なった。連載は待たれたが、事件はずるずると深みにはまっていった。

両親のもとを離れて女学校に入学したのが、十五年の春。中国との戦争は、聖戦と呼ばれ始めた。聖戦とは何か。私は気にしてしらべつつ受験に行き、口頭試問で校長から問われた。優等生ふうに答えたと思う。先生方はじっと聞いておられた。

父のバイオリンを譲りうけて、小型のスーツケースとともに両手にさげて、一人で下宿へ向かった。チビの一年生が大人ぶっているのがおかしかったとみえて、外出中の新兵たちが笑った。父の知人の離れ座敷に下宿した。広いお宅には上級生も、女教師もおられた。庭の苔《こけ》が美しかった。

石川達三の『結婚の生態』を読んでいて、女教師に注意をうけた。早すぎる、とのことだった。石坂洋次郎の『若い人』、菊池寛の『真珠夫人』、堀辰雄の『風立ちぬ』などと、受験勉強から解き放たれて、のんきに読んだ。親もとを離れてはればれしていた。

きっと口頭試問でのおしゃべりがたたったと思う、職員室に呼ばれて、聖戦遂行なんとか記念行事のための作文を書くように、といわれた。総督府主催の全学生・生徒たちの作文コンクールのようだった。

この入学まもない当時のことにふれておくのは、女学生となった私の情況認識のいやらしさを記しておきたいためで、私は、主催者側の意図がすぐにわかった。下宿に帰って、母が送ってくれたワインをちびちびなめながら（それは一人立ちを祝福してくれたのだった）私は四百字の原稿用紙をひろげた。そして、受験勉強のため夕ぐれてから帰っていたころ、よく目にした男の子たちの戦争ごっこについて書いた。書きはしたが、うそが含まれた。その子たちは朝鮮人の少年たちだったが、彼らが歌っていた歌を、はぶいた。

「ぼくは軍人だいきらい。今に大きくなったなら……」それは替え歌だった。元歌は、「ぼくは軍人だいすきよ。今に大きくなったなら、勲章さげて剣つけて、お馬にのって、ハイ、ドウドウ」というものだった。それに替えて、朝鮮人の青少年がひっそりと歌っていた反戦の歌だった。日本人の少年たちは、軍人大好きの元歌を、青空のように元気よく歌っていた。

私の作文は当選して、新聞にも出たらしく、親から、新聞で見た、元気に勉強なさい、とハガキが来て、いっぺんに真相があばかれた思いに落ちた。情けなかった。

学芸会となり、学年ごとにテーマを決めて演じたとき、朝鮮人の少女に扮《ふん》した。チマ・チョゴリをはじめて着た。

五族協和という、その当時のアジア主義が劇のテーマだった。シナ事変の最中のことである。私の心の底に、あの作文のうそに対する、コンプレックスが巣くっていた。ひそかに罪ほろぼしでもしているつもりで、チマ・チョゴリを借用して、ひらひらと舞台で踊ると、シナの少女には拍手をした女学生たちが、くすくすと笑った。

太平洋戦争に入って、書店の本棚の本がたいそう変化した。国民精神なんとか叢書という文庫本が、うす紫色の背をならべている前に立って、うすらさむい思いがした。『松下村塾』と『日本書紀』とを求めて下宿へ帰った。

四年生の春に帰省したとき、お手伝いの朝鮮人の少女が、もうすぐ日本は負けるよ、とささやいた。彼女から朝鮮語で歌を習った。愛する男が日本へ働きに行く歌で、愛という朝鮮語を彼女から習い、二人で歌った。ちいさな声で。本には書けぬ空間で。

その数日後に、病床の母が逝った。

戦争の敗色は濃くなっていた。母の亡くなるすこし前、私は外出する父からいわれた。

「ぼくは、前と後ろからピストルでねらわれている。万一ぼくがいなくなっても、おまえはしっかりして、おかあちゃんを見守りなさい」

ふかくうなずいたが、朝鮮人青少年の兵役志願が遂行されつつあって、日朝共学の中学校長だった父の苦悩は私の胸を刺した。

空襲で焼けた福岡市の市街の先に、海が見えた。私は帰りたかった。未知の女性が関釜《かんぷ》連絡船のキップを求めてくださった。下関まで行った。が、その船は乗船前に機雷にふれて沈んだ。腰を下ろしている岸壁の先に、男の死体がただよった。私は一人進学して寮にいたのだ。進学した福岡女専の校舎も全焼。敗戦。帰りたい。帰るところはないのだ。あそこで生まれたのは、あやまりだった、日本の、私の、罪以外の何ものでもないという思いが苦しくて、泥海に沈んでいるような日々がつづいた。

それはずいぶん長い年月つづいた。そんな私に読める本は見当たらない。何よりいやな思いがしたのは、掌《たなごころ》を返すような自由の叫びで、日本人の浅薄さがたまらない。その日本で生きるほかないことが、いやでならない。

宇井伯寿《ういはくじゅ》、金子大栄《かねこたいえい》などの仏教書や、原始仏教の本や、総督府関係資料や、売春婦のことなどを、焼け残った九州大学文学部の資料館で眺め、仏教書を借りた。病床にある友人と日記ふうのノートを交換しながら、爪先立っている自分の位置を探した。

結核療養所に入って、ほっとし、三年間心を浮遊させた。リルケ、斎藤茂吉、詩誌『荒地』。私は、感覚の根っこがこわれてしまった。自分を否定したり肯定したりする、その基盤が破れてしまった。好きだった朝鮮の風物。思春期になるに従って見えはじめていた、あの複雑な、ひそかな、いのちをけずるようなたたかいの場で、愛の場で、私は何か仕事をしたいと思っていたのだ。

その不遜《ふそん》さを心に問いつめるのだが、問いつめる私が泣き叫ぶ。何もない、といって。弟が命を絶った。私は手をさしのべるすべがなかったのだ。わかっていながら。沢山の本を読んだけど、心を支えるものはない。自分で創るほかにない。明治以来のツケが私の肉体にもまわってきていたのだ。

昭和という時代には、そのような、空白があった。大人たちは先を争って自分の椅子《いす》をさがし、知恵のある者は金をもうけているさなかに。

私の心にひっかかっているもの。それは折口信夫の天皇霊に対する解釈だった。生物の生命は生まれたり死んだり、よみがえったりするのに、聖なる王者の霊は、その生死の輪廻《りんね》からひとりはずれて、永遠に死はない、という。それは生《う》まれることもない。生《あ》れる、現れる、ばかりであり、一時かくれはするが、くりかえし生《あ》れる。そう書かれていた。

その観念にあやまりが含まれている気がして、言葉もなく対応している年月も長くつづいた。結婚し、子をはらんで、すこしは折口美学の偏向の源が見えてきた思いがした。これは単純な美化ではなく、単性生殖めいた男ばかりの思考・政治・錦の御旗の、真髄に関することのように思われた。

とにかく、庶民も、女も、考えたり発表したりしていい世の中が、占領軍とともにやって来て、ようやくのこと私は、戦争中のさまざまなことに目が向かったのだ。折口信夫の『死者の書』に心ひかれながら、片方では、天皇霊解釈のよって立つ深淵を、私なりにのりこえたいと願った。

若い日の父が早稲田で煙山専太郎の講義を受け、ドイツ留学後に大原社会問題研究所に入ることになっていたのを知ったのは、母が亡くなる数日前の両親の会話だった。が、その父のそばで、豆粒のような最後の私心（それは公の大義に対して）にしがみついた私には、戦後民主主義は魂がスポイルされた玩具《がんぐ》にすぎなく見えた。味けなかったのだ。

自由も平等もデモクラシイも、私は子どものころ、ごく日常的に家庭で耳にしていた。それが人間にとって輝かしいものだということを、親たちの生き方を通して知っていた。また、それが日本の伝統的な暮らしの中では、どんなに困難なことかということも、自分の出生を通して知っていた。私は祖父世代によって両親の結婚をはばまれつつ、生まれていた。が、それにも増して、戦火は一切の自由をうばい、魂は屈辱にまみれていたのだ。

竹内好《よしみ》のアジア主義に関する著作に、「侵略を手段とすると否とを問わず、アジア主義には、アジア諸国の連帯を内包していた点が最小限の属性として、共通していた」とあった。

昭和となっていよいよ深化していった近隣諸民族に対する侵略と平行して、さまざまな次元での、アジアの他民族とのかかわり方が、庶民の生活上でも意識されていたのだ。それは西欧の文明への追従に対するアジアの発展を求めるものともいえた。

大別するなら、植民地生まれの私もまた、その中にふくまれる。私の幼稚な朝鮮への愛惜は（ことに数年間暮らした新羅の古都・慶州の人びととその地の伝統に対する敬愛は）、けっして自己中心的なものではなかった。手のとどかぬ広大な歴史と文明とを、慶州の遺跡をたずねながら日常的に感じとり、アジア大陸を経て、まだ見ぬインドへとつながっているものに打たれていた。

当時六十代でいらっしゃった博物館長大坂金太郎氏の『慶州の伝説』を小学生の私は愛読したが、敗戦後、慶州にとどまることを求められた同氏をふくめて、いわば良心的な生き方もまた、〈連帯という名の侵略〉いがいの何ものでもなかった、と、思わずにおれない。そのことが、炭坑町に移り住んで子どもたちと暮らしている私を、しばしば苦しめた。

炭坑は石油が石炭にとってかわったので、どこも閉山に追われて、幾万もの人が、民族大移動さながら筑豊から流れ出た。都市周辺へ、または国外へ。あらたな移民時代がはじまっていた。

上野英信の『追われゆく坑夫たち』をはじめとした一連の作品は、日本の近代化を支えた石炭鉱業をめぐる、働く人びとの歴史として不滅のものとなった。

私は筑豊という炭田地に二十年住んで、ここに流れて来た人たちの、驚嘆する明るい人間性でもって鍛えられ、どうにか日本にもなじみができて、ほっと人心地ついた。

へんなもので、日本は急速に経済的な発展をとげた今日、人びとの流動も激しいのに、それでも、根なし草をきらう。村意識はこわれて、伝統的な家意識も変化しているのに、それでも、対外的な反応は伝統主義者となる。

昭和時代も還暦を迎えて、あらたな国外進出のときを迎えているのだが、その昔、国をあげて進出した際の、発展意識の根っこはほろびてはいない。あのとき、イデオロギーは天皇制を軸にしたアジア主義であった。そしてその発想の基盤には、村落共同体があった。家中心の地域主義である。根なし草はその地域主義に仮寝の宿を持たぬかぎりは、排除された。今、異質の文化との共存は、日常の暮らしの中で、思想としても感性としても未熟なまま、国際化時代に入っている。実体のくずれた、架空の、日本式共同体が企業体となって強く働いている様子を、アジア諸国やアメリカなどの反応にみるようになった。

異質の文化を承認するときの、私たち日本人の、他者認識の基盤はどこにあるのか。

個人、と、今は答えることができる。昭和初期は、その返答は弾圧の対象ともなった。けれども問題は、その個人が内包する文化の質にある。個を原点とした文化と、王制・家父長制を伝統とした文化の中の個体とは、個人というものの考え方も感性もひどくちがっている。今日は日本人・個を通して、〈連帯という名の侵略〉がひろがりつつある思いがある。

自然科学の分野では宇宙や生命に対する共通認識があり、それをもとに技術の発展がすすんでいて、人間の環境は新時代に入っているのだが、民族共存の基盤づくりはなかなか困難に思われる。

たとえば「いま自然をどうみるか」という高木仁三郎の視点のように、地球次元での生命観を鍛えあうことや、増谷文雄と遠藤周作の「親鸞」のような虚心な探求が、幼児のころから必要なのかもしれない。

父の一言

樹木に年輪があるように、ながいあいだ生きてくると、ひとの生涯にも生成にともなう折り目ふし目があることに気がつく。むこうみずに恐れ気もなく生きることができるのは、成長期の子ども時代で、いのちの輝きに押されるように心はいつもみずみずしい。そのみずみずしさが時には気になるのか、立ちどまって、そして内省する。私には、ふかい水の底をこわごわのぞきこむに似た感覚がその時の自分に湧いていた。自分というもののえたいがまだ知れない恐れだと思う。どのくらい深いのか、どんなに広いのか。おそらく誰もが、自分のことをいかに狭く浅いかと恐れつつのぞきこむことはないだろう。銀河の果てまでもとどきそうな、吹く風とともに宇宙の外へひろがりそうな、そんな脈《みゃく》搏《はく》がことこと打っているのを感じとる幼少年期である。

私は親たちから、そのような感受性を押し殺す方向へと育てられた記憶がない。むしろ小暗い水をのぞいている時の恐れを、だまってそっと見守ってくれた。そして自分自身の手で、その水の流れを方向づけるように忍耐づよく接してくれた。

私が初めて意識したひとつの折り目を、曲がり角といっていいのかどうか、私に曲がり角という表現がしっくりする時期はきっとこれから先にやって来るのだろう、ともかく、無限定なひろがりめいた自分を生活上の諸条件によって限定しながら育てる時がやってきた。それは十五歳で母が亡くなったことと無縁ではないだろう。そのころ私は家を離れて下宿生活をしつつ女学校に通っていた。家で家事をみてくれている家政婦のおばあさんは、母の死後、家族たちの世話をつづけてくれたが、しんとさみしくなった家の中で、さむざむと食事をする父たちを思うと雨を浴びた草のように母性がさわいだ。母の死後数カ月で下宿生活を止《よ》した。父の転任に従って通学可能な女学校に転じた。

戦争の激しい時で、明日のいのちなど知れない思いは日々に強くなっていた。母のいなくなった家というのは、ほんとうに、火の燃えないいろり端に座っているようなもので、どのように努めてもぬくもりは戻ってこない。昼も夜も国防のさまざまな訓練や兵隊にとられる生徒たちのことで、父は不在がちだった。その不在がちの父の背にはりついている孤独がいたましくて、私は母が作ってくれていた料理を思い出しては、台所に立った。家政婦のおばあさんは子どもばかりになった家の中から、せっせと亡母の衣服を持ち出していた。見てみぬふりというより、明日をも知れぬ日々の中でせめて着物を送っているおばあさんの家族愛が思われた。そして私には女学校の卒業が迫ってきていた。

ある夜のこと、木枯らしがひゅうひゅうと電線で鳴っていた。父が私のへやに来て座ると、戸籍抄本を出して言った。

「朝鮮海峡はいずれ連絡船の往来が不可能になるだろう。福岡なら親せきがあるから万一の時には力になってもらえる。自分を大切にして、受験しようと心を決めなさい」

私たちは当時朝鮮に住んでいたから、海を渡らねば思うように進学できなかった。が、私は父や妹弟が心にかかって自分をふりかえる力は失せていた。父のそばにいたかった。

戸籍抄本を開くと父は、私の名の傍のちいさな欄を指で押さえた。

「これはね……」

そこに長庶子女と記入してあった。旧民法では父の認知した私生児を庶子と言った。

「大丈夫、大丈夫」

私は父が説明しようとする前にそう言って、にこにこと気が晴れるのを感じた。父が一瞬、きょとんとした。おそらく父は、感じやすい年ごろの子に両親の出会いを話し、親を捨ててわが道を歩めと話そうとしたのだろう。私が生まれてもなおしばらく、両親の婚姻はゆきなやんだことを、いつのまにか私は知っていたのだった。父は亡母とのいきさつを話すことを止して、

「いまのおまえは家族を忘れて自分の進路に集中せよ」

と言って出て行った。

そのことばは、父が子へ贈ることば以上の余韻を残した。情況は切迫していた。私と同学年の男の子はもとより、父が教えている朝鮮人の青年たちも選択の余地なく戦地へ送られている時だった。私は父のぬきさしならぬ思いにふれた気がした。

もはや自分を広くも深くも感じとれず、ただふるえている点と感じた。そのふるえる点のまま歩くこと。それがいつの日か世界と出会うための出発となるかも知れぬと、空頼みするだけだった。朝鮮海峡を渡った日、雪がしきりと降った。

自分の時間

関釜《かんぷ》連絡船の、大勢の兵隊の中にまぎれこんで、十六歳数カ月だった私は鉄製の階段を甲板までかけあがりました。胸の前後に救命胴衣をつけて。

それは一九四三（昭和十八）年二月のことで、受験のために親もとを離れて船に乗ったのです。大勢の兵隊のほかには、一般の乗客はチラホラ。女の子は見当らない。関釜連絡船の他の一隻は、機雷にふれて沈没していましたから、乗船した私たちは機雷にふれて沈没する際の、海中への飛び込みの訓練をうけつつ海を渡っていたのです。

冬の海がくろぐろと影をつくってうねり、波の上にトビウオが列をなして飛ぶ。美しいなあ、と、そのひろびろとした海上を眺めていました。おそろしいとも思わなかったし、機雷を探そうとも思わずに。ただ、強そうな兵隊さんを目で探し、そのあとについてうろうろしていました。が、どの兵士も心細そうで、沈うつな表情の二十代の、中国大陸から南方へ送られる兵士たちでした。

下関に上がり、博多へ向かう。この町にあるという福岡女専の試験を受けるためです。父は他校志望の私へ、万一の場合、福岡なら本家に身を寄せることもできるので、福岡女専にせよ、といいました。万一の場合とは、朝鮮海峡を往来しがたくなる状況です。

そのとおりの日が、まもなくやって来て、連絡船はことごとく沈み、民間に使える船もなくなりました。女専の生徒も飛行機工場に動員されて、私は設計室へまわされました。胸を病んでいる若者だけが残って戦闘機の製図をしていました。たちまち感染し、発熱。私はもともと数字が苦手です。計算は今もってできなくて、計算機でさえ何度もまちがえるのですから、数字相手の製図には悪戦苦闘の思いでした。

数カ月後に休日がやって来て、ほっとした私は、女専の寮から近くの小川まで油絵の道具を持ち出して、そしてはればれと空を仰ぎながら遠くの山や点在する民家を描いていました。絵描きになりたかったのです。絵を描いていると、いつも心は晴れます。その日も数カ月ぶりの、私自身の時間がみずみずしくて、おいしくて、たった一人で川の土手の静けさにひたっていました。遠くに通行人が見えました。

やがて、その三人の通行人の男性がそばにやって来ました。キャンバスの絵をのぞきこんで行くのだろうと、私は気にもとめずに描いていました。

「この非国民が！」

一人が叫び、他の一人が三脚を蹴とばし、一人が絵をふんづけました。

私はぼんやりと立っていました。

たった一日の大切な、大切な、私の時間。

私は草に散った油絵の、筆や絵の具や油つぼをのろのろと拾いました。

親もとへ帰りたい。しんしんと戦争の惨状は伝わっていました。が、それでも父のもとにいれば、個人の心の中の自由という、細くてちいさな最後の灯は、父親が全身で守ってくれていたのが思い出されます。それに守られて、海を渡って日本へ留学したのです。母は亡くなっていたけれど。

空襲で学校が焼けました。

学校の図書もみんな焼け、私はギリシャ神話の本をかかえて、寮から飛行機工場へ通う。でも、本の頁をめくる間もなく、電車から飛びおりて、道ばたの溝にかくれる。飛来して上空を舞いつつ機銃掃射する敵の飛行機を避ける。チラと仰ぐと、乗っている若者が見えた。若かった。笑っていた。

郊外へ走る電車は満員にふくれあがっていて、飛行機工場へ向かう中学生がこぼれ落ちて亡くなった。

重大放送があるというので、設計室の者たちは製図板の前に腰かけたまま、ラジオを聞く。ガーガーとひどい雑音の中から「しのびがたきをしのび……」という天皇の声がした。

「敗けたのだ」と、大学生の一人。「もう戦闘機の製図なんか、しなくていいんだ」

いずれ戦地へ行くはずの、しかし体が弱いので玉砕用の戦闘機づくりにまわされていたその大学生が、さばさばした様子で、さっと立ち上がりました。私も心が明るんで落ち着かない。その学生と工場を出て、あたりを歩きました。まっさおな空。夏だというのに暑くない。なんだか寒い。

「よかったですね、兵隊に行かなくてすんで」

「よくないです。同じです。勉強が全くできなかった！」

彼は怒っていた、彼の名は忘れました。

設計室へまわされた私のクラスメートは他に三人いましたが、相ついで二人が結核で亡くなり、私は卒業してサナトリウムへ入所。自分に向き合えるたっぷりした時空がうれしくて、詩を書きはじめました。

青銅のマリア観音

おかぜはいかがですかしら。今日はくもっていますけど。

あのね、わたしの机の引出しに、親指くらいの青銅のマリア観音があります。てのひらにのせると重くつめたく、それは青く錆《さび》をふいています。小指の爪くらいの小児らしきものが左手に抱かれているのです。

結婚しますとき、父にゆずってもらったものなの。わたしが小学校卒業の頃から、父の書斎の鋏や万年筆などの間にころがっていたんです。これをくださいねといったとき、父は立っていって、これも君がもっているといい、と、こぶし大の五角形になった石をもってきました。灰色のその石の、一つの面に、坐った仏像が浮彫りされているものです。この石仏は、新羅の古墳群や遺跡の多かったあの地の、わが家の庭先から出土したもので、父の愛した品の一つでした。朝鮮を引きあげるときにリュックの中に入れることのできた数少ない品なんです。父はこれを、亡くなった母と、そのうちくたばるおれと思うがいい、と冗談をいいました。

でも、あれから十年、この二つを身辺においていて、次第に奇妙な心の動きが深まっていったんです。石仏をぼくらと思えといった父の心境は、あの地に墓を作りたいわたしたちの感覚の傾斜と家族史から直截にわかりあえる。それだけにあるいみでは皮相な表現でもあるのです。

けれども観音像のほうは、それが、子供らが使うと叱られる父の万年筆と一緒にあったという記憶だけで何も聞いていないんです。わたしはこの小さな重く冷たい像になんとなく心ひかれて、ゆずってもらったんです。子供のころから石仏やその壁画に心ひかれていたことの引きつづきなんでしょう。自分がそうであるのだから、父だってただなんとなく心ひかれていた品なのかもしれません。ですのに、わたしは、なぜこれを父は持っていたんだろう、父の何だったのか、とひっかかったんです。

デモクラチックな父ではあったけれど、偶像をもつことのできる人ではなかった。また大正後半の彼の青年期にひろがった異端趣味にひかれて手にし、生涯それを持っているなんぞというしゃれけのある人じゃない。慈母観音であるかもしれないんです。ただわたしにはどうもそうではなく思われる。ことさらまぎらわしいところが、更にその思いをふかめました。

明治維新前後のキリシタン迫害当時にかくし持たれたマリア観音は、もっと素朴であったでしょう。この像が父の手へ入った経路をかんぐるなら、父の生地からそう遠くないところに、大刀洗《たちあらい》のキリシタン村があります。でも父は少数民族に関心をよせていましたが、かくれキリシタンその他宗教関係について直接的な関心をよせている様子はなかった。また父母の血縁関係にもその宗教に縁はないんです。

　あるとき長崎市の浦上キリシタンの地へ取材に行くことになったとき、わたしはこの青銅の像を口紅と一緒に化粧袋に入れてもっていきました。そしてキリシタン史の研究家であり、迫害を体験なさった方の直系でいらっしゃる片岡弥吉先生にみていただきました。同じものを先生はお家に伝わるものとしてお持ちでした。マリア観音だとおっしゃった。先生もまたお宅に伝わっている由来をごぞんじありませんでした。ただ、迫害当時の多くのキリシタンは、彼らの信仰の対象を木の枝などのように、なにげない物のうえにおいて、疑われやすいものは避ける傾向にあったと話してくださいました。

　わたしは父の近親の人々にも、なにかちょっとした手がかりでもと思って、あちこちたずねました。分りませんでした。

　わたしがこうしたことをお話しするのは、あなたがくりかえし、性を交換しえない存在の痛みは分らないでしょうとおっしゃった、そのことへなんとかして答えようとしているのです。またあなたが「性の衝動のゆきつく果ては……」といわれたことへも同時にお答えしたいとしているのです。

　わたしの両親は因習をやぶって単婚家庭をつくったわけでした。両親とも家父長制へ批判的でした。父がよくこういうことをいっていたのを記憶しています。「女はせめてこの時代では、一日に一度火をたくこと。それを具体化せんといかんね。三度の火は女をだめにするよ。おれが女ならそうするね」でも母は「いいですよ、これがたのしいのだから」といっていました。そして実にたのしげに手伝いの人たちと、テーブルに山盛りの料理やお菓子をこしらえては、家に出入りする人や近くの朝鮮の人々にくばっていました。「たのしみならやむをえん」と父は笑い「ばかにするのかしら、あなたのためになることなのに」と母はふくれました。当人らは故郷の風習をやぶろうとしつつまたそれと切れた土地で、かくもたつきながらそれでも子供らへ自由放任を基本軸としようとしました。父は亡くなるまでわたしの精神の弾力の乏しさをあわれんでいたのを知っています。くちおしくてなりません。結婚するときにいいました。「仕事だけはやめることがないように。女は、自分の手に負えんほどのものに食いつかねば育たん」そして、君の限界は知っているよというわびしい表情をみせまいとしました。また、みずからこころざしていた道を折った行程をふりかえるように、それと相似た質がわたしへも宿っているというような、あきらめにも似たものを、ちらとさせました。

わたしは自分の親たちが心をこめた歩みをひややかにみることはできません。大正末期から昭和初期にかけての時代の流れに、どう潜行しようとしたか、またその時代の精神を自分たちの結びつきの中にどう表現したか、を折々に考えます。また戦時中をとおしての苦悩とその曲折した表現法が何であったかを、感じとることができます。父は、南朝鮮で朝鮮独立思想の拠点でもあった山腹の校舎から朝鮮人の校主を引きだし留置した、そのあとへ校長として赴任させられました。夜、父はわたしの勉強べやへ来ていいました。

「おとうさんは朝鮮の土になりたいと思っているよ。どんな形であっても、ものを学びとる力をつけておけば必ず役に立つ。学ぶということは見ぬく力をつけることだから。学んだ素材が問題じゃないよ」

わたしはなにげない様子でやってきて、わざわざわたしへそういう父が、その時はよく分りませんでした。

「もし、おとうさんが帰ってこれないことがあっても、君は女学校を出なさい。そして代用教員をやりながらきょうだい仲よく暮らしなさい。教員の口は、いつでも使ってもらえるように頼んであるから心配しないでいい」

母は亡くなっていました。わたしは黙ってうなずきました。わたしはいま自分自身の痛みとして、父の屈折を受けいれ、それを越えんとするものをみています。大正デモクラシーが戦いを経て今日の結果へ至っているのを、小さなこの単婚家庭も克明にたどったかのように、彼らも内的な裁断をもちました。

話しつづけるのは肉が割れるおもいです。あの敗戦後の混乱にしずみながら、最後のとりでのように存在の純化をにぎりしめていた父を失うや否や、弟は自殺した。彼のバックボーンであった底の浅い近代的性愛の生みだした統一空間が、彼を支え得なかった。彼が求めていた人間親和の空間と学生運動およびその周りの分裂が、意識内で対応しきれない谷間に去った。

わたしたちは、あなたが女の園を身近な意識の基盤にしていらっしゃるように、両親がきまじめに親しみあい、個の尊さを子供らへたたきこむことで人々とのむすびつきを教えんとしたあのふんいきを、下敷にしていました。いくども弟とわたしは、人々の内的親和と階級対立についておさない話をくりかえしました。日本はどうなってるのか分らん、と彼もいい、おれはふるさとがない、どこを基点に考えていけばいいのかといっていました。日本の生活感情が分らない苦痛は、たとえば引揚げて住んだ九州・筑後のあのねっとりした共同体との断絶感でした。またそれは個が不明確でいて観念的分散をつづける進歩陣営の動きが、このくに固有な慣性をふくんでいるにもかかわらずきわめて没個性的であることの不信へと、つながっていました。

彼は中学高校をとおしてつらそうな顔をして、わたしへ、あんたは何をこれから手がかりにするのかと問い、ぼくは工場へ入って、一切がゼロの筋肉労働を基点にしたい、ぜひそうさせてくれと、泣きつきました。いまわたしには、そうさせてやればよかったという悔いがあります。屋根の上で、「起《た》て万国の労働者」と歌っていた彼は、二十歳をこえると、すぐ死んでしまった。

彼は死ぬ数日まえ、こんなことをいいました。もう十年もまえになります。

「おふくろはほんとうに美しい人だったの？　じぶんで分ってなかったんじゃないんか、美しさのいみが。ぼくにはだんだんみにくくなってきたんだ。あんたはおやじたちが分っていたね。根源的なところで交換が行なわれているのが、ぼくにも分っていた。あれはうらやましかった。

ぼくはね、おふくろがじぶんの存在を自覚できてなかったんじゃないかと思いだしたよ。それがぼくにはねかえっているよ。なにか錯覚があるよ、おやじにも、おふくろにも。その錯覚に支えられていたんじゃないか、あの二人……。

ぼくのなかでね、おふくろが浮動する。そこへあんたがぐんと入りこんでるのが、ぼくの弱点だ。けれど最近はあんたもくだらなくなってるよ。なんだい、それは。ろくにものも書いてないんだろう？」

はっとしたんです。そして不安につきあげられた。それは常々弟に感じていた不安の、その根源をひらとみせられた、そんな衝撃でした。存在することの退屈さを、弟は母の死後（彼が九つのときでした）ますますにじみ出させて、生が自分にとってどんなに架空な手ざわりでしかないかを、くりかえしわたしへいっていました。わたしはそれへ一生懸命になっていたんです。

年齢よりはるかに大人であった弟とわたしは、姉弟であることのもどかしさを薄紙のようにおいて、それぞれが互いへ迫力をかけ合う相棒どうしであろうとしてきたんです。彼が十代を終えるころまではそれができていました。

個体の原イデオロギーは、偏向がふかいほど現実と拮抗しやすいようです。日本人の婚姻は、地域階層婚といっていいような形態です。現代に入っても、その混血の幅と深さはさしてくずれてはいません。前婚姻トーテムの幅と深さをあまりこえていない。レンアイだなんていいますけれども、地域的で階層的なそれはくずれていません。皇族のむすめと線路工夫の混血は現象しにくいんです。ものいわぬ農民のむすめと参議院議員の結婚があったところで、文化現象的なベールをはらうと、意識の階層性はおなじように富農であったというようなことは常です。婚姻トーテムは意識の階層性とほぼ平行的で、まだ大きくくずれていないのです。そしてわずかなくずれの差が、一対の男女にでてくる。その差の部分がお互いの感情や意識の基本的な対立個所となっているようです。またその上に集中的に両性の歴史的断絶が、重なっています。

意識の階層性がはなはだしくへだたっている場合は、性交渉の持続を困難にさせています。対立の幅がひろすぎて向きあえない。あるいはこの上なく安易にさせて、時代との拮抗を稀薄にさせています。

わたしは両親を、全面的な否定でもって批判することなどはできません。親世代の残した誤謬を、遺産として受けとるわけですが、近代的性愛といわれるものは、その意識の階層性を構成している時間性（前婚姻トーテムからの伝承性）と空間性（社会的なまた心理的な疎外性）の、その後者のほうにかたむくようです。その同位性を、軸にしようとしている。弟のいっていたことは、父は家父長制の桎梏がなお意識にあとをとどめているのを本来性からの疎外と認識し、母が女一般としてうけていた社会的な束縛と向きあわせ、それをあわれみいとしむことで生活をいとなんでいたのではないのか。母はまたがんじがらめに地域や血縁や社会から規制されていた女の立場を切りすてることで、自分がのぞんでいたさわやかな夫唱婦随の境地へ入りたかったのではないのか。だから互いに、意識界での対立的側面になる要素を、くりかえし捨てつづけようとしたのではあるまいか。そうした対立性への追迫の欠落は子供である自分に、内側からぬきさしならず働きかけてくる重量感圧迫感を弱いものにしている。その即自性はわびしい。またそのあわさが、自分と親世代との連続性の一面であるらしい。おやじは母の、そのことへの無自覚をも、女が一般にもつ卑屈さからの脱自とみたのではあるまいか。姉であるおまえもまたおふくろと同列じゃないのか。きのうまでは、おまえとの接点を基本として自分の生を演劇だとか中小企業の女工らの組合づくりや造花づくりのおばさんたちとの交流なんぞへ対象化しようとしてきたけれども。この内的な圧迫感の欠落は、決定的なものにちがいないんだ。おふくろはその性の、歴史的量感を子供へ投影することができなかったじゃないか。おれが求めた女だってみな同じだった。姉であるおまえさんはそれをどうしようとしているのか。赤ん坊に乳なんかふくませて。(わたしが結婚するとき、弟は涙をうかべて祝ってくれたんです。おまえさんにとって、それはゆきどまりではないのか、とそんな表情で)

——沙枝っぺ、ゆるせ。おいらはばかだ。はじめっから発光しないものが欠けることは、あんたになんの空洞ものこすはずがない——遺書はわたしにそういいました。このわたしに。それは亡くなっていた両親へいったことばであったかもしれません。彼の存在の苦悩として。一組とそれが生誕させた生命との関連は根源的なものがあります。

彼は発光しないといいましたが、それは弟にくらくしずんでいた吸引力であって、そこから悲哀にみちた強烈さがふきだすのをわたしは知っていたんです。またあれは激しい人間恋しさでした。

わたしは、わたしの両親にみられたような傾向が自分にもあるのに気づいたことがあります。結婚生活を解消して、共同の仕事をしはじめた彼とわたしの生活が、数年たって、互いの観念をわりがたいほど密着し、二人の資質のほんの一筋の差の部分で、天に噴きあげるほど互いの固着性をゆるしがたくなっていたときです。わたしは彼の息づかいによって、日本の呼吸をまたその慣習を知っていくことのうれしさでくらしていました。概念的な認識ではどうにもならない連続感覚のなさを、微細に入っていくことのできる対話の快感でそだてていました。夜を徹し朝になり子供らの登校のための朝ごはんを二人でつくりながら話しつづけ、学校へ出かけたあともまだ話しつづけている、などということも、よくありました。そのかわり対立もけわしく、夜を徹しましたが骨を洗いあっていくたのしさはわたしをみたしました。

そしてどうしてもわたしに不明な一点として残ったものは、彼の裏目にくらく宿っている排他性でした。それは母子相姦へ固着していくごとく、くぐもっていく何かでした。それは彼個体の特質というような感じでもなかったんです。日本の社会構造の、決定打を伝達するようにわたしにひびいていました。それはその地点でぎくっと外化し飛躍しがたくなるとき、他者死滅への、手段をえらばぬ渦となって彼をくるしめました。

それは別の観点からいえば、愛の形でもありました。わたしは一行の文字一枚の葉書さえストレートに書きがたい情況になっていきました。何かを恐怖するかのようにひんやりした追迫におびえました。夢のなかへ指をさし入れんばかりに、渦をひろげてわたしを閉ざしてくるもの。これが何であるのかがわたしにはどうしても分りませんでした。彼は、君のおとうさんなら分ってもらえるんだ、おとうさんが亡くなっていることはつらいことだと、わたしへ何かを伝えんとしてくれました。

わたしはまるっきり、自分が異国者である気持でいました。おやじがわたしへ伝えなかった何ものか。

わたしはそれが、日本をこまかに横割りにしている観念の身分制と、その保守自衛の点であると感じました。わたしは、かすかに分らぬではないけれども、しかしそれをゆるすということは誤りであると思うといいました。長いことどう断定するか迷いつづけてきたけれども、それは反動としてしかわたしにはうつらない、と伝えました。彼は、わたしの指摘は正確であるけれども、どうすることもできぬといい、そこへ自己批判的であれば自滅するといいました。わたしへの愛はあまりに即自的でした。

わたしは息苦しくて、仲間の労働者をたずねました。多くの疎外条件を身にもつ人の、からっとした情念に救われんとしました。まるで疎外の同位性に、個体史にこもる時間を捨て立ち得るかのように。

そうした先祖がえりが、わたしに起こったのです。わたしは自分に起こっている地すべり現象をみていました。親たちが内地の風土性を一方的に切ろうとしたように、自分もまた一対の時間に対する忍耐のなさ要するに現実への甘さいがいの何でもない情況をあらわしているのを。それでもわたしは手元に戻ってきた孤独の明るさ（そしてかるさ）を回復感として呼吸していました。こうしたわたしの、このままでは死んでしまう、助けてほしい、という弱者の押売りを恥じています。

わたしはよく彼から「エレクトラ・コンプレックスだよ、君は」とくさされます。そうであるかないかなどかまわないんです。人々は何らかのコンプレックスを持っています。それを掘るか掘らないかのちがいです。

律子さん、あなたは逃げていらっしゃる。永い病床にいらして身動きできないあなたへ、苛酷そのものですけれど、あなたは体がつかえないだけではありませんか。二枚五百円也があれば充分ではありませんか。誰かが何かがそこへあなたの拡散しつづけるものを追いこんではならぬといいますか。なんにも手にとるものがなくとも、自分のうちへ影をおとしている両親の誤謬はあります。あなたがいわれるように生命を産みだすことは、人間の基本的な過失といえる面があります。ことに両性世界のこの離反のまま産み放つことは。それにともなう両親のずれはわたしたちに宿っています。そのずれに対する親どうしのあくことのない追求が、子の世代へ対する親世代の責任だと思っています。また子供は（存在は）その誤謬から歩きはじめるんです。内部に宿された誤謬を追いつめていくことは、子が受持つべき親への責任でしょう。そうしたことが家族とか血縁とかの経営だと思っています。

女の園は、そのまま現代の女べや的なまた縁切り寺的な女の集団につづいています。疎外からのまた疎外として。現実への抵抗がつよければつよいほどそうした現象が起こってしまう。つらいけど堪えねばならない事実です。あなたは女の園が欠如だけでなく、そこにまやかしと、そして自立とがあるのを追ってゆけると思いますよ。自己へ対する能動性は、いやおうなく他の存在へかかわっていきます。そのかかわりが実在する一人へ結実しなくとも、あなたのいっておられる存在のくらさや浮動性や拡散性といったものは、苦痛自体として構造的にあなたの手に握れます。

その交換で「分る」ということはやっと口にされる。あなたの心情へ同位的に分ることはごまかしになります。わたしにはできません。

あなたは存在欲はおそろしいとおっしゃった。彼はよくわたしへ、おれのきたないおそろしさを君は知らんのだといいます。その即自性をなんとかしてこえようと努めることも、またその対象化も、もっとおそろしい。けれど、恐怖を人類は歩くんです。

ご自分へ向かって元気であってください。きっとそこから解放された世界へゆきつく道が開かれてくると思います。

風邪をなんとかやりすごしてくださいね。

ひらかれた日々へ

　何がひらかれた生き方か、というテーマの出し方は私はあまり好きではありません。それは十人の人がいれば十の答えがあるはずだと思っているからです。けれどもその十の答えがどう出たとしても、一つだけは共通した点がほしいとは思っています。それは、人がひらかれた生き方を求める時他人を閉ざし傷つけがちですが、それを最小限にくいとめてほしいということです。が、こう思うのはいまの私が考えている、ひらかれた生き方なのでしょう。そんなことを考えることができるのは、すでに或るひらかれた生き方を、身につけているからといえるかもしれません。なぜなら目の前まっくらで鼻にも口にも土がつまったようで、他人の息づかいなど聞く耳さえみつからぬほど閉ざされた状態になる時が、人の成長の折節にあるからです。

　私のそれはとても長いこと続きました。この紙上では語りつくせないほど、深く閉ざされました。何が一番重く私を閉ざしたか、というと、それは植民地体験でした。敗戦のずっとまえに、朝鮮で私は生まれていました。日本に帰った私が、私の声でもって、あたしも生きているよう、と叫ぼうとするのに、それは地面のように私におおいかぶさって声にならないのです。私を愛してくれる男が、私へ愛の言葉をとどけてくれても、それは私の皮膚のうえをすべりころがるばかりで、閉ざされている私の、内なる私へとどきません。反対に、私が男へ、あなたが好きです、といおうとしても、男のからだの奥から立ちのぼる、何か日本くさいものを、私の内に育っている朝鮮への愛や罪意識が激しく拒否するのでした。私は、植民地体験──つまりは日本と朝鮮の歴史に対してどのように向うのか、自分のなかにその答えを育てぬかぎりはたった一人の日本の男も、しんそこから抱けないのを感じました。

私はしみじみと他の人びとをうらやましく思ったことでした。日本で生まれて日本の言葉を使って日本の歴史にすこしも疑いをもつことなく、まるで自分を抱くように男を抱ける日本の女を。こういっても私もただの日本の女です。両親とも福岡出身で、恋愛のあげくに植民地にその新天地をみつけて私を産んでいました。が、私の心をはぐくんでくれたのは、ちいさな家庭での親の愛ばかりではありませんでした。私に吹きつけた風、それは私だけでなく、朝鮮の山や河や人びとに吹きつけながら私へも吹いてきた風でした。私が頰をよせた雪。それは朝鮮人の家々をまっ白にし、その畠を白くし、そして私の庭も白くした雪でした。そのように朝鮮の風土と歴史とは、ごく自然なかたちで幼い私の心をはぐくんでくれていました。それなしに私の魂は育ちませんでした。

が、日本に帰った私が、私をのびのびとひらこうとする時、私をはぐくんでくれた朝鮮が私の血のなかでさわいでしまうのです。こんなみにくい日本はいやだ、と。こんなところで生きたくない、と。そして私の血のなかの日本が口をつぐんだまま、みにくくない日本もどこかにある、と抵抗しました。そうなのです。日本が朝鮮に対して行ってきたことは、この上なくみにくいことでした。朝鮮人を民族としても、ひとりの人としても、息もできぬように閉ざし、暗黒に押し込めることだったのです。

私は日本と日本人とをみにくいものと感じながら、それでも愛を求め、子を産みながら文学なんぞをほしがる凡庸な女として、九州の筑後川原をふらついていました。ふりかえってみると、私の父と母とは、恋愛をよろこばぬ古風さを美徳とも生活秩序ともする環境のなかで出逢っていました。さぞかしさまざまな苦痛を嚙んだと思います。私が幼いころ、母は涙を流しながら、若い日の家出のようすを語りました。それはちょうど私が母にくっついて廊下を磨いていたときのことでした。私たちは、くるみの実を割ってその果肉を布に包んで廊下磨きをしていました。くるみをどっさりいただいていたからです。

母はぽたぽた涙を垂らし、このくるみを、田舎の老母にやりたい、といいました。内地の九州には、くるみの木は育たないのよ。おかあちゃんは家を出る朝、早く起きて雑巾がけをしたの。家中を水で拭いたのよ。そっと着物を包んだふろしきを……そういいかけて泣きました。家を出たとき、母は女学校を卒業したばかりだったようです。

このような女が、夫とともに自由と解放とを子育ての中心にすえてくれたその親心は、私の感性の基盤になりました。そしてそれは、ひとりのひらかれた生き方は、他の人びとの人生をもひらかれたものとしない限りは、ひとりよがりになるのだ、と、肝に銘じて教えてくれたのでした。つまり、母にとっては田舎にぽつりと残して来た老母の余生、私にとっては朝鮮のあの人この人の人生。

私事を書きならべましたが、こんなふうに、ひとりの存在は他の多くの生にかかわりを持っています。そして多かれ少なかれ、たがいに他人を圧迫しています。ふつうの人びとは、社会的な圧迫よりも、個々に個別にふりかかってくるプライベートな人間関係だとか、私的な環境だとかを、なまなましい圧力として感じます。それは社会的な圧迫が個人のくらしのなかに個別なすがたをしてあらわれているのだ、といいかえてもいいでしょう。

そして、私が大切にしたいと思っていることは、それらなまなましい圧力を受け、それに堪えながら、自分らしい声で自分の存在を告げようとしているすべての人の、その個性です。もし人の精神とか魂とか心とかいうものに色があるとするなら、ひらかれた生を求めているすべての人のそれは、熱帯の海の魚たちの色よりも多様であざやかで、びっくりするようなちがいをそれぞれもっていることでしょう。そしてその色彩のままに輝かすことができるのは、当人だけです。ですから押しつけは禁物です。それはたとえば、ひらかれた生き方を天職としているような、人生の指導者であろうとも。

ひらかれた生とはなんのことかといえば、それは至極単純なことで、両手を口に当ててみなさあん、あたしも生きてるよう、という唄をうたうことだと思っています。生まれ落ちたみどりごが産声をあげるように。

昨日、私は若い母親たちやその子どもたちといっしょに、若い友人を見舞いに行きました。二人目の子が生まれたのです。みどりごが母のそばで眠っていました。私たちはみな一瞬しんとしました。みどりごはなんと完全な姿をしていることかと、いつも思います。何度出逢っても、その感動は起ります。からだと魂とが混然としていて、それは泣声にさえ反映しています。八十になるまでこんな完全さで生きられたら、これにすぎるものはないと思うほどです。でもそれは夢ですね。私のような社会悪に染まった大人たちが、よってたかって、からだや心をこすりつけて、かわいいかわいいといいながらその完全さをこわしていくのでしょう。

生まれた時の完全さは、これは天が与えたもので、その魂はそれを自覚してはおりません。ただかすかな記憶のようなものが、魂にしみこんでいる気がするだけです。そして人が意識的に自己を生きぬこうとしはじめるのは、三つ児の魂といわれる反抗期のころからでしょう。そしてまた環境がその魂をむざんに傷つけるのも。

けれども幼児期の意識性はまだ独り立ちしているわけではなく、それを求めているのでもありません。自意識の目覚めをみずからみとめて、ひらかれた生を求めるようになるのは、小児的な意識性は保護という名の閉鎖性のもとにあることに気づくころであり、同時に、性が成熟へ向うころなのです。そしてそのころともなれば、環境に傷つくことがあっても、それに対して全面的なたたかいを開始することができます。

ところでそこへ踏みこんで話をすすめる前に、このごろ私は、ひょんなことに気づいているのです。

実はこの原稿も書けないほど、混乱した渦をそこここで感じ、その渦のなかへ巻きこまれているのです。

ひらかれた生き方と、それから、何かをしたいということとは、これは別のものですが、どうやら両方を混同させている若い人が多くなって来たようです。いや、若い人ばかりでなく、中年も老年もそうです。なぜそうなったかという社会的な背景は考えられないわけではありません。けれどもまずそのちがいに気づくことが大切だと思わせられています。何かがしたいという、いわば社会参加の要求は、生きてるものは何かをさせよ、という社会のシステムの裏がえしのように主体性を失ってきました。人びとは赤ん坊のころから、何かをするために培養されているようになってきました。何かをしなければ、と日々私たちは追いたてられているようです。

みどりごは生まれ落ちて産声をあげる。生きてるよう、と、告げ知らせる。そのように、自意識の目覚めのとき、行方も知れぬ外界へ向って、ふくらみかけてきた乳房に手をあてて、あたしも生きてるよう、と、自分にしか分らぬ自分の色彩で声をあげる。それがひらかれた生への第一歩です。だれの手も借りずに、自分にさえまだはっきりとはみえない自分の色彩をつかまえようとしながら。

でもこの第二の誕生を経ずに、何かに追われるように何かをしたいと焦ります。第二の誕生は、これは母の胎内から生理的に生まれることとちがって、自分の意識で自分を生みだす仕事で自立した人生の戸口です。ひとりで自分をつかまえる儀式です。小児性への別れです。が、どういうものか、この独立への一歩をそれまで親によって自己のありようを意識させられていたように、親とはちがうだれかの手を借りてそれを行おうとしています。だれかの、つまり、異性の。

これは女にかぎりません。男にも多くみられます。そしてこんな状態のまま成人となり、職についたり、結婚をしたり、親になったりしている。そして、肉体は生理的に育ったが、精神はまだ母胎にうずくまっていることにやっと気づく。それは身近な他人との間に起るあつれきによって。自分を閉ざしているのは社会や他人ではなく、子宮の殻をかぶっている小児的精神だと。この原稿のために、私に与えられた題は、女として、母親として、妻としての、ひらかれた生き方というものです。でも、なかなかそこへゆきつけません。妻であり母であり女である小児たち。が、それよりも度重なって出会い、そのたびに考えさせられる、夫であり父であり男である小児たちの多さ。それは結局のところ、伴侶である女たちの新しい苦悩なのです。

小児である女たちは、子を育てながら子どもの生命力に圧倒されることで、みずからの小児性に気づいたり、それを打ち砕いたりすることが多いものです。が、子育てから遠くで生きて社会の機構にもみくちゃになっている若い男たちは、生ま身の自己をとりもどす機会さえありません。自己回復は自分の生な存在をよみがえらせることであり、そのためには権力や論理はほとんど役立たないのです。母となった女たちは、その心を素直に自然にしているなら、みどりごの成育にともなって、人間性をゆり動かすことができます。

少し話はそれますが、私の住む町からそう遠くないところに、思春期内科の病棟があります。それは独自の見解で若い男女の病気を治療している内科の病棟です。ここには胃痛や下痢や頭痛や痔やさまざまな症状を長い期間にわたってもっている青少年が入院しています。治療に当っている医師は、この治りがたい多くの病状を、思春期病といっています。その原因の大半は、家庭における母親の生き方にあるといわれます。結論だけいいますと、母がその子を、あたかも胎児のようにあつかいつづけたため、小児的青年ができあがり、それに対する身体的な反撥がなおりにくい思春期病となって表面化しているのでした。

ひらかれた生き方はそれはそれを求める能力のあるものだけの特権でありません。ましてや、母が子らをこのような小児的男女にしていいはずはない。男も女も子どもも老人も、それぞれの立場でその年齢にふさわしい開放を求めるものです。

妻や夫になった者がその小児性に気がつき、まずはそこから自己をひらきたいともだえるとき、その夫や妻が配偶者の自己解放の手だすけになるとは限りません。なぜか、むしろ欲求を邪魔しがちです。親の手もとから巣立つのはたやすいのですが、時期おくれとなって小児性からとびたつのは容易でない。それは思想を持つとか、社会的な仕事をするとか、経済的独立とかいうことではないのですから。そんなものはまるで手さぐりの状態であってもいい。また親の手を借りる少年少女であろうとも、自分をめぐる情況の認識さえたしかなら、小児性を自力で脱して、ひらかれた生への第一段階的踏みこみは可能なのです。

多くの場合、妻となった小児も夫となった小児も、夫や妻以外の異性へむかって、閉ざされた自分を引きだしてみせようとします。それはきっと配偶者が自分の小児的天地となっているせいでしょう。

私はそのような夫や妻から相談をうけたときは、異性への心動きを引きとめようとはしません。というよりも、そそのかす役を買っています。なんとも不道徳な人間です。若い人たちに対してそのようにそそのかすばかりではありません。五十歳になる人妻も、四十なかばの男にもそれをすすめ、あおります。小児性から解放されていない夫や妻をもつ伴侶ほど、切ない立場はないと、まるで人生相談役のように数多く立ちあわせられているからです。

この小児性からきっぱりと巣立っている人びとの、ひらかれた生の求め方は、はじめに書いたように十人いれば十の色彩にかがやきます。私は幾人もの人のそのすばらしい求め方に出逢っています。そしてそのすばらしさが、いいようもない苦悩を織りこんで生まれているのをみます。すばらしさとは何か事を成したということではありません。人格の完成や成熟でもありません。むしろまだ弱々しく、まるで小児さながらです。その歴史もまだ短く、つい先日第二の生誕を終えたばかりのような少女もいます。その生き方について書きようもないほどそれはごく普通です。まだどのような形も持たず、ただ混沌があるばかりです。

けれども彼女たちは、結婚してもみずからの混沌を手放しません。それが緊張できらめいています。ある時は絶望でみるもむざんにゆがんでいます。どうにもならなくなると、子どもをつれてふらふら旅に出ています。まるで巡礼のように、あちらこちらをまわったりします。そこここでひらかれた生き方を求めて試行錯誤している人たちを訪れたりします。それは私の子育ての折とよく似ています。

精神をひらくということは、ほんとうに、だれの手を借りることもできない孤独なたたかいです。そしてそれは終りがありません。家族らも、ただ見守りつづけるほかない。手出しをすると思春期病の子や小児的夫妻をつくり自らを閉ざします。妻が何かを見つけることを夫は見守る。夫がそのたたかいをやめぬことを妻はじっと見守る。また、子が孤独につよくなることを、たがいに、じっと見守ります。肉親であろうとも、触れてはならぬ、あるいは触れることは不可能な精神の発光地があります。それに対する愛。それはたとえば、ひとりひとりがその死に立ち向って恐怖に打ち克《か》とうとしている現場への、愛のようなものです。そのような精神の深い淵が、妻にも母にもあり、夫にも子にもあることを、さりげない日々の共同のくらしに十分に感じ、感動を注ぐことです。

私は人間のさまざまな能力のなかで、感動する心がいちばん好きです。愛情、わけても性愛は、愛する人をひらかれた生へとみちびいてやりたくなると同時に、自分以外のものには、たとえ神であろうと、感動させたくないと思うほど占有したがります。ですから、ひらかれた生のありようを夫婦がべつべつにイメージとして持つことも、たがいにゆるしがたくなります。夫婦はときどき、あなたは霧のように指のあいだからすべり出る、と、たがいに相手をなじります。その言葉には、なぜあなたはひとりで死んでゆくの、というほどの悲痛なものをふくんでいるのですが。けれどもまた、ひらかれた生へ行かせてなるものか、わたしの中に閉じこめておきたい、というような人間くさい思いも表裏一体となっているかもしれません。

ともあれ、人間がひとりひとり個性のある魂の色をもっているということ、その色彩のままにきらきら輝いたとき、人びとはひらかれた思いを深くするということは、たいそう味のあることです。性愛の一組が一組としてひらかれた生を求めるとき、相手の個性を殺さぬための、自分とのたたかいをはじめねばなりません。矛盾した生ま身の味をたのしがるまでには、それはそれは多くの他人を傷つけてしまうものだと、私は骨身にしみて思っています。

私を迎えてくれた九州

私は故郷をもたない。ふるさとに近い感情をもっているのは、朝鮮新羅の古都慶州である。九州になじもうとつとめていたころ、何よりも困ったのはことばだった。九州人がお互どうし話をしていると、さっぱり聞きとれなかった。博多でそうであったから、鹿児島のことばなどは、小鳥のさえずりとかわらなかった。私に初めて鹿児島弁の会話を聞かせてくれたのは十名ほどの鹿児島娘だった。彼女らのはじきわれるような笑いをともなったさえずりはなんともたのしい音楽だった。

植民地生まれの私には自分のことばは標準語だけである。彼の土地でそれ以外の自国語を耳にしなかった。ことばがそうであるように日常のあらゆることがらが伝統から切れていた。小学校三年のときに、学校から家庭の教育方針を書いてくるようにと用紙が渡された。父はそれに、自由放任と書いた。私はうれしかった。植民地でもそのことばは多少の緊張感をもってつかう思想のように思えた。

そうした環境で育ったので、私の生活の規範は両親の生き方と彼らの交友関係であった。身のまわりすべて未熟で若かったのである。そして私もまた自分をかなり自主的で、そして開放的な人間だと思っていた。父の前でねころんだり、母の前でスリップになったりすることなど思いもよらなかったが、父母をおそれなかった。そして九州へ来て仰天したことは、六百グラムほどのおっぱいをぶらさげた腰巻き姿が村道をゆききしていたことである。またその天真らんまんな人々が、どこかいつも口ごもりがちなのが気になった。その上に老人が多いことが生理的な不快感を起させた。老人が、あのみずみずしい幼年の延長だとは信じられなかった。別種族と思えた。

そうした村人たちは、私をみると、いつもにっこりしてくつろぐようにといったものだ。

「服ども脱いで肌着になりなさらんの」

村の湯は男女混浴だときいた。軽佻浮薄な私は好奇心をもった。が同時に不潔感で肝をつぶしてもいた。父にたずねた。

「村の湯に行こうとまあちゃんがいうけど、どうしょうかしら」

「好きなように」

と父はいった。

「おとうさんは？」

「家のふろに入る」

「……。おとうさんは、村のお湯に行ってみたことありますか？」

「昔ね」

それで私は従妹について行った。そしてたちまち、ひるんだ。板がこいがじめじめして湯の中までその腐蝕が及んでいる気がした。「帰る」といった。

従妹はもう浴槽につかって男の声と冗談をいっていた。どうも私を笑っているように思えた。ことばが分らないので私はじっと目をつぶって湯につかった。二度とは来ぬと身をちぢめていた。

目をあけると、たしか男は二人いた。顔の色とかわらぬ胴体をして立っていた。なんのことはない赤銅色の顔面の延長なのだった。男も女もそうだった。体中が顔と同じように陽にさらされている裸族だったのである。私の縁者は例外の勤め人であったので気づくのがおくれていただけだった。そして湯の中の若いものたちは、これまたなんのことはない村道のふぜいそのままざれごとをいいあっていた。あっけらかんとしていた。私は村の混浴に興味を失った。

やがて、ひと落ちつきしたころ、父は村長をたのまれて、どうしようかと私ら子供に相談するともなく話した。私は、それは父にかわいそうすぎる仕事だと思った。が、ことばにならなかった。仕事に関する心の痛手はなまなましすぎて、それを思うと、どの小道を歩いていても涙が流れた。父の挫折感をしのんで涙がとまらなかったのである。私は父に、家族のことを思うことなく御自分のやりたいことだけを探してください、といった。

そうした年の冬、私は汽車にのって玄界灘に面した町の、母の実家へ行き、母方の祖母に詫びた。祖母の意志に反して、母が父のもとへとあのように遠い植民地まで出かけてしまったことを。祖母の意志に反して、私が生まれてしまったことを。母は敗戦前にむこうで亡くなっていたから、あらためて祖母の心をなぐさめる思いであった。

祖母は「親不孝のばつを受けたとたい」と母の若死を私に叱った。また、引揚げ者という身分（身分と祖母はいった）に転落している現状を叱った。私は、父や私がこの現状をいわば、にほんの負い目の極点として、個体が負うことのできる最も大切な課題としていることを思った。苦痛だけが資産であった。それに勝る身分などあろうとも思えなかった。が、すみませんと手をつくと、ようやく祖母は立って、山盛りのアラレを持ってきた。「おまえがくるといっていたので、とっておいたった。「おとうさんと食べよ」といった。裏庭からみかんをもいできた。まだちいさな夏みかんさえとって「これがあまくなるころ来《き》ない」といった。そして押入れから金糸銀糸の大きな婚礼用の帯をとりだすと、

「おまえにあげようと思って戦争のあいだもとっておいた」

と母の名をいった。

「愛子にさせようと思っとったが……」

といった。ま新しい帯はしめりけをもち鵬《おおとり》がはばたいていた。

こうして私は血縁をとおしておずおずと九州に接した。九州に迎えいれられたのである。けれどもまた血縁は私と九州とを近づける媒体とはなりがたいようであった。

私はふしぎでならなかったのである。私が血縁をたどって九州に接したように（私がそれを方便としか思わなかったのに反して）九州の人々はそれこそよりどころとしていることが。

村の中でも町の中でも人々は口をあわせたように、「あなたのおくにはどちらですか」と挨拶をしていた。血縁はかなり幅ひろく解釈されておくにと呼ばれて土地と結びついていた。またその地域の諸階層の総意をさしていた。そして人々は町中でくらしていても、どこか遠くにあるその地域の総意に自分もまたふくまれていると感ずることで落ちついた。「あなたのおくにはどちらですか」という挨拶は「あなたはどこに帰属していますか」という問いだった。私にはそうした感覚は個的存在に対する自信のなさ以外にはうつらなかった。それは集団的行為の最終的な責任を、集団内の個々人が負う力を弱くしていくのだ。大人たちがいつもにたにたしているのもそのことと無縁ではないと思われた。それは他人の帰属意識に対する許容の表情らしかった。そしてそれからはずれることへの恐怖の表情である。いまはもはや気にならなくなったその表情の群に対して、その当時は、くさった土民ども！　と湧いてくるやりばのない憤りに堪えていた。車中でも街頭でも。

　例えば父の村でも誰ひとり私をうさんくさい小娘だというふうにみなかった。私の正体を知らないのに。大人は笑いかけたり声をかけたりした。失礼な人たちだと思ったものだ。若いものははにかんでうつむいたり、数人の場合には立ちどまって、親に似た笑顔をむけ、そしてひそひそと話をした。が、だれも私の正体を知ろうとしなかった。

　村人はそんな配慮とは無縁だったのだ。私は父の総領娘であるだけで十分すぎた。村の人々は父をその幼い日の呼び名で呼びながら、「帰らしたのう」と大にこにこで連日父をとりかこんだ。ひとりでも欠けてはならぬように、人々は集まった、男も女も。父の知らぬ若い世代が紹介された。私のそれまでの常識では、こうしたお迎えの集まりは意見の傾向をともにするものたちで行なうものであった。私は個別な傾向性を問わぬ没個性的にこやか集団を、はじめてみた。総身傷だらけの父は、けほどもそれをあらわすことなく、まるできのうまで共に青空のもとで笑いころげていたように、やさしかった。植民地での敗者はおくにでの勝者のようであった。父のかなしみを思って私はいらいらしていた。

それに加えて次男の父は、その兄である伯父をまるで血縁すべての権威そのものであるかのようにとりあつかった。どこへむかってもこの九州（そしてにほん）では、個人の属性だけが問われて、人間の核心部分での対応は避けられていたのだ。いや意識して避けられるのではなくて、そうした対応を人々は知らないようであった。伯父は町に住む愛人及びその子らのもとでくらすことが多かった。そのせいか父は帰るとすぐに誰彼の悩みごとの相談をうけた。人々は、父は若いころからそうした人物であったと言い言い、何かと洗いざらいもちこむのだった。父のそれを問うこともなく。つまり問いつ問われつではなくて、まるきり畠の野菜を食べさせるように相談ごとを運んだ。

伯父が帰宅した日は、家の中はしんとしていた。伯父はたった一人自分だけ座敷に膳を運ばせた。そして戦争中も一度もかかしたことがないという酒をたしなんだ。必ず肴《さかな》の出来ぐあいを叱った。伯母はおろおろする一方であった。私は抑えきれずに、時に、大声で伯父に悪態をついた。本格的な対応をしらぬ馬鹿者ども、とののしった。伯母へも。

彼のエゴイズムもがまんならなかったけれども、さようにみみっちい立場に自足する大の男の感覚が、がまんがならなかったのである。

そしてそれをゆるしている家や村の気風が。父は「伯父さんも気の毒なのだ」と私をたしなめた。父の心は分るが同意しがたかった。

やがて私は血縁地縁のなかの序列を知り、それにあきあきすると同時に、「わたしは潤滑油になろう」ということばをモットーにしはじめた。いま思えば、何が潤滑油かと思う。あのにんまりした総意によって、一日とて飢えることなく食べさせてもらっていながら、彼らの役に立ちえたと考えた自分を思う。が、ともかく十代の終り近く、私は夜ごとふとんの中で「わたしは潤滑油だ」とつぶやいて安眠したのである。そのことで九州にかなり、深くわけ入った思いがしていた。

なぜなら、こうした精神風土の土地では男も女も、人々の精神が負いかねているものを受けとり、だまって変形させてやることだけが、真に生きているといえると考えたためだった。なんのことはない、伯母の気苦労とか、近所の嫁さんの気づまりの使い走りをしたり反撥のしかたをしゃべるにすぎないが、そうすることで、おくにに帰属できない私も、土地の人々の心情と関連がもてた。と、そのようにひとり感じながら、私は少しずつ村人と冗談がいえるようになった。従妹のふとんの縫いかえなどを陽気にしながらおそれるもののない居候ぐらしをしていた。

が、そのモットーはいかにももろかった。それは、やがて父がすかんぴんのままで生計の道を探すことに決めたと同時に終ったといっていい。もっとも父の方針には、私は賛成だった。物質的に身がるく、地位に身がるく、そして人々に何らかの影響力をもちながら生きることは私の好みにあった。

私たちは町へ出た。父は定期便のように村をおとずれた。が、私はとりとめがなくなったのである。私には帰属感に似た感動をさそう小川ひとつ橋ひとつなかった。私を飢えさせることのなかった集団も、あっというまもなく、私の心のなかで愛惜をともなう個人と無関心になってしまった個人とに分れた。

そしてそれからの長い間、私は九州の中をさまよい歩いたようなものだ。なにもないところだなあと、しんそこわびしく思いくらした。私はべつにないものねだりをしていたとも思わないのだ。それよりも、九州そのものが私に対して、なんにもないやつだなあというのを聞きつづけたのだ。が、しょせん溶けあうことのない水と油という思いがした。風景自体が気にいらない。中途はんぱにすぎるのである。だいいち冬にみどりの色が残っていることが情ない。いさぎよさのない土地柄だと思った。夏に湿気が低迷するのも思いっきりの悪さである。からりと歯ぎれよくいかぬものかと思った。九州は人間の感覚をちいさくするところだと、木陰を歩く時も人中を歩く時も思った。ちょこちょこと雑駁なものが群れていて、それにあわせて歩かねばならず背を伸ばすことのできない思いには悩まされた。なんとかして狃《な》れねばならなかった。こちらがつらすぎるのである。それにしても正視にたえるものに出逢いたかった。

或る年の冬、南九州出身の谷川雁は「冬の阿蘇は君も気にいるぜ」と雪景色を紹介してくれた。雄大であった。が村の中ではとなりの家の鶏が狐にやられたそうな、とよろこぶ主婦に相槌をうたねばならなかった。「海がいい。天草の女は九州の外へ目がむいているので濶達《かったつ》だ」とすすめてくれた。

からゆきさんと一般によばれる女をさがし歩いた。海外へ売られた娘子軍《ろうしぐん》の幾人かがイギリス国籍やフランス国籍などを得て帰国していた。彼女らはくちぐちに「日本に住む日本人はこもうてつまらん」といった。

天草で私はちいさな発見をした。内海と外海とに挾まれている細長い村だった。半農半漁の村人たちは、内海に入会《いりあい》権をもつ者らはけぶったように生ぬるく、外海に入会漁場をもつ者たちはくるみの実がはじけたようにしていたのだ。私は漁舟をたのんで朝早く、天草から更に離れているちいさな島へ渡った。

六十戸ばかりの村人が住んでいた。天草の人々からは歴代にわたって差別されている島民であった。血族どうしの婚姻のせいなのか、大半の人々がうすぼんやりしていた。分校場の先生が島でいちばんの物知りという人を紹介してくださった。その家は粘土をかためた小屋のようにしていた。それでも他の家が豚と同居しているのにくらべて清潔であった。

ひとへやきりの板の間に、布を幾重にも縫いとじたものを敷いて誰かがねていた。同じような厚ぼったい布きれが体の上にかけてあった。頭もとに木の桶《おけ》があって水がいれてあった。病人のひたいには、小学校の雑巾のようなものがのっていた。島いちばんの物知りは、家内はほんとうに気だてがいいけれど、代々血族結婚のため頭がすこし弱いのだ、今は体をこわしてねているけれど、昔はとても働き者だった、といって頭の布きれをしぼり直した。病人が目をあけた。その目は白くにごってほとんど瞳がなかった。

病人はそのまま目を閉じた。私が見えたろうとも思えなかった。あるじは、この島は糸満《いとまん》（沖縄糸満）のものが流れついて住みついたのだと天草ではいうけど、ほんとうはそうではない、といった。何百年も昔のことは分らないのだ、といった。天草のものは、この島のものと縁をむすぶのをきらうので、一番やっかいなのは結婚相手をさがすことだといった。島のものは代々みんな島内結婚で、うちのばあさんもわしといとこどうしだ、といった。そして、そのおかげで島はどろぼうもいないし、他人と自分をわけへだてしない、といった。おくにはここにきわまっていた。

こうして、となりのにわとりをわがにわとりとしてくらすところの、村落に出逢った。陽が出て陽が入るまで、女たちは浜の石の上にべったりとすわって子供と遊んでいた。畠はなく、山にわずかに大根がとれた。米は天草からたきぎと共にとどいた。塩と味噌も。男たちは近辺の海で釣をした。そこにはくらしだけがあった。生きるために必要な集団と労働と休養とが。

それはまっすぐ見ることができるしろものだった。そのくらしとその心情とは一体化していたから、個人のこころと集団のこころとは相似形であったから。ここには、サラリーマンでありながらその社会的階層の生活原理を生もうと努めることもしないで、どこか遠方のおくにに生活の思考をあずけっぱなしにして安堵しているような分裂した生はなかった。また、あずけられたはずのものを対象化することもなく、まるで永遠の独自性のように村落にただよわせて、それに互にしばられあおうとする生もなかった。ここにあったのは生活と、その生活と分離しえぬ心情だけであった。歴史時間をこえていた。

私は小さな浜に腰をおろして、二つの顔を思い出したりしていた。内海の漁民のかおと外海へ出る漁師のかおである。どちらも生活だけがみえた。それからまた思った。筑豊の坑夫らを。そこにも労働にすべてをかける生活だけがあった。またさらに思いうかべた。知識人らを。彼等もまた生活だけをもっていた。思想をわたり歩いていた。

私が九州でさがしつづけていたもの――生活の理念およびその対象化に対する執念もなかった。けれども、私にはみえなかった生がここにあったのである。その生は、在ることが全部であって、そのよしあしは他の生態によって問われるべき筋あいのものではない、と私は思った。草は冬でもみどりの芽をふかせてさしつかえないものであって、冬将軍の暴威を純化したがる私の傾向を思った。

けれどもだからといって、九州のこの本質が、今日の時代性の中にあらわれるときの現象のすべてをゆるす気になったわけではない。歴史時間が常におっとりと流れてくる九州のつらさを理解したのである。そしてまた、神経質に流動する歴史時間とは、無縁に受けつがれてきた生活の強みを理解したのである。が同時に、九州を思考の舞台としようとするならば、そのふたつを可能なかぎり近づける努力なしには、この土地から文化などといえるものは生まれようがないことを思った。それはたとえば個人の問題としてもいえると思われる。未来時間からの圧迫感をその生活感覚内に（中央の時間などを考慮しないで）きたえることと、もう一つは過去の時間からの圧迫を、そのきたえられた感覚とは断絶した領域を統《す》べるものとして保護しないこと。そうするならば、社会的次元の思弁は中央方式で、私的生活はおくに方式でという九州らしい分裂ぶりは、統一された思想の土壌となると思われる。

そうはいっても、私は根なし草である。わずかに「自己」の手ざわりだけを知って育ったにすぎない。この感覚は、あの無性格である東京の人ごみの中でほっとわが家へかえった思いをもつ。私は私自身の感覚を混乱させるものを大切にしてきたが、九州は、なんのかんのと私にいわせながら、相当に私に嚙みついてくれた。ここで過したことはやはりたのしかった。

私はしばしば育っていく私の子供の顔をのぞきこんだものである。不安と期待でもって。正直にいって私は九州のあの分裂ぶりの中で子供を育てることはおそろしかった。けれどもこれらと無縁な発想の場がどこにあろう。私のこの擬似近代的な感覚も、あの分裂の谷からこぼれおちたのではないのか。

私は祈りに似た思いで子供らの感覚をさしのぞいてきた。何の祈りであるか、いいようのない圧縮された感情がつまるのだった。せめて生活を握っている生活者の群団ちかくに住むことが慰めだった。炭坑の子供らはわけへだてなくきたえてくれた。

私はつねづね思っている。私たちの感覚は家族から伝えられたものよりふかく、私たちをとりまいている風物や集団によって養われると。私が朝鮮で朝鮮民族のあの個々に沈黙していたまなざしによって養われたように。

私は子供らが生活物質にためらいなく接触しだしたのを驚異をもって眺めた。私が年をかさねてやっと越えた火との無縁感もなく、マッチをさし出すと火をつけ、その火に感興を湧かした。私にとって火は、誰かがどこかで物の変形のために使う職人道具の一つにすぎなかった。子供にとって火は、わるさ仲間へ通う心のはずみであった。かまどの火の感情を知らぬ私は、九州が私の子供に育ててくれた厚い実在感覚にそっと指をふれてみるのである。

なぐり書き

いまはびっしりと住宅が建ち並んでいる福岡市の別府《べふ》橋のあたりは、私が学生寮にいたころはがらんとした空地と田で、川沿いの道の彼方に油山《あぶらやま》がみえていた。那珂《なか》川の水が草をぬらして流れていて、朝鮮で生まれ育った私の目にはものめずらしい風景だった。私がみなれていた川は、石の川原のなかに流れがある。草々の葉先が流れにゆれることなど、思いもよらなかった。その水辺の草が、冬が近づいても枯れ葉色に移ろうこともなく、青々としている。私は川辺の草に降りて行き、イーゼルを立ててちいさなキャンバスに油絵の具をぬりつけていた。空襲で福岡市が燃えあがる数カ月まえのことだった。

玄界灘をひとりで渡って来て、そして日々空襲のサイレンで逃げまどう学生寮のくらしは、たいへん不安定だった。このまま生死のほどもわからなくなるだろう親たちのことや、それを押してなお、私自身にとっての生のいみを問わずにおれない十代後半の迷いふかい日が、ちぎれた葉っぱのように関連もなく流れる。私はキャンバスに向かって、そのちぎれちぎれの自分を呼び集めるかのように、絵の具を重ねていた。

川の上流にかすむ山もそのふもとの森も、がらんとした空地の奥に散在する家々も、実はほとんど目にも心にもとまっていなかった。川の流れも草々も描けてはいなかった。防空頭巾をかぶり、肩から袋をぶらさげて常備用のくすりや大豆などをいれ、胸に本籍地と名前と血液型とを書きつけた布を縫いつけ、そして知人とているわけもない留学地の川辺で、キャンバスに向かうわずかな時間だけが、生きている十七歳のあかしである、と、そんな思いを叩きつけるようにパレットを握っていた。

人通りもまれな川沿いの道を、三人の人が歩いて来ていた。気にもならなかったのだが、彼らは近寄って来ると、「非国民！」と、私に声をかけた。

「この非常時に、絵などをかいて遊ぶとは何ごとだ！」

私はわれにかえり、戦争さなかの非国民的行為にうちしおれ、踏みつけられたキャンバスを片付けて、寮へ引きかえした。寮までの道のりは十分ほどもなかったのだが、十年も歩いたように思えた。枯れた草と青い草とが入りまじっている野だった。イーゼルをすてて歩いた。

やがて空襲で寮の屋根も燃えはじめて、気がついてみると友人と二人、屋根の上にのぼってバケツリレーで送られてくる水をかけていた。さいわい寮のまわりに家々がなかったために大事にならず、そのかわり焼けだされた人びとが、火傷の体を寮のへやべやに横たえた。二度とキャンバスに向かう気もなく、夜空にひろがる炎の色ばかり鮮やかに心に残った。

が、十代をただやみくもに敗れていく国家のまにまに身をまかせておくことなど、できるものではない。たとえ毎日飛行機工場に通わされ、その往復にしばしば敵機にねらわれて機銃を向けられようとも、やはり十代の彷徨をつづける。とりとめもなく自分を探して這いまわる。それは、兵舎のなかの十代だってそうであったにちがいない。非国民と国民との谷間で、やっと青春に辿りついた精神が、自分自身を探しまわる。私は飛行機工場の何分間かの休み時間に草のうえに出て行き、ノートのはしにねこじゃらしの草の実をスケッチした。それは絵を描くことでもなく、まして絵かきへの出発などというものではない。

赤ん坊は生まれてはじめて紙に何かをかきつけたとき、とてつもない感動をもつものらしく、私の子どもたちは両方の手に鉛筆をにぎって、からだをゆり動かしつつ紙に乱れた線をえがいてよろこんだ。それは、はじめにことばありき、というに似た、はじめに書画ありき、とでもいうような、えがくことの感動だった。敗戦まぢかな福岡の町で、私が絵の具をいじったり、こっそり草の実をスケッチしたりしたのも、いわば赤ん坊の喚声のごときものである。そんな素朴な、すべての人にそなわっている表現のよろこびまで、反国家的心情としてとがめられる時代があったのだった。

やがて幾年かのちのこと、私は子どもを産み、その子がはじめてなぐりがきをしたとき、その紙きれを捨てかねた。スクラップブックにはりつけて、そばに添えがきをした。

「なにもかもなくなったおもいがする時がくることでしょう。ママくらいになったとき。そんなときはこのノートをごらん。きっと人間を信ずるとおもいます。すばらしい泉をまずあたえられていることを発見するでしょう」

そして、祈らずにはおれなかった。たとえ筆をうばわれ目をつぶされようとも、みどりごの手がえがきつけたなぐりがきの感動を生涯もちつづけてくれるように、と。

思い出せないこと

どうしても思い出せないけれど、空襲のはげしかった福岡の町で、私は幾日かを、或るおめかけさんの家ですごした。その人の名を思い出せないのである。どういうことでお知り合いになったのか、私は、両親が住んでいた町へ帰省するための船のキップを、そのおめかけさんの旦那さんのお世話で手に入れた。船会社の関係者だと聞いた。

そのキップを手にして可愛がってくださったその淋しそうなおめかけさんにお別れの挨拶をした。私は福岡の別府町田島の畑の中にぽつんとあった女専の寮から持ち出した荷物をさげていた。おめかけさんは、鏡台のある部屋の中で、「気をつけてお帰りなさいね。よかったねえ」と言ってくれた。渡辺通り一丁目あたりの電車道に面した家であった。何かわけのありそうな、とても淋しげな人で、私は大人の寂寥というものを感じて自分ばかり親もとへいそいそと帰って行くことが、後めたく思われた。

下関へ行き、先輩の家に泊めてもらった。私が乗船する船が翌日出るので、その日は、海へ魚を釣りに行った。海岸の岩の上から垂れた糸には、小さなフグばかりが、かかった。女専の先輩は、このすぐ先の海中に死体が流れ寄っていた、と話した。「そう……」私たちは、死や死体について無感動になっていた。私の乗る船は、その夜、機雷でやられて沈没した。私は福岡の町で空襲にあい、ここまで来ていたのである。あの空襲の夜、寮の屋根にのぼって火を消し、焼けただれた近くの女性が、おしっこがしたいというのを手伝った。寮に幾人もけが人を運んだ。

私は空と海が眺められる焼け跡の町の中を燃えている家や電柱を踏みこえながら、あの親切だったおめかけさんを知ったように思う。私が、当時植民地だった朝鮮から、一人で救命胴着をつけて渡って来た福岡の町で知り合った、あたたかな人であった。ある日私は遠い遠いところを眺めている思いで写真をとった。ただ命があり、なおかつ、命を捧げる何かをはるか遠方に見つけたがっていたその時の、心をとらえておきたかっただけで、出来上った写真はどうでもよかった。ながい間写真館に放棄していた。

敗戦となり、これまた、どうしても思い出せないけれど、何かで知り合った九州大学の学生とそのおかあさんに大切にしていただいて、いつ引揚げて来るかわからぬ家族を待つ私は無口にその家に坐っていた。焼けずに残った家で、お茶の先生だというおかあさんに見つめられていて、固くなった。

結婚の話が出て、私は逃げた。そんな固苦しさを感じなくともいい友達と、日本の行末について話し、本を読み合い、暑い日を泊めてもらったりした。西陽が傾くようにすばやく秋めいて、家族らが引揚げて来た。固苦しくはないはずの友達が、いかにも男っぽくなまなましい瞬間を見せ、私もまた息苦しく、再びここから逃げた。

逃げると、彼らに、あちこちで逢った。とても人を愛するような心境ではない。いや、町のたたずまいも学校の仮校舎も引揚げた郷里も、私の沈み込んだ、そのくせ突きあげるような切なさと奇妙に向き合っていて、愛らしいささやきなどを受けつけないのである。ゆだんした瞬間に、唇をちぎられるようなキスを受けて、驚きあわて、ざあざあと水を流して顔を洗い、なんでもないなんでもないと鏡に向って言いふくめ、万事、逃げないことを心に決めた。逃げる先など、この世にはない、と夕ぐれの町を歩くと、アメリカ兵が日本人の若夫婦を両手で抱きしめ、ごつんと二人の頭をぶっつけて笑った。街角をワッショイワッショイと、どこかの組合がビラをまきつつ通った。

私は奇妙に、それからのちのことを記憶にとどめている。愛する相手と、それにふさわしい社会を求めてさまよい出したことを。

骨の灯《とも》し火

私がまだ学生のころ、寮に炭坑地帯に住いのある学友がいた。私は炭坑というものをまるで知らなかったので、ただなんとなく男が多いところだろう、と思った。学友は、筑豊つまり福岡県の遠賀《おんが》郡、鞍手《くらて》郡、嘉穂《かほ》郡、田川郡の四つの郡にまたがる、広大な炭田地帯の、そのどこかに住いがあるのだが、その広さもその歴史も思いえがけなかった。

やはりまだ学生のころだった。小学校時代の友人がはやばやとお嫁に行くことになった。心細かったのか、ほろほろ涙を流して遠くへ行ってしまった。その友人の嫁ぎ先へ、私は春の休みを利用して訪れることにした。一人では行けそうもなくて、友人をさそって二人で出かけた。いま思えば、それが「肥前松浦兄妹心中」の舞台となっている、佐賀県松浦地方の炭坑だったが、その当時は東も西もわからぬまま、やみくもに汽車に乗った。汽車は海岸をとおって、さみしい、ふしぎな風景のなかへと入っていった。どことなくだんまりとした、灰色の石ころが丘となって海岸へなだれこんでいる、漁村でも農村でもない風土がひらけてきたのである。草が生い茂っている山のその谷間に、灰色の石ころがうず高く捨てられ、そのうえを踏み渡って作業服姿の男が歩く。

私が訪れたところは、ちいさな連絡船にのっていったから、島か、あるいは半島の、炭坑だったのだろう。友人はその炭坑の病院の医者に嫁いでいたのだった。涙を流してお嫁に行ったのに、にこにことしていて産み月も近くなっていた。彼女の夫はここで、炭坑で働く人びとの事故の傷の手当ばかりでなく、刀傷の手当だとか、出産の世話などもすると言うのだった。

なぜ刀傷を、と、不審に思った。友人の夫は、ここにはいれずみをした男がたくさんいて大見栄をきる、と言った。私はまた、炭坑でなぜお産があるのだろう、とがてんがいかなかった。坑夫たちは家族もちが大半だということを知らなかったのである。そしてこの炭坑では、なぜか女や子どもの姿をほとんど見なかった。木の枠でこしらえた坑口が、風呂場の近くに、ぽかりとぶきみに開いていた。そばまで行ってみると、地面に、丸太を横に並べた階段が、まっくらな坑口へむかってつづいていた。

それっきり私は炭坑と縁もなく十年ほどを、九州の地方都市ですごした。

ヤマとよばれていた炭坑に、男ばかりでなく、女もたくさんいて、彼女たちも坑内にくだって石炭を掘ったり運び出したりしていたのだと知ったのは、その後筑豊に移ってからだった。くらい坑内で夜も昼もなく働き、お産のまぎわまで地底にいたり、地上にあがる時間もないまま地底で産み落としたりしていた。地底で子どもが生まれたときはヤマをあげて祝ったという。

「炭坑は坑内に入りゃ減りこそすれ、ふえることはないじゃろ。その坑内で子が生まれりゃ誰でもうれしかよ」

　そう老女が語った。

「百姓の仕事はおてんとうさんのめぐみをいただいとる。種子をまきゃ、ふえるじゃろ。坑夫の仕事はおてんとさんに見放されとる。なんぼ働いても石炭はふえやせんじゃろ」

　そう語ったのは農村から出て来て坑夫になった男だった。

「ヤマの神さんはおなごの神さんばい。気のあらい神さんで、坑内で口笛をふいたり髪を梳《す》いたりすると、腹立てて非常ば起す。落盤やら水非常やら起さっしゃる」

　いまはもう夢幻のかなたの話のようになった。が、私が一九六〇年ごろ会った坑夫たちは、誰もヤマの神さんのことを語った。背中いちめんにいれずみをして、切ったはったを恐れぬ男も、ヤマの神さんを怒らせちゃいかん、と言った。その地面の底から地上へあがるまでの長い道のりは、地下水でじとじとしていて、夜よりも暗い。女たちは早く地上へ出て子どもの顔がみたい一心で、三十分も四十分も歩いて地上へ近づいてくる。

「ずっと遠く、上のほうに、ぽつんと坑口がみえて、そして星が出とる。ああ今日もいのちがあったなあ。これで子どもを親なし児にせんですむなあ、と思いよった。いつもいつも坑口の灯《ひ》がみえると、そう思いよった。なんが切ないというて、子を置いたまま、地の下で非常に遭《お》うていのちを落とした人をとむらうことですばい。うちの身うちも何人も死にました。地上にあがって子に乳をのまして、そしてまたさがって石炭を掘りよって、落盤に遭《お》うていのちを落とした。

死んだおなごを崩れた岩のなかから引き出してやるときは、切なかよ。髪の毛をきりきり手に巻いて、引き出してやるときは、切なかよ。髪の毛ばっかり生きとるごとしとる……」

「炭坑は人の生き血を吸ってふとったとばい。うちは地面の上のことはなんも知らんが、地の下のことは、わが手のひら見るごと知っとるよ。地の下には、なんぼでも人間の埋まっとる。ガスが噴いたときは死人も上にあげんまんま坑口をふさいだばい」

老いた女はいまもなお、ばらばらと落盤してくる夢におびえると言った。どっとあふれてくる地下水に追い立てられ、逃げかねる夢に声をあげて目覚めると言う。すでに、はるか昔に、ヤマは閉ざされて地上はめまぐるしく変っているのに。まるでヤマの神さんと化したような老女の心を、私は思う。そんな女も幼い頃は農夫の子であったり、漁民の娘であったりした。心の底には緑の草々や、うねる海原の色をたたえていた。日に照らされた風に吹かれるときによみがえる感覚があることを知っていた。よみがえる思いは、たとえくらしが苦しくとも、人の心を救うことを知っていた。

「地の底には神も仏もなかよ。神や仏は地面の上にしかござらん」

「地の底に入ったなら、わがいのちは、わが意志で守らな」

私は文字を持たぬ女が、地上の文化の一切が見捨てている世界で、ただひたすら自分自身の力でもって、このよみがえりのない領域を生きぬいてきた知性を思わずにはおれない。それは彼女に独特な認識を育てていた。地上の文化は、神代の昔から、地面の下は死人の世界と思いつづけてきているから、それにさからいつつ生きぬくことは、並たいていの気力では及ばなかったろう。

岡部耕大作「肥前松浦兄妹心中」は、劇団青年座の上演が予定されているが、この海辺のヤマに亡霊のごとく生きつづけている男たち女たちの、その心身は、みずからの骨を灯し火にして世界の闇をみつめてきた者たちの、その気力がみなぎっている。その奇妙な姿は、とても地面の上の人びとには理解しがたいと思われるのだが、坑内の仕事をまるで知らぬ私がヤマの人びとに接しただけで、何かとてつもない精神界のひろがりを感じとったように、この芝居もまた、闇を拓く人間の誕生を不気味にひびかせる。

最近は私の住む筑豊の川も澄んできた。地面もスマートな道が四方に走り、ヤマを知らぬ世代がのびのびと車をとばす。肥前松浦地方も中世期の倭寇の跡とかヤマの跡を、やさしい海と山の自然につつんで、旅情をいやしてくれる。

そのように静かで滑らかな風土でも、眠れぬ人びとがふえてきた。かつてのヤマの老女のように、わが骨に火をともして、生むべき未来の子ダネをさがす時節である。この奇妙な芝居の奇妙な生態の誕生を待っている。

白い帯

戦後のことなのでずいぶん古い話になる。あるいはそれ以前からのことのようでもあって、混乱を重ねた日々はきれぎれになっている。ふたしかなことも多いのだが、親もとを離れていた私は学校の寮から、とあるお茶室へ通っていた。裏千家の師のもとへ。そこでひとり静かな時間を持つと、世上の混沌もすべて忘れることができた。

結核をわずらっていたから、いつも微熱があって、ものうい。でも寝つくほどのことでもなく、ごく軽い症状だというので、病気に対する無知も重なって、私はしごくのんきに、けだるい自分をたのしんでいた。それは世間から自分を隔離する働きをしていたのかもしれないと、今ごろ思ったりもするのだが、ともあれお茶室で静かにしているときは、幼いころからなじんでいた自分がだまって影ぼうしのように心の中に坐っている気がした。

空腹にもなれて、むしろ、すがすがしい感じで坐っていた。

一あし外へ出ると、敗戦の日本がひろがっていて、外地生まれの私にはよういになじみが生まれないのである。それは戸外の様子になじめないだけではなく、自分の新しい状況になじめないでいるのだろうけど、でも気持ちは新しい今をなんとしてでも生きぬきたいと思っているのだった。

そんなとりとめのない私が、療養生活を経てふたたび通いだしたころ、茶室には、若い男性のお弟子さんもふえていた。先生はいつものように、まっしろな髪をふわりと束ねた白いお顔で、洗いざらしてしろじろとなった着物にゆるやかに帯をしめて、微笑しておられた。お手前をおならいすることもたのしみだが、それよりも、そのあと、くつろいで先生と話をしあうことがうれしくて、誰もがよりそっていた。城はこわれて石垣だけになった、その城の中で育ったかすかな記憶を持っておられた。身のまわりの世話はお手伝いさんがしていたが、若くて未亡人となってお子さんはおられなかった。幾人かの学生を、東京にお住いのころに養子のように育てられ、みな、それぞれ社会的にも知られた地位についていて、うれしい、と、よろこんでおられた。東京の家が焼けて、郷里へもどっておられたのだった。私は、だまりがちに、通った。

なぜ先生のおそばにいると、心があたたまってうれしいのか、わからぬまましばらく雑談の中に加わらせていただいておいとまする。私は、私など娘っこが先生にあこがれを抱きながらしたい寄るのは自然だろうけど、大学を出るや出らずの医者の卵などが、まるで恋しい人に会うように華やぐのが、ふしぎに思えた。と同時に、ほのぼのと匂うようなゆかしい味わいが、帯さえ麻の生成《きな》りをお使いになる先生の、おっとりした立ち居ふるまいにただよっていて、老いてゆくこともまた色気をそえていくことになるのだろうかと、ほんとうに心そそられもしたのだった。

ある日、野に咲く花や草々を採って、活けてみてほめられた。すこしも欲のないお方のほめ方は、よくこそこんな目立たぬ花を愛してくださって……、というもので、流派にとらわれたくないからと、活け方もまたご自分のものをお持ちの方だった。私は、夕ぐれていく川土手で、小笹に添うともなく咲いている赤紫の花が、可憐で、そのときの気持ちに身近いまま切りとったにすぎなかったが、それが伝わったようでうれしく思えた。

先生から、自分の茶道を継いでほしいと、お話をいただいて帰り、数日のあいだ心は行きつもどりつしていた。私は詩を書いていた。そのときは戦後も五、六年たっていて、外地生まれの日本知らずがつらくなってもいた。何よりつらいのは、朝鮮を私はふかく愛して育っていたことで、お茶の心もまた、遊びながらふれていた古都慶州の、古い陶器や、遺跡や、人びとのくらしからまっすぐに伝わるものによってはぐくまれていることだった。

私は夢をみた。にじり口から先生のおそばへ行こうとするとき、お茶室に、くもの巣がきらきらとかかっている夢だった。それは見えない糸のように思えて、私はくもの糸をそしらぬふりにくぐって、たたみに坐った。

先生にお目にかかって、こんな夢を見ました、と申し上げた。先生が、私をじっとごらんになった。とても残念ですけどあきらめましょう、あなたは別の道をいずれすすんでいかれます、と、おっしゃった。さみしい思いと、心が晴れる思いが同時にした。先生が私の目を見ながら、うなずかれた。

古い話である。何かを、ふっきっていただいた気がして、私は未知の自分へむかって駈け出していた。

あのころに知りあった方が、近年、茶道史家として地道に研究をつづけておられることを知った。世間はもう全く様子をかえていて、私が手縫いのふくさ入れをこしらえていた頃をしのぶよすがもないほど、きらきらしている。

古都慶州で私は、根源的な生命観を開眼させられた。はじめての茶もそこでたてた。いつの日か、孫をも連れて行きたいものと思っている。いっさいの、お礼ごころで。

手織り木綿

どういうきっかけで手織り木綿のきれはしを集め出したのか、うまく思い出せない。が、敗戦前後に福岡県立女子専門学校の家政科に在学していた私は、手織り木綿を少しずつ集めてはスクラップブックにはっていた。おそらくその頃読んでいた『児やらい』など、民俗学の影響だと思う。が、また一面では、外地では目にすることのなかった手織り木綿のごつごつした素朴な手ざわりや、その縞や絣《かすり》の味わいが私をひきつけたのだろう。糸島郡に稲刈り奉仕にやらされた時も、その家の片隅にぼろ布のようになって丸められていたきれはしをいただいた。

その稲刈り奉仕で私たちは泊り込みでご飯炊きをした。煙突のないかまどに大きな釜がかかっていて、これで大勢のご飯を炊く。煙は渦になって火口から出て涙ばかりにじんだ。二、三人ずつ農家に配置されて、食事の用意をするわけだが、ほとんど役に立たなかった。高校生や大学生の男たちが稲を刈った。これもたいした仕事にはならなかったろう。そして夜は、手造りの濁り酒をごちそうになった。

男の学生が酔って泣いた。いずれ戦地に行くのだろう。私は気がひけた。隅のほうでうつむいていた記憶がある。そんななかで、せめて祖母世代が農業の折々に織った木綿を集めておいて、女の仕事の一端として残しておきたい、などと思ったりした。

これもどういうきっかけで案内していただいたのか、ひれ振りの松とやらがすぐそこにあるといって、農家の誰かがその山に連れて行ってくださった。

ずっと古代に韓国に征く恋人をこの松のもとに立って見送ったそうだ、そしてその時、肩にかけていたひれを一心に振りながら別れを惜しんだそうだ、と、説明していただいた。

男の学生が沈黙して聞いていた。私はひれが羽衣のようにも、手織り木綿のようにも思えた。その松のあたりから広い田が海までずっとのびていた。糸島郡前原からかなり歩いて行った農村だった。

そのスクラップブックを、いつごろどうして失ったのか、折にふれて思い出したがそのまま過してきた。そして最近、ひょんなことからまた古布がぽつぽつ集ってくる。が、農家などにもあまり見当らないようで、祖母が織ったものです、などと手紙をそえて残り布を送ってくださった方が、近所の家々にたずねましたがどこも始末していて、と失われるものの早さに驚いていらした。私は自分のうかつさを今更のように思い返している。

あのスクラップブックはたいしたものではなかったが、それでもあの頃はまだ手織り木綿の数は多かった。

昔の女の生活に息づいていた感性は、私の世代が心がけさえすれば、後世に残すことはできた。実にさまざまな感触でその頃の私を楽しませてくれたのだから。

最近も機械織りの絣などが出まわっているけれど、味わいはすっかり違っていて、昔話もかまどの煙も匂ってこない。祖母たちの声は聞こえてこない。

般若を抱く人形

子どものころ座敷の違い棚の片隅に、楚々《そそ》とした博多人形が置いてあった。小暗《おぐら》いその一隅で、細面の、黒髪を背にすべらせ、袂《たもと》のうえに般若《はんにゃ》のお面を受けてすらりと立っている娘の姿は、子ども心にも美しかった。ひとりでみているとどことなくおびえてしまうのは、渋い灰緑色の着物の色と般若の面のせいだったろう。般若の面も灰緑色をしていた。長い角とわずかな髪が黒かった。耳まで裂けた口と、とがった顎《あご》がこわくて、若く美しい娘が、なぜこのようにおそろしいものを袂に受けているのか不審だった。人形の表情はうりざね顔をかすかに傾け、夢見るようにしている。半衿と袖口からのぞく裏布と、そして袂からこぼれている長襦袢《ながじゅばん》の色とが淡紅のとき色をしているばかり。わたしはなかば怖れ、なかば神秘的な思いにさそわれるように人形をのぞいた。

　そのように何か特別な思いがこもって記憶に刻まれたのは、その人形の味わいが母に似ていたからで、わたしは母の若い日の秘密がそこにあるかのように、こわい般若と黒髪をすべらせている娘とをこもごも見たものだ。時には母に、なぜあのお人形は鬼を抱いているの、とたずねた。母はどう答えたものか、ただ、さわってはいけないと言われたことは覚えている。

ところが幾年かたって母が病んでから、お手伝いの娘に加勢してわたしもはたきなどをかけ、雑巾がけをしたりして、時々般若の面に手をのばした。それだけを掌にのせてしげしげと眺め、ぬれ雑巾で拭いて叱られ、何かのはずみに、顎をこわした。足元には親たちが大切にしている陶器などもあり、十三、四歳になっていたわたしは自分の粗雑さ加減が意識された。病床の母は、背にたらして腰近くまであった髪を、肩までに切っていた。その髪を父が折々梳《す》いてやった。

母が三十代なかばをすぎて亡くなり、やがてわたしたちも内地へ引揚げたのだが、父も亡くなったあと十余年も経て、故郷の八十余歳になる伯母からその人形をわたしは手渡された。父が朝鮮から引揚げて来る時、リュックの底にいれて持ち帰っていたのだった。

いま眺める人形は大正期の娘のものおもいを秘めて古びている。般若の角も欠け、娘の素足の先も欠けている。が、やはり亡母の面影をもっている。ふと気がつくのは、その着物の柄が流水に萩の花であり、母の薄物の着物の柄におなじものがあった。よく着ていた。

わたしは妹に問う。この人形はどうした品かしら、と。妹が、きっと青春の記念でしょう、よく似ているもの、と言う。父と母は結婚に反対されて、父は単身で朝鮮へ渡り、あとを追って母は家を出ていた。人形はその渡海とどうかかわっているのか、ちいさな文庫の帯をしめて、古びたままだまっている。二度海を渡った人形が、博多の近くですすけている。

先例のない娘の正体

敗戦のあと私たち家族は、かつての植民地からの引揚者として父の郷里でしばらくすごした。そこは筑後川の下流の村だった。私は本家の伯母に教えられて、川岸でしじみ貝をとったりした。伯母がそれを食卓に出してくれた。

食事に使う水は台所の水がめに汲みためてあるアオを使うのだった。有明海に注ぐ筑後川は潮の干満の差が大きくて、沿岸の村々では、満ちてくる潮のその流れの上に押しあげられる淡水をアオと呼び、これを飲み水としていた。アオは汲みためていても腐敗することがなく、井戸水でたてたお茶よりもこれの茶はやわらかでおいしかった。風呂や洗いものは井戸の水を使った。敗戦で、それまでの暮らしのすべてを捨てた私たちは、くらく、深く傷ついていた。父のふるさとはそんな私たちに、草原のようになごやかでいたわりぶかかった。植民地での十数年の生活を一瞬のあぶくのようにとらえる波長がここにゆったりとまわっていた。私はアオを汲みに行く伯母にくっついて、その波長のなかへ入っていく。アオ汲み場は筑後川に注ぐ小川だった。父の本家のすぐそばを流れていた。柳の木があり水草が茂っていた。石段があった。この小川でアオが汲めるときは一日に二回で、潮が満ちてしまってしずかにアオが潮の上を澄み流れる時間に汲まねばならない。

植民地では見ることのない水汲みを、私はそれまでの水道の暮らしと比較することはできなかった。かつての朝鮮での生活に心で鉄の扉を降ろし、いま生まれた赤ん坊のようにアオ汲みの伯母に従おうとする。木桶になみなみとアオを汲みいれて、天秤棒の両端にかけ、伯母は水がめまでの距離を上手に歩いた。私は水がめのふたをあける役をした。水はほのぐらい光をたたえて台所の片隅に満ちる。その水の色をじっとみつめた。

かめに水を満たすと、かまどに火をつけ、たきぎをいれながら伯母が話して聞かせた。おまえのお母さんはしあわせだったよ、朝鮮で暮らして。アオ汲みもしなくてよかったし。早く死んでかわいそうだったけど、でもしあわせだったよ。伯母さんもここに嫁に来たときはまだ十七で、若い衆が何人もいたし、姑さんはなんでも出来る人だったし、伯母さんはアオ汲みが出来なくてしくしく泣いていた。そうすると若い衆がこっそりと手伝ってくれた……　いろいろつらかった……

父の兄である長男に嫁いだ伯母は、本家の台所でくるくる働きながら私たち家族の世話に骨惜しみをしない。むしろよろこばしい風情があった。すでにどっしりとした主婦だった。私は命ぜられるままに掃除炊事を手伝ったが、気取りのない伯母が好きで、気持ちは伯母のふところの中に入りこんでいた。この女性が父の郷里にいてくれたことが、敗戦後日本で生きのびようとしはじめた私の、目にみえぬ日本への呼び水となっていた。

私は伯母に心をゆるし、小言をいわれるのをたのしみながら、家のまわりの野菜の手入れをした。倉の中の醬油や味噌を取り出した。いくつも並んでいる漬物桶をさしのぞいた。何も彼もめずらしくて、十代の終わりであった私は、猫がからだをこすりつけるようにこの伯母が味わっている日本に、からだを寄せた。が、この個別なぬくもりのほかは、村も、日本人も、まるで見えない。私は日本人が畑を耕していることに、動転していたのである。こっそりと伯母にたずねたものだった。あの人も日本人か、と。同じ問が度重なりそうで、私は、日本人が見えない自分を、日本人から見すかされることをおそれた。また、自分自身、おそれた。

父の本家は農家ではなかった。そのときは伯父は勤めに出ていたが、伯母が嫁いだころは地所も家も村では落ち着いている家内企業で、菜種油を作り、船で運び出していた。伯母の里は他村の船問屋だった。筑後川が佐賀や久留米や柳川などと、長崎や大阪を結ぶ主要な航路であったころのことである。伯母はそんな過去のことを私へ話して聞かせた。聞きたがる私のさそいのままに、炊事をしつつ話す。伯母の心の中で、筑後川をのぼってくるオランダ船の名残りがちらつき、やがて船便でさかえた家々が傾く。そして、アオのおいしい村が川水とともにつづいていた。

そのままその中に私も埋もれるならば、私の敗戦も村びとのそれにつらなることができたかもしれない。私は伯母の話で心をあたためながら、植民地という傷の大きさが埋めようもないことを見ていた。それは日常のささいなことで増幅する。たとえば私が村の人に話しかけると、だれも、はにかんで微笑するだけである。伯母が、田舎者は都会の人に声かけられるとはずかしいんだ、悪気ではない、と教えてくれる。私は身の置きどころがない思いだった。それは、日本のほんとうのことばを知らない私を浮き出させた。

都会人という表現はおかしなものだが、植民地主義は、支配民族の地区ばかりに近代の粋をこめた。朝鮮で生まれ育った私は、内地に尊敬の気持ちを抱いたことはなかった。目が向かなかった。朝鮮の風土が好きだった。その植民者二世の感覚はイギリス本土から独立したアメリカ移民の感情に通うものかもしれない。私には、発展途上国に対する先進国のうしろめたさのような屈折した感情が、知ってしまった「庶民の植民地」に伴った。少女期までの私の植民者二世の意識は、お義理にも「支配者としての植民」ではない。そしてお世辞にも日本内地を敬愛してはいなかった。そうした二世感情を見通していたのか、私ら二世に内地の優位を説き知らせる風潮があった。植民とは食いつめ者で流浪の者だと話した。役人の意識はほぼそうしたものだった。

私が知っている内地、そして日本、日本人はこの体質だったから、それと一体化する引き揚げは屈辱だった。でも、村に仮住みして、いいも悪いもない、追い返されたここからしか始まらない。伯母は、醤油の作り方や漬物の漬け方や何や彼やと休みなく聞きたがる私を連れて、村びとに頼んだ。朝鮮から帰ってきたこの子がカラシ菜を知らんという、すまんけどあんたの畑の菜を引かせてくれんかい。そして伯母と畑にしゃがみこんで菜を抜きつつ話を聞いた。おまえのお父さんはこの漬物が好きだから、大学の寮へも、朝鮮の家にも、これを漬けて送っていた。おまえも食べていたろう。この菜の一年ものが新漬。塩と唐がらしをうんといれて三年くらいたって食べるのが古漬。おまえの父親は、ねえさんの古漬が一番うまいといっていた。おまえが生まれる時、ねえさん来てくれっていうので、古漬を持って朝鮮に渡った……

私は自分が、ほんとうの日本の、どこに接続すればこの重たく沈んだ植民地がやすらぐのか、伯母の歴史の中にさぐりをいれていたのだろう。

カラシ菜の古漬が好きだそうなが、と、土の匂いをさせて新聞紙にくるんだものを持ってくる村の女と、伯母が台所でにぎやかに話す。うちの古漬も食うてみんかいと微笑して出て行く。帰郷した父への思いやりだった。いや、思いやりというより、植民地帰りとはみていない。にぎやかになってたのしい、と、私の畑入りさえよろこんでいた。私にはその許容のいみが見えない。

こうして引揚者の大半が持ったよるべなさを、私たちは持つことなく、飢えることなくすごした。が、私たちは村を出た。飢えが欲しかったといえば罰が当る。知らぬ町では私たちを飢えさせまいとする血縁はいない。ほっとして、私は身の丈いっぱいつまっている重いものと向き合った。父と草をつみに出て、ぽつりぽつりと話をした。粥《かゆ》をすすり、不安に堪え、家族それぞれが自分自身の過去とたたかった。私には伯母たちの村が、ひとりひとりその社会の中の位置や年齢や性別や個体史によって個性的であるはずの敗戦を、共通の安らぎ、たとえばアオのおいしさや古漬の味の中へ溶解させていこうとするのが了解できなかった。戦場でのかずかずの非人間的な行為が、個々の魂のたたかいでもって日本の戦後社会にくりこまれることなく、戦場を村の歴史の外側において始まることが許せない。私の父の十数年の植民地体験と私のそれとが、どう結びつき、どのように私たちの魂とかかわっているのか。それは世界や、日本や、朝鮮やアジアと、どのように拮抗しているのか。そしてそれは村とどんな関係にあるのか。私にとって肉体化しているこんなごく日常的な問が、村では呼吸できないのである。そして、そのような村がもつ、あのやさしさのいみが、私に見えないのだった。

が、まだそれはどうでもよかった。伯母にくっついてまわりながら遠慮なく村のその体質を批判したけれど、それはまだ私のからだの外のことだった。「そのころ見えなかったものは何か」と問う夕イトルのこの小文に向かって、今さらのように思いかえすのだが、敗戦のあと幾年も幾年も、私は私の正体が見えなかった。どう生きればいいのか、ということではない。二度とあるはずのない朝鮮併合というおそろしい事実を、この肉体が占めていたこと。手も足も首も曲がりもせず、人間の姿をし、きれいな標準日本語を生活語とし、朝鮮の風土をわが魂の母とした存在とは一体何なのか。

私は自分の正体を知るどのような観念もみつけることができなかった。政治的な階層的な歴史的な照明は、私を素通りした。が、どれも欠かすわけにはいかない。でも、私の中の、愛にとどかなかった。私は愛していた。植民地における私の生活を、ではない。あなたも心をすましてごらんなさい、愛せずにおれない美しさがあの風土にはあります、と、私はのど元まで出てくる。それは愛のない視線への怒りだった。怒りに堪えつつ、そのことばは吐くべきではない、と自分へいいつづけた。それはぬすっとの独善だから。同じように父が堪えているのを知っていた。

植民地主義とまっこうから闘争もせず何をぬかす、と、歴史はいうだろう。そのように私の中の理、論も組み立てることはできていた。それは帝国主義、あるいは戦争に立ち向かうこともなくアジア人を殺し、民衆は被害者なのだという理論を持って生き残る軍人の理屈に似ている。人間の正体は、そのような組み立てた理論ではない。

個体史をたどっていくならば、私は父母が旧習にさからって産んでくれた庶子だった。朝鮮に愛をもって出会うことができたのは、親たちの育て方によるものだった。けれども植民地主義を生活とした個人は、その個体史の自己主張を失う地点を把握しなければならないと思わずにおれない。それは、ほかならぬ朝鮮人個人個人の復権の地点だろうから。私は、父も、そう思っているだろうこと、そしてそのまま果てようとしていることがわかっていて、たまらなかった。

それでもアジア侵略者として自分を総括することはごめんだった。そんなものではない。と叫び出す心の一点にまじりけはないのである。なぜか。

一体私の正体は何なのだろう。先例がなく、そしてあとにつづくもののない、このまっくろに暗《くら》んでいる娘の正体は何か。

私は父が亡くなるまで自分がのちのち文章を書くようになるだろうなど、思いもしなかった。子ども時代から詩は書いていたからその当時も書いてはいたが、この日本で、在日朝鮮人が日本語で自分を表現してくれるだろうとはとても考えられなかった。だから、文章書きになるだろうとは思えなかった。

これは理論の脈絡がつかないが、強いてつけるならば、詩は私には読み手を必要としない個的な完結を持つものか、または呼びかけあう他者とのあいだで完結するものだった。そして散文は未知の読者を想定して、なにがしかの伝達を必要とする自己確認の手段だった。

私が自分の正体が見えずにいるのに、父の死後、弟が、世を去った。共産党の分裂、血のメーデーなどを経て。ぼくには故郷がない、と私に書き残した。故郷、それはこの日本で生きるための精神のみなもとだった。思想以前の、風土や歴史や他者と自分とがまざりあったカオスだった。あの血縁への無条件の許容をみせていた父の村に、無条件であることの無責任さと、血縁地縁への偏向は裏返すと無縁者への排他性をひそめていることに反発して、植民者二世はとけこめなかった。弟と私は語り合った。ともかくも堪えぬこうと。その、もっとも身近な、発想の根をひとつにする者に先立たれた。故郷は生み出すものだと、そんなことばは話せたが……　私たちは知っていた、故郷とは愛するカオスだと。

私は引きずってきた正体不明な自分のまえに父と弟との人生を供え歴史が私らを無視する時まで、まっくろのまま堪えるけど、でも、ほんとうに私たちは何だろうと思った。肉が割れそうに生きかえらせたかった。それは今もってつづいている。

死ぬわけにはいかんから、と、生きている私に、生前の弟が、女だからよかったね、といった。やっぱり私を見ぬいていて、近代日本の百年の歴史でもみくちゃになって、自分の正体さえ見えなくなった私が、歴史的存在の枠の中に入りようのない部分によりかかってその日その日を生きているのを、彼はそういったのだった。

戦後女は強くなったと冷笑する風潮が久しくつづいたが、敗戦のあとも女が時代の流れを生み出す要因のひとつとなることはなかった。そのような女たちの社会からの疎外はよく見えていた。私には女たちの発想や認識を参加させない文化は、まだ未熟な文化なのだという思いがあったから、いま見えているその部分によりそって、からだ半分機能しているようなあんばいで暮らしていた。

女に関するかぎり、戦前戦後の区切りがなかったし、内地も外地もなく、日本も世界もない。植民地での日本人の女は働きもせず気楽に暮らしたが、歴史の歯車ではなかった。社会的な力は持ってはいなかった。むしろ内地でつらく暮らした村の女のほうが、政治や社会とは無縁ながら、味噌や醬油や古漬など生活上の創造に力量を発揮していた。その日常生活に注いだ創意が、女から女へと絶えることなく伝承されているにもかかわらず、まるで潮の干満と川水の流れのように社会的創造と切れている。

私はくらやみにうごめくように、植民者二世である自分の正体も日本の庶民の本質も見えないが、それを見出す道を、この断ち切れた二重性の文化の日常生活に没入することでみつけようとしていた。日常性以外から発見できるはずがない、と思っていた。なぜなら戦争・敗戦という民族的体験を経て根っこからくつがえったはずの、この私が、女の性という生物的条件の部分が、まるきり昆虫のように無傷だったからである。いや敗戦などもののかずでないくらい、はるかな過去の深みのまま血を流しつづけていたからだった。政治思想も権力闘争も、それが一体なんのいみがある、とひらき直るものは凍りついた刃物めいて常に光っていた。ここまでとどく発想だけが未来をひらく、と、そういわずにおれぬものが、敗戦後の社会には続出していた。私には庶民の歴史は、連続性に賭けることよりも、無原則であれ一発性であれ創造へ賭けるほうが、より望ましかった。そして、性に関する社会的な圧迫・不自由に関するたたかいに、挫折という甘美な感情の入りこむ余地などないのだった。

が、戦後日本も、性は思想の問題ではなかった。わけても生殖、子を産むこと、はそうであった。人間のとらえ方が、思想界は伝統的に、人は生まれて死ぬ、というものであり、庶民のそれとはちがっていた。庶民は、わけても女は、人は生まれて、子を産み、そして死ぬ、という把握をして生きていた。産むことは生活の核であった。

が、戦後社会の思想界は生命の生産に関する思想を生み出すことについて、まことに冷たいものだった。もっぱら生活資糧生産の次元での、世界認識や理論闘争にあけくれた。そのことが私をくるしくさせていた。たとえ物質生産の次元での不平等が是正へ向かおうとも、また生活が豊かになろうとも、性は新しい生命につながるものだということに関する現代的思想がないかぎり、近代社会は足をすくわれる、と思った。

私は仲間が欲しかった。このことについてともに考えるものが欲しかった。闘いの中にエロスを、としかいえないし、闘争よりも愛を、としか生きられない。このまま近代社会が動いていくと、人のいのちも工場生産の論理に従うよ、としか私にはことばがない。そうなれば女の性の悲劇などではない、男だって性の自由を失うだろう。

二重になっている日本の文化が見えるにつれて、産みの思想が一般化してほしい思いはつのった。

なぜなら古代から近代まで、アジアでは子を産む性の映像が米をはじめとして物の生産の思想となってきていた。日本など、そのイメージと祭りと政治とが一体化し、明治天皇制までつづいた。敗戦後、天皇は国の象徴となって生命や霊などと縁を切ったが、村々ではまだ前近代の産みのイメージを米つくりに重ねていた。そして、そのままずるずると兼業農家がふえてきていた。

私の不安は、産むことを女の性にとどめたままかえりみない文化の、もろさだった。子を産むことを生産機能としか考えようとしないけれど、それは性を自然界の摂理の肉体化だと信じているからだろう。そして私もふくめて、今日までの社会は形而上界に対応する形而下の共通基盤を、肉体化した自然においている。子を産むことはその核だった。が、私には歯に当る一粒の砂のように不分明なものがちかちかと心に当る。

私が産みの思想が必要だなどと、その内実も定かでないことを口ごもりつつでも語り得るのは、私たち女が受胎調節、わけても妊娠中絶を掌中にしている強みがあるからだった。もしそれをうばわれたとしたならば、さてどう動けばいいのか。そう思うと、胎児に人格を認めていた世界は完全にほろびたことを私は感じ、同時に胎児に人格をみない文明へとより大きく進んでいく道を、私自身が踏んでいるのをみたのだった。そして、そのことと、物質生産論一点張りの戦後の思想界とは表裏しているように思われる……

私は子どもを産んでからその子を抱いて、まだ営業中だった赤線区域をうろうろしたことを思い出す。子を産んでやっと、産むことを拒絶された女の痛みに気がついたのだった。核家族が定着し、産みたい子どもの一人二人と暮らすスタイルが一般化した。赤線が消えた。が、産みたくとも身体の障害で産めない男女の悩みについては、まだ私たちは非情である。社会は子を持つ者たち、金を持つ者たちの意向が優先し、それによって動いていた。

ところでこのところ急激に遺伝子工学の情報が庶民の視線にもふれるようになった。私の反応はといえば、今日の社会の最後のとりでのような人間の自然性までが工学の対象となるのか、という不安である。体外授精や代理母についても、社会秩序と男女の性の関係をどう考えればいいのかと思う。が、私にはどのような形であれ人間的な願望を、当事者の立場をぬきにあげつらうことは望ましくないという思いがある。

ともかく天が与えた自然という観念の亡びた時代に大きく入りこんだ。日本にもアジアにも自然は聖なるものという情念は生きているが、この両者の打ち合う闇が私にはまた見えないものとなって肉体化しつつある。

ちいさないわし

あの時私を保護してくださったのはどなたなのだろうと、時折ふりかえる。福岡の町は焼けくずれて、電線が地面を這っていた。空襲のあと何日ほど経っていたのか、まるで記憶がない。私は帰省のための船のキップをいただいていた。誰かのおめかけさんであった。私に釜山までの連絡船のキップをくださったのは。

どのようなきっかけでそうなったのか、すこしも思い出せない。私は親もとへ帰ろうとしていた。つじつまのあわないスチール写真をみているように、敗戦の前後はいくつもの映像が動かないまま重なっている。

私の父たちは、その頃日本が植民地にしていた朝鮮にいて、私はそこへもう帰ろうとしていた。帰れば安心だというわけでもなかったろう。ただ、学校も焼け、寮にも焼夷弾が落ちて、寮は焼けずにすんだけれども、干していたモンペと上衣がなくなっていた。私はここにいなければならない理由がみつからぬまま、福岡を去ろうとしていたようである。

私は十八だった。帰省しても同級生の男の子たちは、みな自分が居るべき場所を見定めて生きているだろう。が、私は心の張りがすこしずつくずれていく。

銃を持つかわりに勉強をしようなどと思って福岡へ来たわけでもないけれど、特攻隊などとあのせっぱつまった雰囲気のなかで、ひとりの女の子が、女のままおとなになっていくいきかたは、やはり、つらかった。いや、ことさら女の子を意識するわけではないのに、何か肝腎なことが私をすどおりしていってしまう。仲のよかった男の子たちが、みんな、銃へ向って誇らしげに成長していく。私もただ、子どもからおとなへと、誇らしく育っていきたいと思っているだけなのだが……

おそらくこうしたつまらぬことをウジウジと思いつめるので、文科なんぞというしろものは、無用の長物だったのであろう。私が受験のために玄界灘をわたってきた福岡女専には文科はなくなっていたし、教室がわりに行かせられる麦刈りでいっしょになる男の子は、みな文科の学生であった。

農家に配置されて、仕事あがりに濁酒《どぶろく》をすすめられたあげく、銃に身を託すよろこびが湧かぬ男は男でないかのように、へべれけになって学生のひとりがすすり泣いた。全身火のように侮蔑をにじませて、「おまえらにわかるか!」と、こちらへ涙と怒りを吐きちらした。銃とおれとの関係、が、彼らにはおとなになるための、逃げ道のない試験台であるようであった。

私にはなんにもなかった。銃のほかにあの当時何があったろう。……私は連絡船が敵機にしずめられて、乗船できぬまま下関から焼けあとの寮に引きかえした。内地に留学に来て数ヵ月目である。

敗戦は私によろこびをくれた。説明しにくい感動であった。それは凍った海原の底で、金魚がうろこが色づくのを信じながらひそんでいるような、そんな奇妙なよろこびであった。自分にすこしばかり信頼をもつことができたかのような心持ちで、銃を持たないはずかしさから立ち直った。自分らしくあることを肯定して生きられる、ほっとした思いであった。

しあわせであった。人生とか、自己だとか、女だとか男だとかと、要するにやっと人間について思い悩む年頃に、大日本帝国が敗北してしまったことは。私自身はすこしもその敗北に手を貸さなかったが、それからは、人並に、生まれてきてよかったなあと思い思い生きだした。どう生きるかを、自分勝手に思い悩めるたのしさは、たとえ粥さえ不足がちであろうとも、私にはこのうえもなく、貴重に思えた。

こんなぐあいに万事が夢のような私を、或る日父がリヤカーに乗せて曳いてくれた。闇市なんぞに目もくれず、「よかったなあ、和江、よかったなあ」と、父は駈けながらおおきな声をだした。実は私は敗戦前後に高熱で倒れていて、父たちが引揚げてきた時には、病人になっていた。気持ばかりが、敗北したあとの風土をかけまわっていたのである。

父が嬉々として瓦礫《がれき》の街を走っているのは、私の高熱は結核のせいではなくて、ほんのかぜひきだと、保健所が言ったためであった。私は、どこか近づきがたさの残っていた父に毛布でくるんでもらったまま、娘を曳くことだけがかすかな救いであるかのような父に、心で泣いた。父は崩れ去った人生の空洞のなかを、駈けているようであった。

どう生きるか、を、私たちは話したりした。私にとって青空のようにきらめいているその架空の宝ものを、かつて、学生の頃、父もみていたといった。マルクスの話などもしてくれた。それから、父は闇市へ行き、病人なのにしあわせな目つきで混乱のなかへ出かけたがっている娘へ、ちいさないわしを探しだしてかえってきた。

ひとさじの粉

若いころ結核で療養所に入った。大勢の人々が、まだその特効薬も手に入りにくい時代をベッドで寝ていた。主治医の先生が、

「学生時代に発病するのは知識の足りないせいですよ、さいわい初期なので結核とはどういう病気なのか、正しい知識をお持ちなさい。そうすれば自分でなおせますし、けっして再発はしません」

そうおっしゃって、書物をお貸しくださった。安静療法をまもりながら結核についてごくごく常識的なことを学んだ。おかげで再発することもなく今日に至っている。

その入院生活のとき、二人部屋の相手の患者も若い娘だった。他の病気を併発させていて、毎夜熱を出した。ある夜も熱が高くて、私は看護婦室まで渡り廊下を通って行った。毎日毎夜患者の死がつづいていたころのことで、看護婦室はだれもいなかった。ことことと広い療養所を戻っていたけれど、同室の娘がかわいそうで、あしが重かった。調理室へ行き、メリケン粉をひとさじもらって、白紙に

くるんで急いで帰った。まっかになった顔で娘はそのくすりをのんだ。やがて熱がひいていった。「ああいい気持ち……」その娘がありがとうと言って眠りだした。

ほんとうにほっとした。

あの入所時代の主治医の先生のことばが忘れがたくて、そののち何かにつけて思いだした。病気をなおすのは自分自身ですよ、と、そうおっしゃったのだと思い、病気をあまりおそれなくなった。あれこれとくふうをして、その後も病いをやりすごす。そうしながら折々のあの同室の娘のことを思う。高熱がメリケン粉でひいていくこともあることを思い出す。

そして、そんなものだろうな、と自分の心をのぞくのである。きっと、私だって、ひどいくるしみのさなかにいたら、ひとさじのメリケン粉で熱もひくだろう。肉体にくるまっている心の、なんと幼いことかと、あの娘と私とが重なっていく。

第3章　戦後、新たな旅立ち

飛翔

おおきなカアヴを描いて過ぎてゆくあなたは
かろやかに一つの扉を押したようだ。
壮重なひびきが低くもれてくる
すべてのものが　人々が
見しらぬ紐にむすばれて靄にぼんやりみえている
夕映えの名残りに曳かれながら。

あなたはそれらの上の渡り鳥
どんなに親しげに残照の街々を
径を見下し渡ってゆくのだろう

規則だつ翼の呼吸もゆるやかに。
あなたは知っているのだ
その通路を
短い　人らの行き戻りを、そっと曳いている紐の行方を
そして静かに夜が来るのを
急がぬあなたのほほ笑みが
屋根屋根に夕光のうつろいをみせる
飛翔そのものがいのち
飛翔そのものが結実《みのり》
飛翔そのものが永劫の
あなたのはばたきの影が　ようやく薄れ
ひびきの世界が来ようとする。
きらめく物が聞えあう
死を摑んだ人等が生きている
しんと張った中空を飛ぶ
あなたが　ああそのあたりに迫ってくる……

悲哀について

世界がおまえのまわりで
ちぢかんだりひろがったりする。
またはおまえが
ひろがったり
かたく　ちいさく　動かなくなったりする。
白い道や電車や風が
交叉する背景のまえで。
とらえどころのない
おまえの死を
時折　尖光のごとく定着して消える。

それは
わたしの腕のそばででもあり
どこか見知らぬ夜の一部ででも
あるかにみえる。
いたましさのあまり
並んであるけば
一ふりの刃をたずさえて
す早く突きいる。
とおくから揺れている世界のすべてへ。
わたしの前方に。
そのときわたしはほほえみたい。
わたしの前に
くろぐろとたおれたおまえの死へ。
おまえへの親和から。
悲哀にひかる刃に
むしろ突き伏せるだろう。
おまえの愛は目覚めわたしの愛は目覚めて

その時こそ
所を得る。
並んで歩けば
またひややかにゆきすぎる。
時に刃にさえぎられた
警笛もとどかぬ場所で
おまえは死に絶える。
わたしは木の葉とともに舞い上り
舞いおちて
ちぢかんだりひろがったりする世界のまわりに
波動の円をえがいていく。
ちらと
おまえをさがしながら。

ほねのおかあさん

くちびるがうまれたよ
ももいろのあせ
かわいいおしゃべり
夏空をきらきらかける
むきだしの
熟れたおしゃべり

みぎの乳くび
ひだりの乳くび

〈さようなら〉
そんな　なさけもかけられず
とりのこされて

〈わかってやしないのよ
どうせなにもしってやしないの
ひとりいいきな　たかごえで
あのね
あのこ　きこえないのよ〉

なみうちぎわで
たたかれているほねのおかあさん

かぜがふくよ
ひろい木の股をふきあげて
いくまんねんのかぜのにおい
木もたおれて

さらされよう
さらされよ
魚くずのなかに
うるんでひらく無音のおしゃべり
ないているほねのおかあさん

筑後川の夕陽

米寿の祝賀を受けてにっこりしていた伯母が、思い出したように話していた。筑後川を渡し舟で渡って、私の父の実家へ嫁に来た日のことを。

私の父のふるさとも、そして伯母の郷里も、筑後川によって栄えた町である。父が生まれ育った町は城島《じょうじま》。酒と菜種油と瓦が主な生産品。伯母の生誕の地は大川。木材の集散地であり、木工の町である。そして大川は筑後川の川口港。明治生まれの伯母が、「パンもバターも、まあだ、どこでん食べよらん頃から、あたしは食べよったバイ」という文明開化の入口の港町だった。おまけに伯母は、その港町の貿易商人の一人娘。「おんば日傘で育ったバイ」などと笑っていた。遠い昔の話である。

筑紫次郎と呼ばれていたその大河。私が初めて父の郷里の筑後川を目にした半世紀以上昔も、まだ川水は流れるとも見えぬゆるやかさで、対岸はぼんやりかすんでいるほど川幅は広く、川水は豊かだった。私自身が親しんだ筑後川は、大川市や城島町よりも少し川上になる久留米市を流れる筑後川である。やはり、対岸との間に渡し舟が数カ所で通っていた。川には鉄橋がかかり、国鉄や地元の電車が走り、車道橋人道橋もかかっていたが、手近な交通の手段として、昔ながらの渡し舟が人や自転車を渡していた。人びとのくらしは川の方を向いて営まれていたのだ。

筑後川は久留米市街で大きく、ゆったりと向きを変える。水源地は久留米市のはるか東、大分県の久重《くじゅう》山である。九重《ここのえ》山麓の九重町と、その先の湯布院町との間に、水分《みずわけ》峠がある。その名の通り、筑後川もこの峠から西の峯々の水を集めて、有明海をめざして流れくだる。途中でいくつか呼び名が変わる。でも私のように筑後をふるさととする者は、この川水の流れるあたりの山も丘陵も平野部も、みなわがくらしの舞台と心得ているし、川をも勝手に筑後川と川上から川下まで呼んでしまう。若い頃、仲間の詩人たちと水源近くまで遊びに行った。九重山への登山口から七曲りの山道を、エッチラオッチラ歩いた。今はスイスイ車で登る。でも、あの豊かだった川水は、今は夢か幻か、となった。

ちなみに、この川沿いのどの町の川の姿も、私の記憶の中を流れている。ふしぎなものだと思う。意図してそうなったわけではないのに、たっぷりと静かに流れていた三、四十年以前までの姿も、そして人びとのくらしが川に背を向けて以来の、少しわびしげだったつい最近までの川の表情も、川上から川下まですべての町の、とある日の姿として、記憶の中を流れているのである。きっと、ふるさととしての川とは、こんなふうに無意識のうちに会いつづけ、心を交わしつづけている川のことなのだろう。

先年のこと、水分峠を越して湯布院町の友人が営む旅館・玉の湯に泊り、夜もしろじろとしている雪あかりにさそわれて、東京の知人へ電話をかけた。この知人とは、とある夏の夜、日田《ひた》市を流れる筑後川の中州から、川開きの花火を眺めたことがあった。

川開きの花火も打ち上げにくくなった、と話してくれたのは、女花火師の京子さんである。さっぱりとした気性の、K花火会社の社長さん。川岸まで住宅地になってきて、そこも危険、ここも危い、と住民の苦情が出る。危険防止に万全の注意をはらいつつ、どこよりも鮮やかな花火を夜空に打ち上げる。一瞬の芸術だと、彼女が話してくださった。彼女が打ち上げる花火は、九州全域はおろか海外へもひろがっていて、一人ひそかに声援を送っているのだが、そんなことを、雪の夜、温泉宿で思い出したのだった。

翌朝、湯布院は一面の雪だった。由布岳もまっしろ。水分峠もまっしろ。峠からチラと見下ろす麓の家並もふかぶかと雪。そして車はゆるゆると山沿いの町々をくだって行った。万年《はね》山の丸い姿も雪。やがて玖珠《くす》川に沿って筑後へとくだる。筑後も久しぶりの雪ね、と話していたのだが、なんのことはない、日田市の屋根が見えるあたりから、太陽はきらきらとしていた。先ほどまでの雪景色は、雪女にでもだまされていたのかしら、というぐあいの、いつもの筑後平野が見えてきた。

筑後の入り口の夜明《よあけ》ダムは、その日も青く影濃く川水をたたえていたし、その川下の両岸の丘陵地帯は果樹園も庭木の畠も、しっかりと光っていた。筑後川はその両袖の中に、柿、梨、ぶどうなどの果実と、園庭用の樹木とを中流域に育てているのだが、川に沿って点々と温泉も出る。その湯の町を対岸にした浮羽《うきは》町や吉井町も、若い日の私が折々に時を過ごした町で、白壁の家並のそばを細く清流が流れていた。夕陽を浴びて筑後川の川土手までを散策した。そして蛍《ほたる》が飛び交う頃、川水へ背を向けて町の中へと引き返したのだ。

筑後川の中流域の町々の背後には耳納《みのう》連山がゆるやかにつづく。そして久留米市内の高良《こうら》神社の境内で連山は終っている。その高良山の裾野の、久留米市御井《みい》町で私は数年くらした。ここもまた、筑後川まで、ぶらりと歩いて、十分ほどだったろう。家並の外は一面の菜の花畠だった。戦争中に久留米市も米軍機の爆撃を受けて、市街はまだバラック建てといった感じの頃である。そんな町をめぐって、郊外は西も東も川土手や山の裾まで、まっ黄色な菜の花畠なのである。そして、そここに青麦の畠が散在する。まるで花粉にまみれるみたいだ、と、植民地から引揚げてきた私は、黄と緑の印象を大事にした。

その頃、久留米市で丸山豊先生が主宰されていた詩誌『母音』に参加した。時折、母音詩話会が、焼けた町を流れる筑後川の川土手の草の上で催された。青天井が地平線までひろがっていた。

後年、テレビの仕事で丸山先生とこの川原で話をした。先生が、「和江さん、地球の曲線が見えるよ」と、おっしゃった。家々が焼け落ちていたあの当時も同じことばを聞いた。当時は、平野は麦畠の高さでひろがっていた。筑後川が平野を大きく曲りつつ流れる。耳納連山を背にすると三方に広がる地平線は、地球の大きな曲線を描いているのが、よくわかる。それほどの視野が、筑紫次郎の流域にひろがっていた。

丸山豊の若い日の詩に、次の数行がある。

すみやかにきのふの地球がころげゆく
私の胸のはるかな井戸へ

みどりなす丘べにねむり
光ゆたかな爪の微塵のうつくしさ

この詩はきっと、地球の曲線が見える丘の草の上で、刻々に迫る戦争への足音を聞きつつ、時代を超えて生きる表現の源について思いめぐらしていた頃、詩人の胸を去来したものだろう。丸山豊は、この詩を残して、軍医として出陣。インパール作戦で白骨街道をわずかな兵と共に生還されて、戦後『母音』を主宰されたのだ。が、同人となった私らの世代は川崎洋さんも松永伍一さんも高木護《まもる》さんも、当時そのことを知らなかった。詩人の生涯をつらぬいていたものが、戦場でも、そして、戦後でも、日常性への信頼だったことを思う。「俗に生き、俗に死にます」と、ハガキをいただいたこともある。丸山豊が見ていた俗の、なんと清冽なこと。

筑後川の草土手で、丸山先生を囲み、私は同人だった仲間たちと、太陽を浴びながら、自分に見えている今日現在の苦悩について一方的にしゃべっていた。きっと青春とは誰にとってもそうなのだろう、他人の苦悩を見ているようで、とても見る力などない。ただただ、わが苦悩にのたうつばかり。

丸山豊はすでに苦悩の中の一点へと到達していて、ビルマ戦線のことも、無残な戦死のことも、その戦場で書いた詩のことも、私ら若輩へ語りもせず、ただにこにこと聞き役にまわってくださった。

すぐ目の前に、筑後川が流れるとも見えずに光り、渡し舟がゆらゆら動いていた。高木君が、どこかで仕入れた闇の濁り酒を、その大きな目をくりくり動かしながら、一同の湯呑みに注いだ。私の心はまだ浮遊していて、日本のどこにも生きる場はないと感じていた頃なのだが、それでも、心がたたずむその瞬間が、わが居場所だった。

先日、孫を連れてこの川辺へ来た。久留米市に住む妹も初孫を連れて、この公園に一緒にやって来た。二人、つい、笑い出してしまう。

「お互い、よくこそ生きたわね」

そう言って、けたけた笑った。

でも追憶にひたっている気楽さなどない。何しろ孫どもは一刻もじっとしていないのだから。

芝生のスロープには、そこここに家族連れが楽しんでいた。川面に小舟を浮かべて網を打つ人がいた。またすこしずつ、人びとの眼は川へ戻ってきたのだ。憩いの場として。地面の上がどこもかしこもカネの生《な》る木を埋め込んだような按排《あんばい》になってきて、心を遊ばせる空間が見あたらなくなり、せめて川の流れのあたりくらいは、自然人へと戻る自分を遊ばせていたくなる。そんな願いが、朝早くから人びとを川辺へさそう。この百年公園は丸山豊が久留米市生誕百年を記念して命名した。朝霧の晴れぬ頃から散歩や軽い体操へと出てくる人の姿が見られるようになった。

久留米市に一カ所残っていた渡し舟も、もう廃止とのこと。昨今の川辺には葦も見えない。下流域の平野で、江湖《えご》と呼んで地元民に親しまれていた水汲場も有明海に注ぐ川口の港も、昔日の面影はない。

それでも夕陽が有明海に沈む頃、筑後川が海流と交わるあたりの岸辺に立つと、茜《あかね》に染まった靄《もや》が空も海も見分けがたく立ちのぼり、夕焼け色の漁船や貨物船が点在して、亡き伯母の顔がその中に溶けて浮かんでいるように思えるのである。伯母が育った家も河川工事で消えた。幼い日の伯母が晴れの舞台を踏んだという祭りの庭も、今はない。それでも海と空を染める夕陽のなんと美しいこと。川水も靄の底に沈んでいる。

詩人　丸山豊

まず自然
ついに自然

この二行詩を詩人の丸山豊は、生前、陶板に彫っておられる。それは故人が自宅を多くの若い詩人たちに気ままに使わせておられたながい歳月の、そのしんがりをつとめたような一詩人の、新しい窯《かま》場《ば》で焼いたものだった。

その窯は源太窯。八女《やめ》郡星野村の山本源太さんの窯である。私は当時体調がととのわず、源太さんの窯場はおろか、さんざんお世話になった丸山家にさえ出かけられずにいた。

けれども勝手なもので、出歩けるようになり、丸山先生のお伴をして旧友の松永伍一さんとちいさな旅をしはじめたとき、この一枚の陶板を、私は先生におねだりしたのだった。

あれから、もう十数年たったことになる。自室で朝夕、目にしながら、そろそろ丸山先生のご子息へお返ししなければね、と、自分へ話す。これをいただいたのは、旧友とふたりで、親孝行をしようよと先生を旅に連れ出したその帰路のことだった。ご自宅まで私はお伴をした。夕刻だった。陶板は庭に面した廊下の一隅に置かれていた。閉められた障子の内側には灯がともっていた。

ふと、陶板を目にし、この二行にふれ、私は立ちすくんでしまった。そこには孤独な詩人の素顔が、すっくと立っていた。暮れなずむ戸外へ向かって。

丸山豊の、「まず自然　ついに自然」という思いは、その強弱はありながら、つねづね感じとっていた境地だった。しかしこの夕ぐれ、それはいつもとはちがっていた。ほとんど絶望を背にした無言の声のごとく、そこで光っていた。

その日の旅先で、日本海の潮風が吹く車道を渡りながら、丸山豊がぽつりと洩らした。

「向こうの角を曲った所に、せき子の以前の主人の家があるよ……」

はっとした。戦争未亡人として敗戦を迎えた若い日のせき子夫人への、丸山豊の愛の詩篇が心を走った。そしてまた、戦場から帰還した軍医丸山豊が辿った白骨街道が、ありありと浮かんだ。戦場でいのちを失ったすべての魂へ捧げた丸山の散文詩である。

別離と愛。生と死。それらを受けとめる無限のごとき自然が、一枚の陶板に焼きついていたのだった。

私は無意識のうちに、この陶板を手にし、先生を探した。

「先生、このお作品、私にください」

閃光のごとき沈黙が一瞬。そして、いつもの温顔が夕ぐれの廊下で、こっくりとうなずかれた。

「ごめんなさい。だって、伍一ちゃんも先生の陶板を自室に置いてましたよ」

私は心をごまかした。

「いいよ。どうぞ」

いつもの微笑だった。どっとばかりに、重荷がおそった。はかりがたい天空が暮れなずんでいく夕ぐれの、その奥にひろがった。

自然などを人間が受けとめられるはずもない。せいぜいそのきれっぱしを、わが心身のどこかで感じながら、天然を食いちぎりつつ人間は生きてきた。私が生まれたのは、玄界灘のあちら側。かつて日本が植民地とした他国である。

その人間世界の中で、私の幼魂を無条件に受けとめてくれたもの。その記憶がよみがえる。

ある朝ぼらけ、私はクレパスを握り、親から与えられた大好きな玩具の、スケッチブックをひろげて、門扉に寄りかかって、明けゆく空を描こうとしていた。すばらしい朝焼けがひろがった。あまりの美しさに、呆然となり、涙が流れた。絵にも、文字にもできないものが、私を運んでくれた。朝という人間たちの時間の中へ。「ごはんよ」と家の中から私を呼ぶ声がした。

ある夕ぐれ、父と散歩をした。小学校入学前の子には天を突く大木とみえたポプラが数本、並んでいた。その大きな木に抱きついて目をつぶると樹液の流れる音がした。天の水だと思った。目をひらいて見上げると、大木の梢の、その奥に幾千の雀が鳴いていた。雀と私との間を天水が流れた。父が

「雀のお宿だよ」と言った。やがて、雀たちは静かになった。「夜が来たよ」と父が言った。

いま、私は孫世代のかたわらでくらしている。そして、ふと、思う。

まず自然
ついに自然　　丸山豊

こう彫ってある一枚の陶板。この表に光っていた詩人の無言。それは、数多くの生死を診てこられた町医者の、そして生きものの連続性を感じつづけてこられた詩人の、必死の爪先立ちであったのでは、と。

そして、そのころ、先生は、孫世代へ手渡すべき二十世紀の正体について、責任をとろうとしておられたのでは、と。やがて、今年も暮れる。そしていのちも生まれつづける。

『母音』のころ

昨年、一九八九年の、春から夏へかけて、私は幾度か丸山豊先生にお会いした。これまでになく、しばしばお目にかかった。

それはちょうど私が詩誌『母音』に加えていただいた一九五〇年から二、三年のあいだのように。丸山豊先生に詩の世界へみちびいていただき、先生の最後の年にそのしめくくりのようにたくさんの話をいただいた。私はそのとき、地元放送局の『久留米物語』という同市の市制百年記念のドキュメントをつくっていたから、それにことよせて、幾度もおたずねした。

先生の温顔が消えない。

あの他人への思いやりと克己心とは、先生の生得のものかしらと思うけど、私にはよくわからない。ただ、初めて諏訪野町のお住いをたずねたときには、もう、あの静かな微笑だった。先生は小柄なのに、ひろい世界へさそいこまれるようだった。私には異和感のない世界がそこにはあるかに感じた。

ふしぎなことだった。私は朝鮮で生まれ育って引揚者の生活だったから、ことごとくが異文化さながらで、つらかった。

『母音』同人に加えていただいた。

療養所から出てまもないころのことなので、お宅へうかがうのも、ぼつぼつだった。先生のほかには同人の誰も知らない。

そして一年たった。同人に松永伍一さん、川崎洋さんが加わった。高木護さんはその前からおられた気がする。私も体力がついてきて、以前からの同人でよく『母音』のお世話をされる俣野衛《またのまもる》さんを別格にしながら、私たちは先生のお宅を思い思いにたずねたり、例会で顔を合わせたりしはじめた。たのしかった。菜の花畠を通って、筑後川の堤防で詩話会をした。青二才の私たちの勝手な放言に、先生はあまり口をさしはさまれない。ありがたかった。高木護さんが、ドブロクをかかえてきて、青天井下で飲みながら、何やらしゃべり合った。まだ喫茶店もない焼け跡の久留米の町である。

先生の口から、折々に野田宇太郎の名が出た。明善校時代からの文学仲間らしくて、十代当時に彼は文芸誌を出していたと聞いた。私たちが参加している『母音』は第二期で、それ以前に第一期時代があって、そこに野田宇太郎、安西均、谷川雁、柿添元《かきぞえはじめ》、一丸章《いちまるあきら》そのほかの詩人たちが名を連らねていることをお聞きした。なぜ一期二期とわかれているのか、その連続性も非連続性も私は知らないまま過ぎた。ただ一途に先生をめぐってかもし出される批評眼と、関係の自由さとに私は救われていた。親鴨と子鴨の群のようなものだったと今にして思うのだが、しかしその当時の若い同人がみな私のようであったとは思われない。

わけても第一期以来の、先にあげた諸先輩と先生とは、まったく違った接し方であったろう。私は自分の生きる道をさがしあぐねていたから、『母音』の内も外もなく、ただ一篇の詩を書くことで一日生きるかのような心境でいた。詩と詩の隙間のくらいひろがりが、そのまま全部をおおっていて、日本で生きねばならぬことはなかなかにつらく思われた。私は『母音』にいながら、個人詩誌『波紋』を出しはじめた。『母音』は知的な抒情と、反骨性と、個人尊重とがのびやかに共存していて、私にはこの上ない土壌である。私は自分の作品の中から、一つを選び、同人たちの批評を受けることを支えとしていた。

けれども私の心はうめきつづける。苦しくてたまらない、と。とても愛せそうにない、と。それは母国・日本にたいするうめきだったから、母国に異和感を持たずに育って詩を書く同人の日本批判とは、おのずから深度が違う。それでもことばにすれば似てしまう。同じように見える。それがまた、つらさに、『波紋』を出したのだ。

先生がいつぞやおっしゃったことばにすがって出したようなものである。それは二人で福岡へ行っていたとき、西鉄電車の中で、なんの関連もなしに、ぽつりとおっしゃったのだ。

「和江さんは原罪意識がつよいね。それは植民地体験からきたの?

ぼくも……」

そういわれた。

私にあのとき先生の痛みを推察する力量が育っていたなら、後年、『月白の道』を書かれた心境が、まだなまなましく話し出されていたろう。

でもあのとき私は、涙があふれそうにありがたくて、沈黙していた。そのころ、植民地体験の意味について、気がつく人に私は出会っていなかった。その後も久しいあいだ。

しかしそこにふくまれている戦争責任に通ずる個人の魂の傷は、傷をなめあうような関係の中では、とても表現などできないことを知った。それは個々に発見するしかすべがない、人間としての課題のようだった。私は気がつかなかったのだ。詩人丸山豊の温顔の内側に、他人を殺傷して生還した人間の苦悩がたえまなく血を流していることを。

それを自分の中にはっきり意識できたとき、先生は、ふいに、かき消すように、彼岸に行かれた。母音時代は私にとっての幼年期だったのだ。詩はもっと早くから書いていた。朝鮮にいた女学生のころから。療養所でもぽつぽつと。身体的にも大人になっていた。

でも、私は幼児だった、あの当時。

自分のことしか見えなくて。

丸山豊や野田宇太郎が二十代なかばで詩誌『驕児』を刊行したのは昭和十年、一九三五年である。二人ともその志を通すことを、家業のゆえに断念して、郷里で文学世界を切りひらこうと決意されたのだろう。きっと大人だったのだ。世事にしばられながら世事を軽んぜず、詩心のはばたきに身をゆだねながら詩に流されず、しのび寄る戦争のけはいに青春が圧迫されることに抗っていた。

私たちすべての者は、時代の中でしか生きえない。たとえその想像力や知性が時代を越えようとも。そのような個体がもつ限界性をしっかりと踏みしめて、同時代をあざけることなく生きぬくことは、なまやさしいものではない。魂はしばしばうめくし、血も噴く。

他人のそれを見る力が私にも欲しいと思う。先輩二人の人生を知るにつけて、そのような思いが湧いてくる。ことに身近かに接した丸山豊の詩と温顔をふりかえるとき。

谷川雁への返信

お手紙ありがとうございました。

細かい御配慮のもとに御書き下さった事を感謝致しています。「既婚の男女の内的な友情を表わす語法」がたしかにみつからなくて、私はいつも弱りました。「障碍《しょうがい》はまさに思索の言語と女の言葉との断層にありました」とおっしゃるとおりで、それは男性の発想の場及び方法と、女性のそれとの隔絶と非伝達性でもあったようです。

「新しい人間交際の様式と表現の形式がまだ靄のようにさだかならぬ」場所へ入り込む一段階として、「男性にとって或る種の神秘的雰囲気が漂って」いる「沼の一滴を顕微鏡でのぞいて」みたいとおもいます。

私は今まで、自己中心に創造し行動する一般男性の世界に、調和をはかるものとして生活していました。社会の推移にともなってそのニュアンスも抵抗も変化して来ますし、又限界がありますし、これが唯一の方法だと思っているわけではありませんが、では両性が調和し合う形体は一体どのようなものだろうと考えます。あなたは「性と民主主義の合流するところ」と表現していらっしゃいました。

久しい間、女性には、自我の確立とか生の追求等という根本的な事柄の究明が禁ぜられていました。疎雑な書き方ですが、東洋の思想を支えていた儒教仏教から、ヨーロッパ思潮を形成したキリスト教から、その他原始宗教の殆《ほと》んどから長年月にわたってこばまれた結果、形而上学的な思考の発生地にふみ入ることも困難となり、女のリアリティをもつ言語は次第に限定されて来ました。現代になって女性が些細な教育を受け出した時、その用語の多くは中世紀までは勿論その後も亦《また》、生活する女性の介入しない領域で発生し創造されたものに依りました。文学も同じ様で、女性は各時代に一応静止したものとして捉えられ男性の自我の確立に役立ちましたし、そのような文学書を読んで私は詩の世界へ入って参りました。

思索の言語を閉ざされていた間に、女性はただ自己の生理機能の上に、生の認識と救済を変則な形体ながらとらえて処世観としました。そしてそれが女性の発想の原型を形づくりました。マリアの永続性なども、出産に実する純粋経験の存在を暗示させる事にありますでしょう。分娩する女に、経験自体の存在を感知させる事によって、自己の存在と他の意味とを感じとらせました。

その認識方法は性的な生理機能の中からであり、自己に密着した部分からであって、綜合的な認識が出来難い点に欠陥があると思います。新しい生命に対しても孤絶感を抱いて、因習的な家族制度の中に生きている情で捉えてしまいます。生理的経験を土台として人間関係を認識して来た習慣のために、横にも縦にも関連が薄く、家をめぐる事柄以外の一切の言語の意味から隔絶して、今もって女の日常の中にリアリティをもちつくすに至っていません。あなたがおっしゃった新聞投書欄の女性の声の大部分が、そのような発想でとらえた血統的社会観とでも表現したい形であると思っています。

それは女性詩の場合でも、外界に反応して、感知している自己の内部の一点へ隆起しつつ、いまにも外へ爆破しそうに見えながら、女性の伝統と現代思潮との間に、生きた言語を生み出せず、強烈な伝達性を持たずに元の混沌へしぼみ込む生理と相似しています。

七月二十五日の朝日新聞に、三井ふたばこさんが「女性と詩と生活と」というサブ・タイトルで次のように書いていらっしゃいました。「古来、女性詩には社会性が欠けているといわれる。女性の生活習慣からいっても当然に思う。希望や理想、夢も行動化されず、苦悩や悲哀も酒や放談にまぎらわせず、心に耐え、ウッ積し、メイ想し、発酵し、しぜん現実ばなれのした空想や幻想に依存するようになる。その声は繊く、弱く、優しいが、激しく燃えている。無理に社会性らしいポーズを強要するよりも、これが女性の声ではあるまいか？　現実社会に訴える切実な叫びではあるまいか？」

ここにもみられますように、大多数の女性は、現代及び歴史や社会を感情的対象物として捉えて、意志的なものとしては皆無に近い状態でした。歴史的な過去を、悲哀や憧憬や追憶で把握しがちで、残念ながら、私もまだ多分にそうです。そして、これを他方からみれば、文化全般に女性が欠けていた傷痕が深く残っていると申しても寛容して頂けると思います。

これがあなたと私の間でも言語や感情の障碍となりました。そして、ここからがあなたが問うていらっしゃる事柄なのでしょう。「女性の感覚の領域にまで男性の表現を進出させようという試み」「性の知的倒錯」とおっしゃっています。私は、男女の発想法を固定させた歴史的な原因にむしろ疑問をもっています。そしてもしその過程に暴力が用いられてなかったとしたら、もう少しは近似した、もっと伝達性のある用語が、両性の魅力を相保ちながら日本の男女や文学の上にも生まれたのではなかったかと思っています。たとえば「I」という単語のように。

そして時代はその痕跡を取り除こうとする方向に向いつつあるとみていますし、閉ざされた発想形態や非伝達語や、女性特有のボキャブラリィの欠如などの多くの問題は、私たち自身の責任と努力を必要としています。何故なら、かつての女性特有の言語の周囲に張りめぐらされていた万里の長城は、生理的差異という素朴な美さえ冒瀆し、女性のエロスを衰弱させた古びた生活様式の結果であり、その間隙から時代は容赦なく浸透して、もはや限定された言語では盛り切れないものを女性にも要求してくるからです。つまり、女性の感覚の領域は日々に更新され、荒され、しかも、それを表現する固有の言語を持たないのです。流動する世界の中で静止を続ける事は、むしろ性の中立化に陥りはしますまいか。

多くの試みを繰返さねばなりませんでしょう。そして又、言語自体は非常にラフな存在で、イデオロギーにも性別にも拘束されない明快さを持っていると思っています。もしそこに至れば――両性の見事な合唱――やはり夢みてしまいますね。言葉を自己のものにする苦労は詩人一般の仕事で、ただ女は二重に苦労しなければならないわけです。そしてそれは生活の開墾を土台として。

言語に関する技術は実作にゆだねるとして、実生活の上では、これは農民が非合理な生活へ追われた条件と異質なものがあって、もっと根が深く、本能や生理に密着し、経済機構の変更だけでは解決がつきそうにありません。女が男性と同様な方法で自我の露出をはかってゆけば夫婦間は常にひえびえとした孤独に嚙まれ続けねばなりませんし、自我の対立は一層複雑に侵略しあい、性的な利害関係はどうなりますやら、私は人間の質の中に或る原罪のようなものを感じてしまうのです。そして実は詩もその意味では権外に出るものではないのですが。将来ともにあまり人間の仕事に楽観出来ませんが、ただ人間信頼の方向をもちたいと痛切に思っているばかりです。そして台所でごそごそ暮していますま私は、私に約束された男性を通じて、創始以来対決している性の問題を少しずつ明らめる方へ持ってゆきたいのですが。

台所は単独に存在する事は不可能ですし、他との関連が複雑になれば、抵抗を感ずる小戦場も変動してゆきます。今の私にとっては、台所を横の関連からはずしてみますと、日常の仕事は戦場というより慰安と小休止であり、明日のエネルギーの生産でもあります。小戦場の位置は不変なものではなく、又その移行は簡単に得られるものでもなく、激しい苦痛を私達夫婦も経ました。まるきり詩作も出来ませんでしたし。

家庭内で私の仕事は、あなたのおっしゃるように具体的な事柄にみたされていて、又それは極めて短時日のうちに、感覚に触れてくる単純な結果となって使命を終え消滅してゆきます。たとえば山のようだとこぼす洗濯物も、夕涼みのこざっぱりとした楽しさでつぐなわれるようなものです。そして単純な慰安や快楽も快さの限度があって、超えると慰安にならないように、心理的には極めて民主的なルールで取り交される男女の家庭内の言動でも、境界を超えてその一組に対決してくる他の要素を加味しますと、痛みや戦いとなって来るのです。

で、私は家庭にいる私が抵抗を感じている場所は、「台所の美しさと無縁なもの」ではないと信じていますし、台所の様相は他の生活部門と同様に、その内部で働く自我の拡張や変貌にともなってひろがり質をかえてゆきます。いまこの御返事は夕食の材料を鍋に入れては書き書きしていまして、どれも私の生活であり詩の母体です。そして台所は、女の労働現場として限定し得ない、生きた男女が神性から獣性の間で生ぐさく沸騰する大鍋であり、洗い上げられて光る食器棚でもあります。その意味で台所の美しさは、性別なく詩のボディとなりますでしょう。

あなたが、「日本の女性があの得意な放心を覚ましさえすれば生活の感覚的領域（抒情）の大部分は女性の支配に帰すだろう」とおっしゃいましたが、私は、女が内閉され又自らもその権内に住み込んで放心している原因と結果の安易な心理状態から、男女ともに覚めてくれれば、女の抒情も新しい意味と秩序を持てるかと思っています。

あなたに初めてお目にかかり、そしてお見送り致しました時、大きな赤ん坊を持てあましていました私にかわって、平野滋夫さんが抱いて下さいました。「ごめんなさい。将来の稽古台とかんねんしてこらえてね」雪模様の道で汗ばんでいた私はほっとしてそう言いました。「僕は決して子供を抱いたりしてやらないね、女房に対しては君主制だ」ぽつんとあなたがおっしゃいましたね。私は、女の言語や感覚の革新には、男性が目を閉じて神秘的領域にふみ込むようにして下さる事よりも、台所を讃えて下さる事よりも、社会的合理性で処理して下さる事よりも、一層身近く、個々の問題として、個体と個体が具体的にふれてゆくことが先決だと思ったものでした。そして初めて、友愛や同志愛という言葉が生命をもってくるのではありますまいか。

「性と民主主義との合流」とおっしゃった言葉は、私には、大変とおく観念的に聞えてよく理解出来ませんが、暴力を避け、性の中立化を避けようとすれば、現在の私は以上のような出発点を、それも漠然と御返事する事しか出来ません。

しかもこれらの多くは、あなたからの声援にみちた御手紙から、教えられ拡げられて来たのでした。言葉につくせない感謝とともに、不備な考察を、さらに広範囲にわたらせて下さるよう、困難を超えて、忍耐にみちた友情を寄せて下さいますように。

夜霧

弟に死なれて以来、親にかわって夫がさまざまにつくしてくれた。私は説明のしようのない空虚を味わった。それは新しい家庭の新しい家族とは直接かかわりはない、私の前半生の幕が閉ざされたような、もう自分の根が全く失せたような、さみしさだった。

でも、私は結婚をし、子どもは青空のように笑う。私はその子にとってはいのちの糧である。事実母乳はあふれるばかりであり、母とは子の食べもののことなのか、と、かなしみから目をそらしてただ乳になりかわるようにしていた。が……

弟に死なれて以来、夫と抱き合えば血しぶきが散るように心に痛みが走った。夫婦愛はまことにエゴイスティックな面をともなう。私は夫に気がねをして弟を帰してしまったが、ほんとうにそれだけだったろうか。いや、気づかぬ心の底ふかく、私はこのエゴイスティックな性愛につき動かされていたのではないのか。

夫婦愛は排他的である。二人だけの性愛の充実に向ってひた走る。それまで気がついていなかったが、われを忘れるように愛すとき、私はふいにわれに返り血しぶきが噴きあげるのをみるようになった。夫の親と同居したくない思いの根っこにもこれはある。たとえ親であれひとしずくのけはいさえ、二人のなかにしのびこませて欲しくない。その願望は他人だった男女が夫婦になり、そして家族愛へとたがいを育てあう過程で何よりも大切な、変身の泉である。そのようにさしむかいの二人のなかへなだれこむ心とからだの働きは、きっかりと満ち、そして根づけばまたひろびろと他人をも包むものへと広がるのだが。そうにちがいないのだが、私は愛せば冴えわたる意識のはしばしがきりきりと痛んだ。それまでのように無心に忘我の空へ消え果てることはできなくなった。私は弟に死なれたというより、殺してしまった思いに幾度泣いたかしれない。夫が眠ったあと、夜霧の庭に出てうつふして泣いた。夫へ伝えることばもなく、幾度か手紙を書いて、彼の机にのせておいたりした。

そんな月日を経たあと、私は別の男とくらしはじめた。いままでとまるきり違う炭坑町に移り、ここで文章を書きはじめた。娘と息子を連れて。そして子どもたちの父親のもとに、月に幾日か子を連れて行った。また、折々に来てもらった。子どもと父親との間柄を、そのまま大切にしていきたかったのである。おとなたちはみなそう思ったので、娘と息子は小学校に通い出すと夏休みや冬休みを父親のもとですごした。

私は自分の親たちのことを、大ロマンだった、と、どこかなつかしいひびきのある表現で話されるのをききながら、私もまた大レンアイを重ねていたと、いつかわが子らに伝わることを思う。が、子どもたちは雨の降るフィルムを眺めるように、子にとってはフィクションにすぎないその絵をちらとみるばかりだろう。子にとって親が、父であり母であるのは、生まれ落ちて自立するまでの間柄であり、それ以前は歴史上の男と女なのだから。また育てられているときの親は、霧のかかった風景で、ごく部分部分しかみえないし、さわれない。またそれだけで十分なのだから。子が親の全体像をとらえるようになるのは、社会的に自立し、みずから家庭を持ち、あたらしい家族を形づくってからである。

女たちの戦後三十年と私

敗戦は私に心の自然さをかえしてくれた。なにひとつ見えなくとも、少女である自分の感性のままに感じとり、判断し、苦しみ、主題を持ち、外界のどのような権威も必要とすることなく自分で解きあかそうとする心を抱いておれることは、しんしんとする山中にいるように確かな手ごたえのあるものであった。戦争は、少女期の敏感な触覚に、ぴりぴりするほどのひけ目を強いていた。戦争下で少女は無用のものであった。だから敗戦によって、つらい状況が私にも直接的となったことがありがたかった。

信頼に足るものは自分のなかにともった灯火《ともしび》だけであること。この実感は焼け落ちている市街を、引揚げによる無一物と結核の熱と、そして少女という未知数とをかかえつつ歩く時、まことに燃え石のようにあつかった。その鮮やかな感覚が、ずっと今日まですこしの気負いもなくつづいている。

というのも、それまでの女たちの生活が、たとえば戦争は男の特権で、女のあずかり知らぬことであり、女は黙々として兵隊さんの慰安をせよというような、二重三重の間接さであったから、敗戦による既成の権威の失墜は私のような市井の一少女にも、はればれとする一面をもたらしたのであったろう。社会的にも参政権をはじめ、売春禁止法による人身売買の禁止とか、労働基準法による母体保護とか、要するに女の人権もそのたてまえは確立したのであった。

戦後の女たちの三十年は、そのたてまえを女の実感に引きよせつつ実質化させようとするものであったといえるだろう。ごく大雑把にいって、敗戦直後の十年間を女たちは、その諸権利に関する制度や組織づくりについやした。各職場の婦人部の運動や、政党内外での組織づくりや、話し合いの場などが生まれた。私は労働組合の婦人部の集まりによばれて、お茶汲み反対などと叫ぶよりも食物管理に関する従来の権利を十分に活用して、いやなやつにはまずく、好ましい人にはおいしく飲ませ食わせする腕と場所とをどんどんつくって、じわじわとこちらのペースに男たちをまきこんでいくほうがおもしろいわ、などと小娘の気ままさを発揮したりした。伝統的な実力を手さぐりする階段であったのだろう。

やがて母たちの歴史といったものを、女みずからの内部をさかのぼりつつたずねる作業が、その後の十年間に展開した。生活記録運動もその一端であり、母親大会などもそれにつながる。つまりは組織や制度そのものよりも、それへよりかからずとも内発する泉が、ながい性差別の期間も枯れることなくつづいているはずだという、潜在する自己への直観的なとりくみが行われたのである。それは紡績やデパートや漁村や農村や炭坑や市街で、草の根のような小集団を生ませた。母親大会がそのスローガンに「生命を生み育て守ることをのぞみます」とかかげて出発したように、女たちの主体性に関する感覚的な自問が、個々に、あるいは集団内部に、または女性史自体へ問われ、外部からの概念づけをはみ出しはじめた期間であった。私はといえば、かかえきれぬほどの命題にじっとり汗ばみながら、幾人もの人を愛し愛され、子供を生み、育て、女性集団をつくってガリ切りにあけくれ、というぐあいであった。

ついでその後の十年間は、感覚的認識の論理化の期間となったといえるだろう。戦後つよくなったものは靴下と女といわれたけれども、それでは靴下は商売にならなくてほどよく破れるものとなり、女たちもまた見かけ倒しのつよさよりも夕やけの空のようなエロスへと、その強靭さを収斂しはじめた。それはいかにも幅ひろい動きであった。新左翼系の女性運動から無原則な性の遊戯をふくむものまであり、それが過去の二十年とかすかに異なる面は、いずれも自己の行為に対する論理的傾向がともなうことであった。

論理化とか論理的傾向とかいうとおおげさすぎる。それは戦後からのたどたどしい足どりの当然の過程であった。また戦後教育で育った少女たちが、実感で得ていた性の同権意識を、その肉体の上で、また対社会的な現実の上で開花させようとする動きも加わっていた。そして私は体験によってつかんだものを、やはり人並に自分で嚙みしめ社会化する楽しさを、かけがえのないものとして愛した。

ところで、私は性急な解説を好まないのである。古代から歴史の主体となることのなかった女たちが、わずかここ三十年、「自分のことは自分で」と考え行いはじめたばかりなのである。そのささやかな動きは、口にするや溶け失せる初雪のようで、あげつらうにはいとしすぎる。

けれども戦後三十年を経て、やがてそれを越えんとする昨今、これまでの動きを根底からゆさぶるようなけはいを感ずる。それは必ずしも女への圧力に限らない。が、女たちの開放への欲求のすべては、いわば人間の自然性を肯定し、そこに立脚した人間観に基盤をおくものであった。無原則な性の風俗であれ、ウーマンリブの戦闘性であれ、女たちのさまざまな動きは、いずれも人間のもつ自然を不当に抑圧するものに対する抵抗という点では結びついていた。それは男たちの歴史が、人間のもつ自然よりも、人間のもつ権力意志に重点がかかっていたことと対比して、特色がある。

いま私が感ずる危機感は、女たちの感性や論理の基盤であったそれが、人間すべての内外で破壊されようとしていることにある。女たちは実感と対応する場をせばめられ、コインロッカーへ嬰児を捨てても心も体も痛まない。それでも論理は存在を離れてひとり歩きしがちである。私はそれを自分にいましめる。より深く人間たちの生体の手ざわりを文化のなかに回復させねばならない。そして私は深化する崩壊の年度へ再び素手で向っている。

冬晴れ

私は子どもの父親と愛しあって結婚した。彼は長男であったが私たちは家を別に持った。庭に芝生を植え、初めての子が生まれたときにその庭に細い桃の木を植えた。娘であったし、桃の花が咲くころ生まれた子であったから。つぎの子は息子で、秋の終りの小春日和に、白いケープにくるまって産院から家に帰った。

そして、庭に松の木を植えるかわりに、私たちは旅に出た。つまり子の父親は会社づとめを止して自力で仕事をはじめ、私もまた詩誌をひとりで出しながら出口を求めた。私たちはおさえようのない力にゆさぶられていたのである。二人が寄りそってちいさな家を買い、あたためあっていること、そのことの罪ぶかさにおののきあっていたのだった。意図したわけではなかったのだが、新しい家庭づくりは、やはりどこか他人に対して開かれていない。なぜあの時私は弟の苦悩を夫へ伝えてやれなかったろうと、くりかえし思うのだが。私は家に弟を迎えてやれなくて、一両日泊った彼を送り出した。

「おねがい、元気で生きてね。あなたには体があるのだから、そこから何かをみつけて。きっとわたしもみつける。わたしたちのふるさとになるような、何か……」

時代はまだ戦後の混乱のさなかだった。弟は思想的な同意を求めに来たわけでもないし、その手がかりを得ようと思って来たのでもない。そうではなくて、意味のすべてを問い合う以前の、しばしの眠りの場を求めたのだった。私たちの感情はまだ生まれ育った外地の空にひっかかっていて、日本はまったくの外国だった。父親も失っていた。アルバイトをしつつ大学に通っていた彼は私と同じように、得体のしれない愛しかねる他国のようなこの国と、どう切り結べばいいのか、その道をさぐっていた。私はそれを、ひとりの男への愛を手がかりにして、結婚をし子を産み育てることでなんとか自分とこの世とをつなぎとめようとしていた。が、私のその気持ちも、実のところこの日本に生まれ育っている夫には伝わりかねていた。つまり何がそのようにつらいのか、生きがいがないのかが彼にはみえないのだが、藁《わら》にすがるようにしがみついてくる私の心の姿だけは伝わり、時間がくすりだよ、といっていたのである。

私は幾度も夫にたずねた。

「あなたの大好きな道はどこ。その小道にちいさな頃よく遊びに行ったの」

夫が遊びたわむれていたという小道や、彼が愛した季節や、川のほとりを、私の心は幾度も幾度もたどりながら、この日本に私もなじみたい、ここから日本の心につながりたい、とそう念じつづけていた。

私がまだひとり身のときのことだった。大学受験をひかえた弟と町はずれの道へ出た。冬晴れの日で、彼は自転車のうしろに私を乗せてびゅんびゅん走った。小道には青い草がみえていた。畠には麦が芽を出していた。桜の古木が幹を黒く光らせていた。しめった感じの日影が桜並木のむこうにのびている。山が近いのだった。

「元気出せよ、ね、病気なんかなおるよ」

びゅんびゅんと走る道は私には初めてだった。

「ここどこかしら。こんなところまで来たことあるの」

「ああ。もっと遠くまで行ってみたよ」

私には吹く風のようにその心がわかった。彼が何を求めてさまよっているかが。

そこは村の人びとがたくさん行き来した道なのだが、どのような感情で行き通ったものか私たちにはわからない。小犬がにおいをかぐように彼は走りまわっていたのだ。私たちは堤防に出た。弟は大声で演説をした。見知らぬ風土に向って。ここでおれは生きていくぞ、と。

郷にいれば郷に従え、というように日本の町も村も異国のものには冷たい。固い。私たちは異国人ではないのにその固さのいみさえつかめないので、ここで生きていくぞ、と、大声で叫んでも、荒野に鍬《くわ》もなく立つに似ていた。私はいった。

「学費の足しになるくらい、なんとか送るから、働きながら勉強してね」

「もちろん。

ぼくはジャーナリストをめざしているよ。いまの日本のマスコミはうわっつらしかとらえていないからね」

弟は新聞部の体験や、新聞社でのアルバイトや彼の幼い政治運動をとおして、そんなことをいった。そしてインターナショナルのうたをうたい、元気を出せよ、と私にいい、自転車でまた帰った。

その弟が三年の東京での苦闘の途上で、和んべ、甲羅《こうら》を干させてくれないか、といってやって来たのである。それだけのことばで、私には十分だった。なぜなら彼よりもながいこと親のすねをかじり、そのあと夫に守られ、それでもくたくたに疲れていた私だったから。植物でさえ移植はままならぬ。熱帯や寒帯の植物を移し植え、根づかせるのは容易でない。

私は昔ふうの嫁入りはどこか草花の移植に似ていると思う。他家に嫁ぐのは、移植に似ている。それがかなう条件のもとで、風土も草花もなじみあう。その経験を重ねて、根づき方根づかせ方を伝承してきている。が、私たち植民者二世の帰国生活は、民族にとって初めての体験だった。私は日本人だから日本の国家のなかに帰らねばならぬ、ということが自分の内部で消化できないので、私は女だから男に抱かれていよう、という薄皮の部分にすがってなんとかその日その日を生きついでいた。

弟の、しばらく休ませてほしいという無言の息吹は私に、まだ解決のつかない問題をあらわにさせた。私と弟とは、たがいにだまってその苦さを嚙んでいた。

私はどんなに彼を休ませてやりたかったろう。この私のちいさな家庭。夫とやっとつくりかけている新しい家庭。私はここに妹をあずかっていた。妹はここから近くの幼稚園に勤めていた。が、これ以上共通の苦いテーマを持ちこむ力を持たず、いまはただ問題解決の力を養うときだときめこんでいる。私でさえ気力を養う期間がこんなにいるのなら、ひとりで苦闘している弟は、どんなに一休みして力をたくわえたかろう。誰だって、ぐっすりと眠ってエネルギーを回復せねば踏み込めぬときがある。

私は訪れて来た弟の沈黙とむきあって、ほとんど一晩中眠らなかった。弟も眠れないまま家人がねしずまった夜半、重い心を茶の間に運び、私たちはあまり話さなかった。いや、懸命に、「生きてみよう、探そう」と語る。が、彼は新家庭に遠慮をして口ごもる。私は夫に気がねをしていた。彼に言いかねた。

ほんとうにそれだけだったのだろうか、私は。

弟はつぎの日、明るい声で私の子をあやし、夫に礼をいい、東京へ引きかえしていった。そしてそのまま命を断った。

ゆきくれ家族論

家族について考えるとき、男と女とではかなり違った要求がでてくることだろう。また世代によってもそうだろう。昨今はそれが目につくようになった。むかしから立場の差による違いはあったのだろうが、社会的な規範のもとで統一されていた。ことに人びとのくらしの大半が農業であったころは、二代三代がともに生活をしても、家族労働の目標はくずれることなく、家族たちの分業は有機的だった。

その社会構造が変化し、戦後民主主義の風潮も手伝って、人びとはそれぞれの立場から家族について考えはじめた。ことに新家庭を営もうとする若者は、世間的な常識や親世代の家族意識にとらわれず、新しいキャンバスに絵を描くようにみずからの家族理念を育てている。私もそのようにしてくらしてきた。そして、なお、いつの日も、若い人びとに冒険をおそれぬ旅立ちをしてほしいと願ってしまう。

とはいえ、社会生活を営んでいる私たちに、ま新しいキャンバスなどはなく、男も女も重い歴史を引きずっている。新しい家族に対する願望もまた、その過去と拮抗しながら描き出される。そして久しい間家族は家父長に従う形で平安を保っていたので、新家庭が旧弊をぬけ出そうとこころみるとき、おのずから女たちは進取の気にみちてその青写真を鋭く鮮やかにし、男たちはどことなく古典的となりやすい。

一見そのような外観を持ってくる。けれども家族のくらしをひっくるめて、男にとっても女にとっても、人生は単純な計算で予測されるものではない。また幾代にも及んでいる両性の歴史は、私たちの下意識や肉体の反応へも浸み透っているので、新しい出会いを求めながら夫婦や親子のなかに感覚のずれを見てしまったりする。それに、どういうものか私たちは、家族という人間関係は人の生誕からその死までを舞台とする生涯的な関係でありながら、新世帯をもつときばかり青写真を描く。まるでそれが一代かけて有効であるかのように。

人間とは、それほど単純な生きものではない。生育に従って肉体の原理さえ変化する。むかしは人の一生の通過儀礼が社会的に機能していた。はるかにむかしの人が人間を知っていたように私には思える。おおざっぱにいっても、新世帯が描く理念は、生殖年代にふさわしく子産みの思想である。性愛の一組が、カップルの意味を問うことで出発する。そしてまた同時に、一対となった男女がその原理のなかにたがいに侵しがたい個の尊厳をはらむ意味を問い合う。

が、やがて新世帯は永遠に新世帯であろうはずもなく、子産み子育ての期間は過ぎる。育てられる立場のものも当然に自立する。家族は年期がはいり、その共同性よりも共通地盤のうえでの個の成熟へ集中するときが来る。あらたに家族の青写真は描かれるべきで、うかうかしていると、わが子と思っていたものがふいに、みしらぬ成人の男や女となってたちあらわれる。そして、あらたな家族づくりに燃えて巣立つ。

が、残されたものは子育てを終えてもなお、未熟である。エロスは奔放さをはらいおとし、精神のそば近くで息づいて、ひそかに自問する。それは子産みを理念とすることのない性の、なおあたたかな息づかいについて。人びとはこのとき更に、家族や人生の深みにむけてキャンバスへ描かねばならない。

そしてそののちも私たちは考えつづける。家族と老年期について。家族とは老年をもたない年代だけの人間関係なのか、と。それは生殖年代の原理でつくられた巣箱であり、子産みから遠ざかるにつれて人びとは家族を失うものなのか、と。

新世帯の出発点で伝統的な束縛をとりはらいつつ歩み出した者たちも、その人生の折り目には、このようないみあいの家族づくりの青写真を描きかえねばならない。そうでなければ進取的な家族も古びてしまう。べつに進取的でなくともかまわないが、みずから折々の家族たちの成育状況に応じた方向性を自問しないかぎり、社会の風潮に押し流される。近代社会は原理的に家族単位の生産性を受けいれぬようにできてしまっている。家族たちを個々に単独者としてぬきとるので、社会が要求しない者たちは、無意味な個人やその集まりとして、家族のなかや家族のそとに放置される。

そのような外的な条件もあり、また、新世帯にとっての永遠の綱領と思ったものも家族の状況によって無力になるという内的な条件もあるので、結婚リングのように初期の青写真によりかかって家族関係を押し通そうとすれば、私たちは自縛にかかる。人の精神はとらわれるのをきらう。くさむらの棘にかかった蝶のような精神を、自分のなかにみつけるのは、誰しもつらいことである。

それに、人間とは原理的生物ではない。家族について、もし原理的に考えるとするならば、それは時代の変転をともなわせつつ国家論まで論理化することはそう困難なことではなかろう。またその必要性がないわけではない。が、私は論理の論理的展開を好まない。そのわけを論理的に語ることも好きではない。人間という論理的で、かつ非論理な、矛盾にみちたなまなましい男や女が好きである。人は、りくつはわかるけどその気がない、などという内発的な情念に賭けて生きたりする。

家族という関係は、そのような人間性の根をわけあうものである。

そして誰にとっても、家庭は、家族たちの共同作品といえる。おなじ家に育った兄弟姉妹でも、新世帯をもち家族をふやしていくと、その構成員の個性を交叉させつづけるので、自然と作品の色合いはちがってくる。個人たちの人生観の組み合せは、多彩な家風を生みだすのだ。ほんとうに人間とはおもしろいものだと思う。そのような私たちは、誰しも家族愛をもっているが、その具象化もまた家々によって異なる。だから、実は、他人がもっている家族の理念は、たがいにほとんど役に立たない。

それでも昨今は家族が問題となる。家族とはなんだろう、と、ふかくひそかに吐息をする者は少くない。それはおそらく、社会の変動が激しいせいだろう。かつて役立っていた家族意識が力を失ったためだろう。家族制度といわれるほどがっちりしていた家父長下の肉親関係も、それを基盤にして成立していた社会も、山崩れのようなむざんさである。

けれどもかつての規範が効用を失ったことだけが、昨今の家族の、いわくいいがたい吐息のみなもとなのかどうか。もとよりそれが端緒にちがいないが、私にはその山崩れのあとに、けなげにそして向うみずに生きてきた私たちの、まだ幼ない家族理念のなかに、何かが潜在している気がしてしまう。そしてそこには、個性的につくられているそれぞれの家族の味を越えて、今日ふうな、あるいは明日へ引き継がれる、根深い問題があるように思われてくる。まるで人間の矛盾そのものにようやくすべてのひとが、赤ん坊から老人まで、いや墓場の死者までが出会いはじめたような、おそろしいような楽しいような混沌が渦巻くのを感じる。

人びとは人生を模索しつつ生きるが、「人生」などということばは生活用語としてはまだ若いのである。せいぜい思春期の少年用のことばだった。あとは、詩をつくるより田をつくれと叱られて来た無為徒食な虚業者たちの思考用語だった。それと家父長のものだった。家族は、わけても女たちは、家父長が見定めて歩く人生をわが人生とこころえて、水すましに従う波紋のように生きればよかった。

ところがどうだろう。ことばにするのもつらいほど、家父長にとどまらず、あらゆる人間関係のリーダーも、いまは前途を見定めかねる。特定者の思考用語で、とても一般人のものではなかったそのことばが、新型のインフルエンザ菌のように姿もみえぬまま降りかかってきた。青くさいことばは使わぬのが生活者の健康な感性だが、スーパーマーケットをせかせか歩く中年の女も、店の畠れんこんの青い色をみつめながら、実は、生き方を求めて混迷をふかめているのである。そして、ほっと息をつく。そのとき、その吐息のさまが、ふとわが子の孤独な後姿や、ふるさとの老母のそれや、電車にゆられている夫の、そのひとりの空間に吐かれるものと似ているのを知って戦慄する。そして、やむなく、勉強しなさい、と子どもたちへ叫ぶ。教育ママの現象はみずからに対する不安の裏がえしにすぎない。

一般に人間は深刻に生きる力はないので、マーケットのなかで何かが心をよぎっても、いずれなんとかなるだろうと思ってしまう。わけても育ちざかりの動物的な生命が家族のなかではばをきかせていると、子が生甲斐なのだと納得させられる。新家庭の父親さえそうなる。そのごく自然な家庭愛になぐさめられながら、そしてくりかえし目先の充足で養われつつ、私たちは家族の、そして個々の人生を手さぐる。家族という共通の情愛を浴びて生きながら、なお、夫も妻も親も子もひとりひとりわが人生を模索する。さもなくば家族そのものが崩れてしまう。そして家族どうしとて、他の個体の歩みに手を貸すことはできない。また侵すことも。親権でもって子をしばろうとも、それは不可能な精神の旅である。性のカップルのあいだでもその原則はかわらない。

家族という共同性へむけて収斂する人間関係のなかに、現代の家族たちはその原理とすれちがうような個々の精神開発への旅を引きいれてしまった。押しこまれてしまった。風俗としては、大黒柱のまわりにがらんと広いへやがあれば十分だった家族が、子どもべやをしつらえ、主婦コーナーをつくり、老人用の余地をさがす。つい先ごろまでは家族は運命共同体だと信じてきた。いまもその心情は消えそうもないが、運命共同体であることの社会的な生産性がうすれて、それは家族個々人の精神的な活力が弱くなったときばかり、自縛のように働くのである。

私たちのくにでは、家族の運命は家長が代表する伝統がつづいていたので、ひとりひとりみずからの人生を充足させ、かつ家族ともどもの共同世界を満たすような、自立的な家族を要求されるのはとてもつらく思えてくる。そのために、家族のなかにおのが道を見出せないものがいたとき、それは弱者となって家族から追われる。家族は弱者を負いきれずに公共のホームの手にゆだねてしまうのである。

私たちがこの新しい家族社会に生きはじめてから、まだ日は浅い。私もそのなかでもまれ、ゆきくれながら生きてきた。ただ自分が変動期に生を受けたことをうれしがる気分があるので助かる。その変動期も社会的シンボルが変るような表だったものではなく、人びとの伝統的感性が役に立たず、じっと力をたたえて骨が青くひかり出すのを待つような、自他の精神の骨組みにかかわる部分に関している。

一般論をよして、私は私を家族とよんでくれた者たちの近くへ寄って行こう。私の親たちは父方も母方も祖父母の代には農業から切れていた。父母は親にゆるされずに世帯を持ったので、彼らが育った家の家族意識と私が育てられたときのそれとはかなり違っていた。

子どもの私は数年に一度田舎へ連れられて行ったが、そこでみる家父長然とした伯父にしばしばさからった。また妾宅の子の世話までこまめにする伯母に、ふかく同情した。父はこの伯父にも伯母にも、それぞれ助力を惜しまなかった。おそらくそのおのおのの人生がいたましく思えたのだろう。私の親たちは昭和初期にはまだめずらしかった同棲生活で、今日のニュー・ファミリーのはしりのような面があった。

それでもその内容はたいそう違う。いまここに亡父が残した一通の手紙がある。母が三十なかばで死んで、数日たって末弟へあてて書き送ったものである。

——僕は、めったに家内と争ったことがなかった。何かのことで手をあてたことが一度あったように記憶する。僕らは仲のいい夫婦ということを得るかと思う。ところが僕は妻と連れだって歩くという事をあまりやらなかった。

時に稀にこれをやると非常に嬉しがっていたようである。

たとえば映画など一緒に見たことがなかった。慶州五ヶ年間にはっきり僕が憶えているのは二度きりない。仏国寺へも一度行ったきりのようである。海雲台にはたしか二度か行った。僕は、今にして、せめて京城くらいは連れて行くべきであったと、しみじみ後悔している。……着物や持物なども買ってやったこと、柄など見てやったことはごく稀きりなかった。たしかユカタかモスか何かをしぶしぶ買って来てやった時に、子供達に「お父ちゃんは柄見が上手上手」と喜んでいたこと、東京に行った土産に革製の草履を買って来た時にとても喜んだことなど思い出す。こうしたことを思い出しながら、ウワゴトに「お父ちゃんと東京に行く」とか、「わたしもおしゃれしようか」などといったことを思うと、はらわたをかきむしられるの感がある――

母の死は昭和十八年、戦争が激化しているときのことだった。この手紙は明治生まれの夫婦の感慨を語っているのだろう。私は結婚をするとき、父からはなむけのことばをもらった。一生の仕事を持つように、というものだった。いま手紙を読みつつ父の心を推しはかる。夫婦が連れ立って歩く、ということを、娘にさせたいと考えたとき、父は私にこのことばを与えたのかもしれない。母のように私も夫と連れ立つことを願うだろうと思っただろうし、また、自分のように世の男は妻の願望を知りがたく、かつ、そちらへ同調するのはいつもあとまわしになると思っただろう。

そして、夫婦が自他ともにほろびることなく満ち足りて生きることのむずかしさを、そのようなことばで伝えたのだろう。それに敗戦後の世の動きを読めないわけではなかった。変動する時流をのりきってほしいという思いもこめられていたにちがいない。が、親のことばがよみがえるのはずっとのちのことで、それは私の念頭から消えていた。父母ともに亡くなって、残された手紙を読んでいると、夫婦のきずなとは何か親子の縁とは何かと声なく問うているのが伝わる思いがする。その手紙には、なお次のような家族の姿がつづられている。

――通夜のことだった。友人が自宅に咲いた桜の花を持って来てくれた。また、木蓮をいただいた。それに柾木などあしらって仏前の供花が、きれいに、さっぱりとできあがった。僕はさぞ愛子が喜んでいるだろうとありがたく眺めていた。愛子はまだ布団の上に寝ている。ただ顔に白布を覆うてあるのみである。健一がつと坐敷に来て、床の前にいざり、愛子の覆をとって桜の花一枚をしきりに見せている。そして、一生懸命に泣き出すまいと唇を嚙んでいる。やがて我慢ができなくなったか、大粒の涙を流して歔欷嗚咽をはじめた。この時僕は、真から、心の底から、悲しかった。流涕禁じ得なかった。今これを書きながらも涙が出る――

このとき健一は十歳になったばかりであった。その私の弟は私が結婚をするとき、東京の学生下宿から駈けつけてくれた。紺色の小ぶりな茶器のセットを、アルバイトで買って祝にくれた。式のとき、人群れのすみで彼が涙をぬぐうのをみた。

そして翌年、私たちは父を亡くし、私はつづいてこの弟に死なれた。

幾年たっても、私は健一の自死について語る力がない。私たちは精神の故郷を持たぬ植民者二世であった。たいへん仲が良かった。彼は私よりも社会の動きに鋭敏であり行動力を持っていた。引揚げてきて、高校のころから政治運動の末端にいた。そして進学して自活しはじめた。

家族とは何か。私は結婚し、子どもをもうけて、この弟が共産党の分裂のあとどのような苦痛をどのように生きているかを、ふかく聞きとめる余地を失った。彼は私の家庭をたずねて来て、しばらく甲羅《こうら》を干させてくれないか、といったのだが。そのときの静かな表情と重くくらく開かれた眼は私の直観に激しくひびいたのだが。

夫は思いやりのある人であったから、相談をすれば一カ月や二カ月の休養はできたろう。が私らの新世帯には、戦後のまだものの乏しいときであったが、私の妹も身を寄せていた。夫の両親と別居しながら。私ら姉妹は父を失ったので。それでもなんとか共にくらしたろう。もし、弟の苦悩の核に私がふれることができていたならば。

私は家人が眠った夜ふけ、細い声で健一に語りつづけた。ふるさとがない、という彼に向って。まるで夜を徹した語らいが、それを思い出させるとでもいうように。そののち数十年かけて生きつつ、なお、私にも見つからぬというのに。

そして翌朝、日本に堪えていこうよ、と私は彼を送り出した。彼のつぶやきが忘れられぬ。女はいいな、なんにもなくとも子が産めるもの。大切にね。そういった。

たしかにそうだ。彼のいう通り。私は日本というまるで異国の風土にやってきて、このくにとの底深い嚙み合いの手がかりがつかめぬまま、自分の生物的条件にすがりついた。日本というくにの体臭も、このくにの土着の人の感情も、それらとからんで展開する政治の質も、まるで理解できなくとも、それでも、女はむかしからつらかったという性にかかわる実感は、ここでも通用する。私は、女に生まれたことをありがたく思いながら、自分の生物的条件を手がかりにして、ものを考えていこうとしていた。そこから自分と世界との接点をつくり出そうとしたのだった。

そしておなじ親によって育てられ、おなじように植民地生まれの痛恨に苦悩している若い肉親の異性の、心の軌跡から遠かった。あのように私の直観は彼の絶望をとらえていたのに。そして、あのように彼のまなざしは私に訴えていたのに。

つい先日、彼が高校のころ九州の弁論大会で発表したものの原稿が二十数年ぶりにみつかったというしらせを受けた。まさに断腸の思いがする。

ほんとうに家族とはなんであるのか。あのとき、私がまだ家庭を持っていなかったなら、死なせはしなかった。他をうらんでいうのではない。当時の私の家庭観、家族意識の未熟さが、このことばを吐かせるのである。私は彼に、どのようなときにも弾力的に生きようよと、涙こぼしつつ話した。新家庭の親や家人にえんりょして。でも、そのようなことが人の魂に可能なのか。そうではなくて、どのようなときにも、疲れた魂へ無条件で手を貸す力が、人びとには必要ではないのか。それが家庭には必要ではないのか。そして、家族とは、子産み子育てを原理とする性の一組の巣にとどまらず、より弾力的なものではないのだろうか。

私の場合は、弟だった。けれどもこの世には、別家庭となった弟でもあれば妹でもあり、別居した老母であり老父であり、連れ子連れ親と、いくらも新家庭の子産みの原理からはずれている骨肉はいる。そして、そのひとりひとりが、他へ伝えがたい精神の刻印を彫りつつ、時に順風にのり時に屈折しているのである。

二十一歳の生涯を閉じて、健一はノーブルな顔をしてわらっているのかもしれぬ。あの夜でさえ、静かな表情をして話していたのだから。でも、私のなかには、父母にすまぬ思いが流れる。

家族。家族の縁とはどのようなものだろう。唐突なようだが、私には風になりたい願望がある。風になりたや、と、折りふし心がつぶやく。えにし深く思われる里のあたりも、まるで無縁な山あいも、さやさや吹きわたりたい。

数すくない家族たちの無言のまなざしは、そんな私の心を、気ままな風にさせてくれる。何かわからないけれども、それへ私も無言の視線を送ってこっくりとうなずきながら吹きすぎる。ありがたいような悲しいような、虹色がひろがる。

痛すぎる執着と同時に、心を根っこから解き放ってくれるもの。自在な世界へ放ってくれるもの。そんなものは家族より外にない。おそらくそれは、単純な母胎感覚が家庭というものにはあるということなのだろう。

健一は私に別れを告げた。彼は風になってしまった。私に若々しい笑顔をのこして。

先ごろ私は八十いくつになった田舎の伯母から、青年時代の父が散歩したという海岸の話を聞いた。夜、行ってみた。海は静かに波を寄せていた。いさり火が遠くにちらついていた。松林の砂に坐って、この浜辺を青年の父がまだ女学生である母との困難な前途をおもいつつ歩くのを思いみた。さらに訪れてきた兄嫁の相談にのって、この松林をともに歩くのを思いみた。

伯母はこれまでもいつも私に話した。あんたのお父さんはほんとうに親身になって考えてくれたよ。

わたしが家を守ってきたのは、あんたのお父さんがいたからだ、と。長兄が出奔し、家が傾いて人手に渡り、実子のない兄嫁がゆきくれて父へ相談にやってくる。父が選んだ道は、長兄にかわって借金を負い、家を兄嫁に買いもどしてやり、職をかえて植民地へ渡ることだった。

いま夜の砂に坐って私が青年の父へいう。ほんとうに馬鹿ですよ、あなたは……　父はなにもこたえぬ。彼は晩年、私へたのみがあるといった。それは伯母のことであった。女性としてまことに気の毒にたえない。伯母さんの晩年がしあわせであるよう、いつも力になるように。そういった。どこかに、男の原罪を負うもののにおいがかすめた。

馬鹿ですよ、あなたは……　私は、あなたと縁あってその娘に生まれ、きりきりと伝わってくるものがあります。お父さん、人は無念を噛んで生きるものなのですね。

もし、女にその原罪を負う力があるとするなら、それはどのようなけはいをかすめさせるのか。私にはわからない。が、おそらく、存在はふとした瞬間その色を放つのだろう。いつの日か、老いに近づくころの私の息子が、母をちらと感ずるとき、それをみた気がしてくれやしないか……

田舎の伯母は養子夫妻やその子らにかこまれて、まことにしあわせでおだやかな晩年をすごしている。かつて婚家先の縁者すべての世話をし、本家の主婦らしい風格で私たちを叱りとばし、使いまわした伯母が、私は好きである。かざり気のない女で、血はつながらぬが、この人がもっともなつかしい。女の生涯の幸・不幸が夫の愛や子産み子育てにあるとしたなら、伯母はしあわせとはいえない。が、家族にめぐまれることにあるとするなら、伯母はその実家の、そして婚家の情愛のなかにいたし、いつづけている。私たち縁者はこの人のほとりで羽根をやすめて身うちのぬくもりを受ける。女性としてまことに気の毒にたえぬ、と父にいわせたころを通りすごし、彼女はきっと何かを見つけだしたのだろう。それが私たちを寄らせるにちがいない。

私はむかしも今も、ゆきなずみつつくらしている。これから先もおなじことだろう。屈託がないのがとりえで、いつのまにか子どもたちも育ってくれた。結ばれた性愛とはふしぎなもので、どこか身勝手な追体験ではとらえきれないところが残る。ほかのさまざまな経験にくらべるならば、それはもっともプライベートなことなのだから、この大切な財産を自分で気ままにくりかえし追って心の支えにすることができる。

そうなのだが、持続した性愛はからみあったまま溶けた氷のようで、放魂の瞬間を相手に手渡してしまっている。また相手を手中にしている。それを許しあった忘我の境はふたりの秘めごとで、そのまま秘めていいたい。

私は弟に死なれて数年のあいだ、まことにつらく、家族意識の未熟さをはじめ、自らを責める日々だった。娘が四歳息子が一歳半のころ、それまで数年にわたって語りかけてくれた他の家族内の男にともなわれて家を出た。単純に語れない交錯した心情で、夫と男とを天秤にかけたのではなく、私を家族ともども社会へほうり出したのだった。いま手もとに当時の私が夫へ書き送った手紙が、二冊のスクラップブックになってとどいている。子どもらの父へ三日にあげずに書き送った手紙をとっていてくれたのだった。私は子どもを連れて出ていたので、子の消息をこまごま書いた。そして私自身の手さぐりの状態を。子どもが描いた絵や手紙をそえて。ひとりおぼえの文字で、娘が、パパさみしいですか、さみしかったらかえります、と書いている。やっと書いた文字に幼ない子の万感がこもっているのがみえる。私は子とともに、度々、その父が住む家へ行った。また、来てもらった。私が移住したのは炭坑町で、私ははじめて見る炭坑夫におびえる自分を叱りつづけた。朝鮮で育った私は、肉体を動かして働く日本人を知らなかった。そのことひとつさえ、身を切られる思いで、弟との対話のすべてもここにかかわっていた。私は、さみしがる子をも、叱りつづけた。たまらぬ日々を子どもと唄ってすごした。まつわる子どもらと、休日に訪れてくれるその父と、そして子どもたちへ父性を宣言してくれた男と、私と、それから大勢の炭坑の若者たちと、まっかな夕陽。家具ひとつないくらしのなかの私の自立だった。

家族を私は持つまいと心に刻んだ。心は二重になっていて、家族なしでひとりで生きている私と、それから、私も男もそれぞれ子どもを連れて来たのでその子らと、私たち親世代みなひっくるめた大家族の中の私、この二重の世界を大切にした。子どもたちはパパもママも二人ずついるよ、と友人や先生に語りのびやかに育っていった。運動会や父兄会に、私は二人のパパをさそって出かけた。私たちが心がけたことは、子どもたちの開放的な成長で、それは親世代の責任だと思った。私の子どもの実の父が結婚してからは家族ぐるみで行きかい、それは今に及んでいて、私には身近な縁者となった。

私はこの大家族ふうのくらしのおかげで、心身さっぱりとしてきた。混沌としていた一切がすこしずつ整理できた。炭坑が閉山にむかい男が上京し、私は子らと残った。彼の両親に身勝手をわびた。

植民地体験について、なんとか私なりの見通しがつくまでわがままをゆるしてくださいといいながら、その日をはかりかねる思いだった。炭坑に、「七つ八つからカンテラさげて坑内さがるも親の罰」という労働の唄がある。私は子どもたちがつくづくと切なくて、なぜかこの唄が子らの顔に重なった。

親たちはそれぞれ内発性に従って生きているが、子どもはまだ幼なくて親の罰のなかにいる。世間的な家族観と親の人生にさぞや板ばさみになっていよう。が、どの子も、おくびにも出さずにのりこえてくれる。その思いが子の顔に読みとれるので、私はやはりつらかった。近所にあずけて韓国への旅に出た。

娘が四歳半ころだったと思う。私たちが炭坑の人びとと話をしている夜、となりべやでしのび泣きがした。行ってみると声をころして堪えていた。かたわらに寝て抱くとしがみついてふるえる。ようよう口をひらいて、ママ、死ぬことってこわい。ママはこわくない？　といった。ふるえがとまらないでいた。

その声は私の知らぬ幼女の声。いや、おとなの声。反射的に私もふるえた。抱きしめて、あわてて答えをさがし、ママもこわい、と泣いてしまった。抱きあってふるえながら、私は娘の魂を感じた。私とおなじ大きさ重さをしていた。育て育てられる親と子というよりも、おなじように生と死をみつめてふるえる魂だった。自分の生と死をわが手でつかむ以外にない人間をひしと感じた。それを感じさせてくれる幼女の、まだ知恵で汚れぬ感性をありがたく思った。私は子どもたちのなかに生死をおとなとまったく同じようにみつめる力のあることを信じ、そこへ向って私のそれをありのままに見せて生きることにした。

息子が少年期となった夏のころ、はらりとひるがえる青葉のように、何かとらえどころがなくなった。みつめても日の光を返すばかり、自室のドアに、入るな、と張り紙が出た。ああ、と思った。ながくて薄暗い身もだえの時に入ったのである。当然のことのように私に弟の苦悩が浮かんだ。少年の身じろぎは親離れだけではない。四歳の少女がま向った瞬間の、おのが生と死とをわが手でとらえるための意識的な出発だった。親といえどもそこへ手をふれるな、と、叫んでいる。——私は度肝をぬかれたようにおろおろとした。

息子から離れたところで、不安にさらされて落ちつけない。ふりかえってみると、私自身もまたその時をすごしたのだ。その少女の日々は張りつめていて何もみえないが心地よい独壇場だった。親たちはその私に下宿生活をさせた。十三歳からの三年間のちっぽけな独立心はたのしかった。私もそうさせたいが金はなし、つとめて母くさくしないことでかんべんしてもらうことにした。が、その私のうしろで、きのうまでの乳くさい母性がべろべろと泣く。私は地域の女たちのグループなどをこしらえて、何やら元気そうにやっていながらこのていたらくを心情の片すみにしていた。東京から男が電話をして、しっかりしなくては青年期の母子関係は保てんぞ、と叱る。そんなもの、生きてみなければ、わからない……　まったく理性と感情とはよい道づれである。息子は私の当惑をけとばして心の元服を終えた。私の呼び名も、ママから、かあさん、おばはん、あんた、となった。娘があわれがって、母上という。私にもおぼえがある。下宿から帰った冬のある日、きょうからお父ちゃんをやめてお父さんにします、といった。

　家族たちはふつう子育て期間は、子どもの成長時間が生活時間となる。社会の共通時間と生活時間は切れていて、たとえば沖縄復帰の年といわれても何年何月というより、あの子が何年生のときだった、というぐあいになってくる。まして母たちは、子育てと自分育てを同時にやりくりしつつくらすので、ええとあの原稿を書いたのは、あの子を保育所に預けていた頃、と、自分の足跡さえ子のくらしが基準である。

　が、子どもの元服は、親たちへその生活時間の変更を迫っている。どんなに小さな独立であれ、その独立は家族の生活時間からの巣立ちで、むかしは若者小屋へ移っていった。昨今はそのような小屋もなく、家に子どもの数もすくないので親はいつまでもべたべた子に従う。メリハリがうすれてしまって、親も子もうす汚れている。できれば子らのこの季節に、父母は自分をとりもどし、家族の青写真を書きかえたいものだと思う。子が生き甲斐でかまわない。ほんとうに生涯かけてそうでありたいなら、関係づくりについて、子育てから自分育てへとびこまねばならないだろう。子は幼児ではなく、わが人生を歩くことを生き甲斐としはじめたのだから。人生を語れるおとなと出会おうとしているのだから。

　誰でもそうかもしれないが、私には子は預かりものという感じがある。天から預かり夫から預かり子ども自身からひととき預かって、たのしい思いをさせてくれる。その預かりの妙味を存分に受ければよくて、それを越えると親子でなくなる。預かりの間柄は、みどり児のころから老化したおとなになっても色彩をかえてつづく。そして死の自在のなかへ燃え立ち、そこで笑いあいたいものだ。私は子を産み誕生したいのちに会った瞬間、そう感じた。あまりにそれは自足していてうつくしかったから。そっと預かり、損ないたくないと思った。

家族が誕生によってふえていくのは幸せだ。あたらしい家族が誕生する。それは信じがたいよろこびで、何か理解を越えた、ふしぎでたまらないことだ。生まれてくるものを待つなんて。まだいのちともよべないものを人として受けとめるなんて。その心の形が、男であり女であったものをかすかに父性へ母性へと歩かせる。父性も母性もそれは心的な対応にすぎないから、胎児へ対する人格的な対応がないならば、水子として流しても心に傷は残らない。また産んでから捨てても心は痛くない。まして男は、胎児であれ嬰児であれ、その生命に向ってわが父性を告げることで親子関係を開始する。みずから父を名のるとき、男は父性となる。受胎が女の意志にゆだねられることが不可能でなくなってきたので、女もまた、受胎ではなく、受母性とでもいうような人格的受胎をしなければ、うそである。生理的受胎から人格的受胎への道を私たち家族は歩いてきている。

余談のようだが、こうなってきて目につくのは、父性開眼の未熟さで、ほんとうにかわいそうなほど、昨今の若者は女たちの受胎独占欲にふりまわされている。若い男の、父性感情が育たぬまま、生まれた子との対応に苦心する姿は、つきあってみてやりきれなくなる。生まれてからではおそすぎる、と、痛感する。タネだけ借りて子が産みたい、という性交から出産までの動物的な性欲は、女たちの誰にもいきいきとうずいている欲望だが、それは性欲が出産とは関係ない男たちの欲情と背中あわせなのかもしれないのである。余談はさておいて、私も子どもが私たちのもとへ生まれてくるということは、なんとも実感しがたくて、この世に存在しないものに会うはめとなってそわそわと落着かなかった。それでも家族としてむかえる準備はととのった。心のうえでも、衣食住のうえでも。

ここまでは夫婦ふたりの世界はひとつといえる。家族関係はまだみぬ子を加えて立場論のうえでたのしく均衡を保っている。

ことことと胎児が私を打ちつづける。意識や感覚を肉体のなかから打ってくる。一般に人びとは性の成熟とともに意識や感受性をも開花させつつこの世に対する認識をふかめていく。男も女も思春期から青年期へかけて成長するのは、性的成熟が大きな役を負っているからだが、それとおなじように、私は身ごもってからもなお内から発信されつづけて、息ぐるしいまでにゆさぶられた。何かとてつもない変化が近づく。そして何かがこわれていく。私の認識のとどかぬところで。

夜なかにふいに眠りから覚まされて、私はたえきれずにそっと戸外をさまよったりした。露にぬれた草々。その実。熟れていくぶどうの房。あまいしずくに丸くなったその房を見上げていると、涙が流れた。ぶどうは熟しつつぶどうの房であるのに、私は何かがこわれる。いや何かがはじまる。胎児ではなく、娘のころの私ではなく、うるんでいる乳房のおくには父母から生まれた私ではない何かが生まれようとしている……

私はその移行の音がこわくて、子の父となろうとする男にしがみつく。

生まれたものから、産むものへの、その変動はただ肉体や感性の破壊や新生にとどまらない。私は詩も書いていたから、詩を書こうとしつつ、書けなくなった。よくよくみつめていると、私が知っていることばのすべては、私という用語すら、生まれたものの意識秩序で流れていた。そこには産むものの肌ざわりがない。私の心は母を呼びつつ泣いた。幾千幾万の母たちの、産室の無力へむかって泣いた。その自己表現の無力さをののしりつつ泣いた。そしてこの世に、産小屋の伝統があるいみを、知った。女たちが子産みのとき、家を離れ村を離れて、うぶごやへ向っていたその民俗の文化的いみを知った。それは、生まれた者の秩序が支配する世の中から、産むものがみずからえらんだ姿に違いなかった。

なぜなら、私も、私のからだに手を当てたままやさしく当惑している男にむかって、なんにもいえなかったから。誕生に対してことばが絶えることを、男の肉体の自然だと思ったから。けれども、二人の世界のそのやわらかな沈黙と、産む女が胎児と二重になった人格をみずからひとつのことばで語りつつ、その創造世界を作ること、とは次元がちがう。ましてその自己表現のてだてすらみあたらないなど、これは家族の問題ではなく、女たちの文化にかかわることだった。ひいては男性女性の想像力の開発に関することであり、想像力は文化の泉なのである。私はわが肉体に追いつけない思考がもどかしかった。けれどものぞみは消えない。まだ時間はあるし、私が感じたことぐらい、ほとんどの女が気づいていると信じたから。ただそれを語りだすきっかけを閉ざされているだけなのだ。

この産みの体験による感受は、私が炭坑町で女たちのサークルなどをもたつきながらやっていたころ、同居中の男からくりかえし罵倒された。当然だと思う。うまく伝え切れないのだから。が、罵倒されていると、男という生理がとらえた世界の秩序感覚は伝わってくる。なるほど男とことばと世界との内的関連はそうなっているのか、と思い、針に糸を通すように、いつかはその思考経路にちいさな穴をうがち、細い絹糸で女の世界と結びあわせたいものだと考えた。なぜなら人はくりかえし生まれ、かつ産みつづけているのに、産みの思想が文化から消えて久しく、そこはあっけらかんと真空であり想像力すらはばたかず、物質生産の原理に人の生ま身も知力もうばわれているのはさみしすぎるから。ただただ、さみしいから。

私は、人びとは死に対して想像力を育てたように、生誕に関してもまず女が口火をきることができれば、さまざまな角度からの思想をかもし出し、生まれた人間から産む人間への過程をも意識化すると信じている。それは自然破壊に対する人間のたたかいの根源となる部分だから。そして家族は、「産み」の意識化にそって変転すると思う。社会の物質生産の原理におしながされて、労働力の再生産としての出産・生誕に閉ざされるのはごめんだから。性交と生誕との間に、ことばの川も橋もないなんて、人間としての恥だから。だいいちロマンがないのだもの。

夏にはめずらしく、さやさやと風が吹いてくる。私は子どもが中学生のころから肝臓障害に悩んだ。買物に出ても、ほんの四、五分の道がつらい。子どもらがつきそってくれて、荷を持ち、くすりを買いに走り、あえぎつつすごした。原稿書きは生活の糧でやめるわけにはいかない。そのエネルギーだけで一日の活力はせいいっぱいで、それに加えて訪問客に会うと、嘔吐にくるしんだ。ひどい時は来客のあと四、五日じっと寝ていた。人びとが仮病だというのはつらかった。活力のあるときは平気でいつもの働きができるからである。ただその持続力がない。なんとか体力をこれ以上弱めず、この体力にみあった生活のリズムをつくりたいとつとめた。原稿を最小限度にし、外での仕事のすべてをことわり、来客泊り客に失礼し、一日数時間を寝ることにした。子どもらがそのいやなことわり役をしてくれたが、長年月のあいだにたまりかねたのか、自分のことは自分でしなさい、といったりした。子産み五、六年間が峠で、だんだんと回復してきた。ふりかえれば夢のような元気がもどってきた。子産み子育ての折々に感じたことのほとんどは、まだ解きあかしようもなく残っている。が、人並みの健康にもどり、ほっとしたときには更年期にはいっていた。かわり目である。何がかわるのか。若さのおとろえ。子産みの終り。そして家族たちひっくるめての更年期が来ていた。前方には未経験の混沌がひろがるのがみえる。生殖年代には見えなかった心の風景が、幾重にも重なってつづいている。その重なりの果が死であることを理性が受けとめる。そして何かがなおはるばるとその先へもひろがるものをとらえる。その果へ蝶のようにとびたいような情感が湧きあがった。その重なる風景はさぞ味わいがあろうと、私は好奇心にいざなわれて、これまでの生にきれいさっぱり未練がなくなった。

これまでの生、と私がいうとき、それは肉体がふくらみ、わかれるような、増殖感覚で支えてきた家族を指していた。子どもは二人しか産まなかったが、育てているあいだ、というよりも三十代四十代の女の感性は、子にも異性にも風景にもしたたる乳をささげたいような愛撫の感覚がうずく。その感覚で働いてきたこれまでの生との別れ。

私は自分の前方にひろがる風景に人びとが生きているのをみた。今まではその人びとも風景としてしかみてはいなかった気がする。が、さぞやその風景に生きる人びとの精神は特質ゆたかであろうと、私自身が生きてみたく思えてしまう。そこに生きる男に出会いたいと思ってしまう。そこに生きる女に出会いたいと気持が動く。

　これから先、なお私がいくばくか生きるとして、それはもう増殖との二人三脚ではなく、子産みの生理を通りすごした女としてこの世を愛すのだ。それは乳を飲ませるような、愛すれば肉体が増えていくような、そんな遠心作用ではなく、私は自分の生理がしめすままに、愛しても私はこのまま私でいるような、そんな生を歩いてみたい。この前方にひろがる風景に飛んでいって、そこで生きるにふさわしい私に会いたい。

　私は更年期といわれる日々を、そんな思いで歩きだしたが、あまり自信がなかった。健康が保てるかどうかもわからないし、何よりも私はおとなになれるかどうか不安なのだ。自分の幼なさは十分に知っている。とても人生の深みにさわれる柄ではない。それでも行ってみたい。そこを踏み歩く朗々とした男に会いたい。そこには何があるのかしら。

　この思いは、多くの家庭のなかで女たちが感ずるものではあるまいか。そして伴侶のなかに新生する男をみつけることができたなら、これにこしたことはない。また男たちも妻にその第二のエロスを見出すなら、きっと幸せだろう。しかし必ずしもそういかぬ場合もあると思う。人びとはさまざまな体験をくぐりながら個性を展開していくものだし、青春の顔と五十歳の顔とはたいそう違う。そしてまたその求めるものも異ってくる。また家族愛と異性愛とはニュアンスを異にする。私は自分が家族を求めているのではないことを感じた。

私の肉体はエロスをたたえながらもはや増えることはない。娘のころ、わたしも一人前の人間になりたいと願ったが、生きてみると、それは蝶のように幾度か変身するものであったらしい。これから先、またどのような転換のときが訪れるのか、私にはわからないが、ともかくここまで来た。生殖期の感性をぬぎすてた女のエロスはどのような感触なのだろう。私は娘たちが開花の予感を心身にたたえて歩くように、わが身に耳をすます。

娘のころに一人前の人間になりたいと思ったとき、私は細い木が樹木になるようなものと予感し空想した。が、女が一人前になるということは、そのようなストレートなものではなかった。「私」と実感していた樹木が死に果て、死体のうえに麦の畑がひろがるような、身ごもりにともなう予感の破壊と変身だった。しかも単性生殖ではなく、他者をわが心身のうちにはらみつつ果す。単純に子産み子育てというけれども、娘時代まで単独者としての自己形成を少年たちとおなじにやってきたものが、異性世界とまじわり、異性どうしがともに生きる世界をさがしながら、子を産み、育てる。かつての自己形成の手段はもはや役に立たない世界を女たちは生理の変転にともなって歩くのだった。

更年期はその私の、さらなる変身のときのようだ。生きてみて気がつくのだが、このような生の折り目に、むかしは人びと共通の通過儀礼があった。その風俗は本質からはずれて歪《ひずみ》が多いものとなったようだが、生の認識には役立ったにちがいない。すくなくとも子産み子育てばかりが目標めいた家族設計よりも、息が長い。ともあれ、肉体は肉体自身の主張をもっていて私のもとに訪れた。こんなぐあいならば、私がそのあたりの景色にみとれている最中でも、肉体はおかまいなしに死ぬのかもしれぬ。私はシュンの野菜を食べたがる主婦さながら、肉体の変身にともなってその季節らしさを生きたい。どこか秋の虫とりに出たがる子どもめいて無防備に旅立ちたい。

そう思って古くなった家族の巣をとりはらい、これから先の住いらしくしようと子どもたちと話し合ったりする。まだ老後を養ってくれという話にはならない。そうではなくて、私を乳のみ家族のなかの位置から放ってくれという感じのものである。すると、子は、どうぞ、といともあっけない。みれば、子どもらはとうのむかしに、母の座なんぞその心の中にない。元服期のみずみずしさも消え、どこやら捨て身のかまえですたすた出発してしまっている。娘が身ぶりだけはにっこりふりかえる。娘も息子もともに上京してしまった。

私はどこかがっくりと坐りこんだ。他人はあなたは仕事があるからいいね、というけれど、でもそれとこれとは違う。とりかえはきかない。私は食欲を失った。空腹でたまらないけれど食欲がまるでない。人間の剝製みたいにぼんやりしてしまった。

この脱力がどのくらいつづいたろう。子離れは動物的なさみしさだと思った。埋めあわせはきかないのである。世のすべての親たちがこれを味わってきたのかと思うと人類に頭がさがる。まったく人類に感服しいしい、さみしさになれ、それをたのしむことを覚えた。やれやれだった。

似たような年代をすごす女性から電話がかかる。五十になった夫が女をつくった、という。気がしれない、という。気がしれないなんてうそでしょう、よくわかるわよ、と私がいう。電話の奥で更年期の女が、二十歳そこその欲望をくどくど告げる。こんな話を夜毎にきかせられる旦那がかわいそうになる。五十男をみそこなうなといいたくなる。彼女にふさわしい相手を紹介して私は逃げたくなる。そののちもしばしば夜ふけのベルが鳴り、女の訴えが二時間にも及び、耳のなかがじんじんした。私は彼女に男を紹介した。すると、ねていいかと電話がかかる。知ったことじゃないのに。やがてまたベル。夫は女と別れたのにわたしを抱いてくれぬという。そのわけを問う、という。

知ったことじゃないけれど、わかりすぎるほど感じとれるのは、子育てを終わった家族がエロスのイメージをえがきかねている姿である。性愛は、子産みにかぎらず、共通の世界をはぐくみ育てぬかぎり持続しない。生殖年代をすぎてから、夫と別れてくらしたいといい出す女たちは少くない。自活することに力強い炭坑育ちの女は、ためらいなく別れてくらしている。そして、子ができる心配がないから男妾を置いている、などといって笑う。

私は夜ふけの訴えの電話にいう。あなた方のように異性愛を失った夫婦でも、それなりに家族愛をもちあうことはできるでしょう。それで十分だと思うけど。おいやなら、人びとと出会うよう元気よく世の中にお出なさい。人間に出会うのは何よりの娯楽だから。世の中噛みしめていればきっと誰かにめぐりあうわ。そのうち、旦那さんの気持ちもわかるわ。

するとは電話の女がからんだ。あなた、うちの主人と関係があるのでしょう、だからわたしに親切なのでしょう。ああもう切りたくなった。旦那がしみじみかわいそう。

家族のありようは家毎に個性的である。私は年老いた家族をもたずにくらしたので、世の家族の重さの半分もしらないだろう。親しい友人たちも親とくらしている人はいない。が、私が住む地方都市の近所の家々は老人のひとりぐらしが多い。銭湯に行ってみると、そんな女たちが湯ぶねのそばでのんびりと話をしている。ごはんはもう食べたかね、といい、ああ、とこたえている。まだ陽は高い。ひとりじゃから簡単だものな、けど、ぜいたくして食べな、わが体じゃから。そうたい、金残してもなんにもならん、わが体に食べさせな。

家族に食べさせたくて日銭かせぎに行き、帰っては炊事をした女たちが、たがいに背を流しあいながら、わが体に食べさせることを話している。そういえば私も家族たちに食べさせたくて炊事をした。炊事や料理を自分のためにした覚えがないほど、家族や来客のために水辺に立った。それがたのしみで、結局は自分もたのしませてもらった。もし、なお私が生きるとして、今は家族の一休みのときなのだろう。

私はあるがままの自然さを好むので、予感のないときはないまま、何かふくらんでくれば熟しゆくまま、これから先の家族づきあいをしたい。この小文で追ってみたように、生成発展する人間たちの各段階はそれぞれの時間ごとに特質がある。これを同じ原理で生かそうと思うのは無理である。けれども同一原理のものだけでまとまり、異質原理とのあいだに共存のすべがないのもつまらない。

おおげさな話をするが、大黒柱的家族原理は私たちにまだまだしたしいので、家族づくりばかりでなく、企業とか地域組織とか集団とかその他もろもろのグループづくりは、大黒柱が打ち出す原理と同調するものだけの集まりになりやすい。多様な原理の交換が活力を生み出すような意識空間を、私たちは考えてみることはへたである。そのへたな私たちが、敗戦後ささやかながらマイ・ホームをつくりはじめたのだ。当然のことに子産み原理だけのホームである。自立をめざす少年期も、個の尊厳を育てようとする精神も、更年期の男も女も、老年も、ことごとく排除する性の一対の閉ざされたさしむかいが、マイ・ホームのさしあたっての出発である。私自身がそうだった。日本のような家族主義のくにで、有史以来うすぐらい納屋にいれられていた若夫婦のさしむかいが、その市民権を得たのである。が、残された問題は多い。

残したままの問題は多いのだから、傷つきながら私たちはそれらに向っていきたい。たのしみながら傷つきたい。

いまは真夏。草々も空も燃える。社会にシンボルは消えて時が経つが、家々のうちそとでなお人は生まれ死にゆくのである。

産み・生まれるいのち

私も人並に子を産みました。地縁血縁に囲まれた大家族の中の長男を、それらから引き剝がし、二人ともなんの支えもない、宇宙の中の偶然な生物どうしのような新しい世界が欲しくて、親世代までの歴史や伝統を焼き払って生きようと話しました。それは女や男にかぶせられてきた数々の観念を、拒否することでもありましたが、私にはアジアの盟主としての日本という明治以来の日本人の生き方の拒絶でもありました。とにかく、こんな内容が、恋人どうしの日常的な、なんでもない会話だった時代なのです。一九五〇年代の初期の頃です。

妊娠はうれしかった。新しい時代へ、いやでも踏み出す思いでした。私は地元の日本赤十字社の産院で助産婦さんに頼みました。子どもは夫とともに産みたいのです、と。

母を十代なかばで失い、学生生活のほかには年寄りも赤ん坊にも接したことがない私は、出産に関する地域の風習とも切れている強みがありました。ぜひとも自分たちの望む出産で子どもの生誕を祝いたかったのです。

生めよ殖《ふ》えよ地に満てよ
いま生まれくるものら
夜のなかにしずかなれ
おやたちの足を凍った海峡に捨てよ

私は心に浮かんだり消えたりする詩のかけらを、胎内の生命へ注ぎながら、夫と二人で子を産むことが、ごく自然なことなのだと思っていました。

「二人で産みたいの？　ほんとう？」

四十代の助産婦さんはそう問い返し、にっこりされた。

「それが、ほんとのお産。赤んぼは夫婦がいっしょに産んで、夫婦が力を合わせて育てるのが、ほんなこつバイ」

そして予定日がきたのにまだ陣痛の訪れぬまま入院を願ってやってきた私たちを、二階の畳の部屋に案内し、「まだまだ産まれんバイ。産院の廊下の掃除でもしとかんね。陣痛がはじまったら、ここに用意するから、安心して掃除の加勢をしなさい」と笑われました。

私は陣痛微弱のまま破水して産褥につきました。助産婦さんは助手二人に命じながらテキパキと動き、私たちへ指図されました。

「ご主人は奥さんの枕元に膝ついて坐って、奥さんの頭を膝にはさんで両手をしっかり握ってあげなさい。いいですか、二人とも、わたしの言う通りに呼吸をしてください。力んでも生まれませんよ。ゆっくりと、大きく息をします。お腹の赤ちゃんが生まれようとしている動きに、合わせて呼吸をします。

はい、ゆっくり吸って。吸って。はい、そう、ゆっくり吐く。フーッ。そう、はい、吸って……」

陣痛はひどく痛んだにちがいないのですが、私の記憶の中に痛かったという身体的な感覚はまるで残っておりません。むしろからだを、生まれようとする新生児の自由のために貸して、私自身のコントロールは助産婦さんと夫へゆだねて、私の心身は生まれるもののイメージへと飛翔していたような、そんな心象のほうが強く残っているのです。つい近年まで私は夫とともに産むということが、特別なこととは思ってはいませんでした。

私がお世話になった産院は、九州の有明海に注いでいる大きな川、筑紫次郎と呼ばれていた筑後川の中流域の、久留米市の日本赤十字社の附属産院でした。地域社会の気風は、ゆったりとした米穀産地の筑後平野ですから、先進的ではなく、微温的であり情緒的な風景の中で人びとは「おどんがクサ(わたしがね)」と、のどかに話し合っている感じでした。菜の花畠が市外の住宅地の附近一面にひろがっていました。

私は伝統的なお産もあれば、私のような産み方もごく一般的なものだと思っていました。なぜなら、助産婦さんが、「それがほんとのお産バイ」と快く受けとめてくださったからでした。

もし、夫とともに産むことを地域の伝統を乱すものとして拒否されていたとしたら、ほとんど立ち上れぬほど、日本に絶望していたことでしょう。そして弟を、出産の直後に失いました。あれほど力づけ合いながら、この日本で自分を生み出そうね、と話し合ってきた弟を。彼は東京で、早稲田の学生でした。死の直前に、私の家へ、また話にきました。私としては、当時の私の、せいいっぱいの会話を夜が白むまでしました。彼は私よりも、もっと直接的に社会とたたかっていました。彼は日本に希望が見出せない、と言い、私へ、女はいいね、と言いました。肉体に思索の原点を置けるから、と。私は、どちらも同じではないかしら、社会とのかかわり方の差が今の若者につらいのだと思う、としか言葉にできませんでした。

もし、あの助産婦さんに会わなかったとしたら、私の子産みは全くちがっていたと思いますし、弟に死なれたショックと二重になって、その後を今日までの歩みのように辿ってはこれなかったと思います。

一九九三年の初夏の一日を、私は福岡県久留米市に当時の助産婦さんをお訪ねしました。すでに当時の建物はなくなっていました。加生《かせ》百代さんというその方は四年前に九十歳で故人となっておられました。医者になった長男も故人、医者と結婚された長女、二女はご健在とうかがいました。

加生百代さんは明治三十二年（一八九九年）生まれですから、私の出産に立ち合ってくださった昭和二十八年（一九五三年）は、五十四歳でいらっしゃったことになります。私は四十歳代と思っていました。あらためてふりかえりました。私の亡母よりも年長でいらっしゃったのか、と。私の母は二十一歳で私を産む時、当時植民地だった朝鮮の南に位置する都市で、日本人の産婦人科および小児科を経営する医院にお世話になっています。その医院に勤めて私を取り上げてくださった助産婦さんも院長先生も、私は顔なじみとなっていました。父が出産に立ち合ったかどうか聞いていません。

加生百代さんは、いつ、どこで、「お産は夫婦でするのがほんとうです」と自信をもって答えられるご自身を育てられたのでしょうか。久留米日赤助産院は昭和七年（一九三二年）の開業のようです。日赤診療所に附属していて、診療所には女医さんが所長としておられました。加生さんは産院の主任で、助手の四、五人は見習いと呼んで助産婦学校の卒業生がわずかな手当で働いていました。百代さんの夫君が診療所の事務を担当され、戦争中も幸い空襲の被害を受けずに営業してきて、戦後も診療所とともに助産院はつづきました。そして、閉鎖まで一貫して加生百代さんが助産院を担当されたのでした。

ところで、ついこの春に、私は福岡県女性史の編纂・執筆を十余人の方々と担当して、『光をかざす女たち』という福岡県女性のあゆみを刊行へとこぎつけたのですが、この本の民俗の分野を担当された佐々木哲哉先生から、私が体験した出産と同じ夫婦による出産経験をうかがったのです。先生のお話は、私の出産と同じように、夫が枕元で産婦の頭を膝頭ではさみ、両手を握りしめ、助産婦の指示のまにまにゆったりと呼吸をしながら子を産むというものでした。先生が、全身がこわばって、子の誕生とともにぐったりした、と笑われました。昭和二十二年（一九四七年）から二十八年まで、四人のお子さんはみな、こうして誕生されたそうです。福岡県田川市の助産院佐々木スガさんの指導だとのこと。

佐々木スガさんは私立福岡産婆養成所の第十回生。大正二年（一九一三年）三月二十三日卒、と麻生徹男編『福岡産婆養成所』（石風社刊・一九八七年）に記録が残っています。

産後、赤ん坊と一対一で何日も閉ざされるのは苦痛ですが、しかし時々自分に立ちかえって一息いれながら、一緒に生きているのは、とても心満ちました。生まれたばかりの飾りのない人間のみごとなこと。ほれぼれします。私は母乳で育てましたが、母乳が多くて近くの坊やにも飲ませていました。無心に飲んでいる赤ん坊を抱いていて、つくづくと思ったのは、私は赤ん坊の食べ物なのだ、ということでした。授乳の間くらい、食べ物になっていましょう、と自分へ話しました。何か納得するものがあります。そうか、「産み・生まれること」とはこんなことか、と。でもそれは私もまた生物なのだという納得であって、私という個人の全体ではありません。

私は自分が次の世代の食べ物なのだと感じた時、何かが閃めきながら消えたのを思い出します。ひょっとしたら、歴史時間のどこかでそんな感覚を共有し合った女たちの生活があったのかもしれません。でも、私の時代は母乳哺育は古典へと入りかけていて、わが子と近所の子が飲み残した乳を痛みをこらえて搾り捨てる時間が惜しまれました。私には、授乳の間の母体と赤ん坊のとろりとした風景を社会の動きから守ろうとする姿勢と、この世に生まれた一人として社会とまともに対応して、弟に詫びたい思いが、同居していました。そして、もちろん、後者のほうが意識的でした。

私は意識的な方へ向かって生きていきました。生物である私よりも、社会的な存在である私のほうが大事ですから。赤ん坊もまた同じです。仔犬のように乳を飲みますが、やがて全身で語りかけます。幼児期は親の困惑など無視して親を食い荒らしますが、たちまち親よりも自分が大事になり、社会への予備軍へ入っていきます。

死について古来人びとはさまざまに考えてきているのに、産むことについてなぜ人間は無思想なのだろうと、若い頃から疑問に思ってきました。死は個人にとって、個としての生活を完結させます。これにたいして、産むことは個に限定しがたい生態です。それは異性と子にかかわり、他者の発見に通じます。

個的完結は思索の対象としてまとまりやすいのですが、他者の発見そして他者の承認は容易ではありません。それはややもすれば個の崩壊へと傾きかねません。

日本では近代化過程で、従来の村落共同体の形を変化させてきましたが、それは個人尊重の方向へむかうことなく、性的役割分担を基盤としました。敗戦とともに青春をむかえた私のその後は、この性差別とのたたかいだったといって過言ではありません。そして近年ようやく、産むことも両性のテーマとなってきました。私が若い頃からくりかえしくりかえし自問してきたことが、ともかくも小著(『いのちを産む』)となったのも、同時代の多くの女性たちのおかげだと思っています。風景であれ、他人であれ、対象へ自己を投影させるのは容易です。社会にたいしても似たことがいえます。それに反して、草木であれ、赤ん坊や老人であれ、対象の固有性を認めてともに生きることはたいへん困難です。

産むことも同じで、産むことを両性が役割分担として社会化させたり、女たちが女個人の欲望とし、女の性の完結の一部とするのは簡単です。しかし、産むことは、生まれることなのです。生まれるいのちを、人間は産むのです。時代は、人間たちの意識の開花を待っています。まだ未開の人間性の分野が私たちには厚く残っているのかもしれません。先進国は文明国だと思っているのが今の私たちですが、消費しきれぬモノに圧迫されつつ地球の明日を不安に思うなど、まだ下等動物なのだと思います。

娘へおくるうた

あなたはだれのものでもない　あなたは　ただ　あなたのもの
はるのひかりが　あなたにふれて　あなたをのばす

わたしに女の子が生まれたとき、わたしはそのまるまるした、ちいさなからだをみつめながら、こんなことばをささやきかけた。その子を日なたにだして、太陽にあてて、手や足をひっぱったり、足くびをつかんでさかさまにぶらさげたりして、乳児体操のまねごとを毎日した。離乳食をたべるようになったころも、「あなたは　ただ　あなたのもの」とおもい、どうかこの子が、ひたすらそのもっているものを養い育て、そして開花させてくれるようにとねがいながら、さじをその口もとへ運んだ。そのころは、もうわたしの手におえないくらい、かってにさわいで、食事をうるさがるほど夢中であそんだ。そんなふうに夢中になれるということ、それを、わたしは子どもにのぞんでいた。一生、そんなふうに、夢中になって生きてほしいとおもった。

でも、それはとてもむずかしいことなのだ。子どものころは、砂や水を相手にして、ながい時間あそぶことができる。わたしにもまだそんなあそびの記憶があざやかにのこっている。朝顔の花をたくさんつんで、赤い水やあおい水をこしらえてあそんだ。赤から、うすいピンクまでのさまざまな色合いのうつくしさに、われを忘れてあそんだ記憶が、あまりあざやかで、あれはわたしの幼時だったのか、わたしの子といっしょにあそんだことなのか、わからなくなるほどである。

そのように、子どもは夢中になって、なにかをせっせと追いかける。そしてすこしずつおとなになる。おとなになるにつれて、そんなに夢中になってなにかを追っかけてると、あぶないぞ、と、無意識のうちに自分にセーブをかけてくる。きっと、世のおとなたちが、そうさせているのだろう。とくに、女の子には、さまざまな手かせ足かせをかけてあまり自由に生きると、けがをするぞ、と、しらせる。

でも、いのちとはいいもので、思春期になると、かたいつぼみがほころびるように、すべての生きものが二度目の誕生をむかえる。世のおとながどんな手かせ足かせをかけようとも、その自然の力はおさえることはできない。

このすばらしい芽ばえのとき、わたしはもう一度、娘にあのことばを贈る。

あなたはだれのものでもない　あなたは　ただ　あなたのもの
はるのひかりが　あなたにふれて　あなたをのばす

そうだ、ほんとうに、そうなのだ。空にかがやいている太陽は、生きとし生けるものすべてに、そのすこやかな開花をもたらすのだから、それを二度目の誕生のとき、人は、自分で、こんどは意識して、はっきりとその手でうけとらねばならない。いままでは母胎からうけついでいたもので生きてきた。けれども母胎がみどり児へおくったものの役は、すっかり終えた。二度目の誕生にさしかかったのだから。

むかし、女の子は初潮をみると、母親は赤飯をたいて一人前の女になったと祝った。わたしは娘のそのとき、ふたりだけで町のレストランで食事をたのしんだ。でも、女の子の二度目の誕生とは、そのような生理のうえの発育がめじるしではない。もっとふくよかで、もっと不安にみち、期待にはずみ、はじらいにみちた生誕である。ちょうどひろいひろい海のうねりのなかから、ビーナスが立ちあらわれるように、はるかにひろがる異性の世界へむかって、おさえようもなくあるきだす。ひとりで。

ひとりでふみしめる力が、しなやかで、みずみずしいとき、人は、人を愛することに自信をもつことができる。愛されることに自信をもつことができる。

ひとりで、しっかりとこの世のなかをふみしめること。それは砂や水を相手にして、夢中になってあそんだ、あの幼い日の自分を、自分の手で、よみがえらせることなのだ。こわがらず、けがをおそれず、つぎのようにこころのなかでうたいながら。

　わたしはだれのものでもない　わたしは　ただ　わたしのもの
　はるのひかりが　わたしにふれて　わたしをのばす

こんなうたをこころにうたうことができるとき、人びとは、愛する人を、のびのびとこころに抱きとめることができる。また空をあおいで、ゆったりと生きることができる。自立とはそういうことなのだ。

わたしは子どもたちが巣立ったあとも、そんなうたをうたいながら、生まれたことを感謝しつつぼけていくことでしょう。

後記

第Ｉ章　原郷・朝鮮とわが父母

幼いころの母の記憶　『保育カリキュラム』一九七一年二月（『異族の原基』大和書房、一九七一年所収）

ひそかな田植え　『講座　農を生きる　5』月報、一九七五年十月（『光の海のなかを』冬樹社、一九七七年所収）

十四歳、夏　『第三の性』三一書房、一九六五年二月。河出文庫、一九九二年五月（本書収録にあたって付題）

無言の交流　『戦争と庶民』朝日新聞社、一九九五年三月（『いのちの母国探し』風濤社、二〇〇一年所収）

蝶　『朝日新聞』一九七七年四月十一日―二十三日連載「日記から」より（『光の海のなかを』所収）

詩を書きはじめた頃　詩集『風』あとがき、一九八二年四月（『詩的言語が萌える頃』葦書房、一九九〇年所収）

書物ばなれ　『私の本の読み方・話し方』ダイヤモンド社、一九八〇年二月（『髪を洗う日』大和書房、一九八一年所収）

風土の声と父の涙　『望星』東海教育研究所、一九九九年四月～二〇〇一年三月連載「いのちのまなざし」より（『いのちの母国探し』所収）

一度みた学校　『すばる』集英社、一九八四年九月号（『詩的言語が萌える頃』所収）

母のこと　全日空機内誌『翼の王国』二一九号、一九八七年九月（初出時は「明治のおかあさん」。『詩的言語が萌える頃』所収）
母のいけ花　『新婦人』一九六三年八月（『光の海のなかを』所収）
生きることは愛すること　『ミセス』文化出版局、一九九七年十月号（『いのちの母国探し』所収）
親へ詫びる　『エルナイン』丸の内出版、一九九〇年五月号（『風になりたや旅ごころ』葦書房、一九九一年所収）
米味噌　麦味噌　『PHP』三四三号、一九七六年十二月（『産小屋日記』三一書房、一九七九年所収）
海へ　『結婚前のあなたに』PHP研究所、一九七九年一月（『髪を洗う日』所収）
わたしのかお　『アジア女性交流史研究』三号、一九六八年七月（『ふるさと幻想』一九七七年所収）
二つのことば・二つのこころ　『ことばの宇宙』一九六八年五月（『ふるさと幻想』所収）

第2章　十七歳、九州へ

神話とふるさと　『大人の童話・死の話』弘文堂、一九八九年
「日本式共同体」を越えたくて　『昭和を読む――知識人26氏の人生と考察』読売新聞社、一九八九年三月
父の一言　『PHP』一九八〇年十二月（『旅とサンダル』花曜社、一九八一年所収）
自分の時間　『ノーサイド』文藝春秋、一九九一年十二月（『いのちの母国探し』所収）
青銅のマリア観音　『第三の性』（本書収録にあたって付題）
ひらかれた日々へ　『婦人公論』一九七六年六月号（『産小屋日記』所収）
私を迎えてくれた九州　『九州人』一九六八年二月（『ははのくにとの幻想婚』現代思潮社、一九七〇年所収）
なぐり書き　『出版ダイジェスト』一九七九年十二月（『旅とサンダル』所収）

思い出せないこと　『暮しのせいしんえいせい』一九七二年春第四十一号（『匪賊の笛』葦書房、一九七四年所収）
骨の灯し火　岡崎耕大作「肥前松浦兄妹心中」上演パンフレット、一九七八年七月（『旅とサンダル』所収）
白い帯　『茶道の研究』三三巻六号、一九八八年六月（『詩的言語が萌える頃』所収）
手織り木綿　『西日本新聞』一九七九年四〜五月（『ミシンの引き出し』大和書房、一九八〇年所収）
般若を抱く人形　『目の眼』一九八一年八月（『旅とサンダル』所収）
先例のない娘の正体　『思想の科学』一九八一年四月（『髪を洗う日』所収）
ちいさないわし　『西日本文化』一九七三年八月（『匪賊の笛』、『光の海のなかを』所収）
ひとさじの粉　『月刊健康』一九七九年十二月（『旅とサンダル』所収）

第3章　戦後、新たな旅立ち
飛翔　『母音』一九五〇年十月（『かりうどの朝』深夜叢書社、一九七四年所収）
悲哀について　『母音』一九五四年五月（『かりうどの朝』所収）
ほねのおかあさん　原題「貝の唄」として森崎和江個人詩誌『波紋』二号、一九五六年八月（『さわやかな欠如』国文社、一九六四年所収）
筑後川の夕陽　『季刊　銀花』文化出版局、一九九四年三月（『いのちの母国探し』所収）
詩人　丸山豊　『いのちへの手紙』御茶の水書房、二〇〇〇年
『母音』のころ　『野田宇太郎・丸山豊』野田宇太郎文学資料館ブックレット1、一九九一年
谷川雁への返信　『母音』一九五五年九月
夜霧　『結婚前のあなたに』ＰＨＰ研究所、一九七九年一月（『髪を洗う日』所収）

女たちの戦後三十年と私　『さんいち』一九七四年十一月（『産小屋日記』一九七九年所収）
冬晴れ　『結婚前のあなたに』ＰＨＰ研究所、一九七九年一月（『髪を洗う日』所収）
ゆきくれ家族論　『潮』一九七八年九月（『産小屋日記』所収）
産み・生まれるいのち　『いのちを産む』弘文社、一九九四年より抜粋（本書収録にあたって付題）
娘へおくるうた　『看護』二八巻四号、一九七六年四月号（『光の海のなかを』所収）

〈解説〉

果てしなく血を流し生まれかわり産みなおし書きつづける、旅

姜 信子

もう四年にもなるでしょうか。冬でした。濃紺の厚いコートの襟を立てて乗り込んだのは、熊本から東京に向けて午後五時頃に出発する寝台特急はやぶさで、乗り込むとすぐに、シベリアでも、中国東北地方でも、サハリンでも、どこでも、どんな寝台列車に乗っても必ずそうしてきたように、まずは毛布・シーツを狭く細長い寝台上で整えて、カーテンを引き、重い服を脱ぎ、荷物を足もとにまとめ、折り目正しい仰臥の姿勢で横たわり、低い天井を見つめたり目を閉じたり息をしたり止めたり、私の心臓の鼓動とは違う脈動で延々走る列車の揺れを全身に染みいらせて別の心臓を持つ別人になってみたり、長く冷たい鉄路に今までとは違う自分が生まれ落ちそうな予感を勝手に孕ませて産道をガタンゴトンと脱け出そうともがいてみたり、それに疲れてひたすらじっとしてみたり、そのうち、私が子どもだった頃の未来の宇宙船の睡眠カプセルにひとり横たわり再生の目覚めの時を待つというのはこういう感じでもあるのだろう、などと埒もないことを考え始めたりもするのです。

そうそう、四年前の熊本発の寝台はやぶさでの話を私はしようとしているわけなのですが、そのただ運ばれていくだけのひとりの時間が関ヶ原あたりまで流れた頃だったでしょうか、不意に携帯電話がなった、旅のさなかの私には大事でも起こらぬかぎり連絡をよこさぬ家人から。あわてて睡眠カプセルから飛び出して、列車の通路に出た、そこで聞いた話は、森崎さんから葉書が届いている、これはすぐにあなたに知らせなくてはいけないことが書いてある、今から読み上げる、ということだったのです。

そのとき読み聞かされた言葉にはここでは触れません。ただ、その言葉を聞いたその瞬間から、東京まで私を運んだ寝台特急はやぶさの、私の小さな睡眠カプセル寝台は、目には見えない真っ赤な血の色に染まった。

それは、私が旅立つ数日前に放った矢のような問いに身をえぐられた森崎さんの、生々しい傷から溢れ出る血であり、そのことにどうしようもなく手遅れになってから気づいた私の愚かさという傷から滲み出てくる血でもありました。

以来、私は、はやぶさには乗っていません。

以来、私は、どうして、あのような愚問を森崎さんに放ったのだろうと考え続けています。

そして、いま、私は、なぜ、この「解説」という題された場で、けっして「解説」などにはならぬであろうこのような文章を、こうして書いているのだろうかと、自問を繰り返しているのです。

私の放った愚問。それを書き連ねた手紙は森崎さんに送ってしまって私の手元には残っていないので、幸か不幸か、その愚問をここに再現することはできません。だから、ここに記すのは、私がいまも身に抱え込んでいる「愚」の源のようなことがらです。

そもそも初めて森崎さんにお目にかかったのは、岩波書店の月刊誌『世界』の対談企画でのこと、たぶん六年前の出来事だったはずです。北九州の宗像のお宅にお邪魔しました。宗像の海辺をご案内していただきました。宗像大社の境内を歩きました。海の見える場所で互いの旅の来し方、行く末を語り合いました。その出会いをきっかけに、数年後には森崎さんがかつて暮らしていた炭鉱町で森崎さんと親しい人々とともに焼肉を食べたり、そぞろ歩いたりもしました。

その頃の私は、朝鮮半島に近代国家というものが成立するかなり前から生きる糧を求めて朝鮮半島をあとにして満州、ソ連極東、サハリン、中央アジアへと流れ流されていった民の足跡を追う旅をしていました。

流民の旅はそれぞれに出発地の異なるさまざま移民難民の知られざる足跡と、時に交差し、時に重なり合い、時に呼び合い、時に闇道けものみち地の底の道へと道連れていくもの。そんな旅の道筋のなかで、私は森崎さんの『からゆきさん』を読み、『与論島を出た民の歴史』を読んだ。『まっくら』を読み、『闘いとエロス』を読み、『ははのくにとの幻想婚』を読み、『第三の性』を読み、『産小屋日記』を読んだ。次から次へと道しるべのようにふっと姿を現す本の中へと入り込み、そこから外へと延びてゆく道をたどり、森崎さんの踏みしめた小道細道脇道にも足を踏み入れようとしていた。

ああ、私の前に、私よりもはるか先に、私が迷い歩いてきた道、これからも歩いていこうとしている道を、諦めることなく倦むことなく倒れることなく独り歩き続けてきた人がいる。険しい、厳しい、いのちがけの、尊厳に満ちた歩み……。そんなため息を私はもらしていた。

その人、森崎さんの旅の出発地が、植民地「朝鮮」でした。

「朝鮮」。それは私にとって、森崎さんとの接点ともなり、深い溝にもなりうる、まことに厄介なものだったのです。

私は俗に「在日」というふうに括られ、呼ばれがちな存在です。何かと朝鮮・韓国とのつながりを意識させられるような立場に生まれ落ちています。良くも悪くも、そこが私の旅の出発点、とでもいうところでしょうか。

ところが困ったことに、私は生来、群れとか党派とか集団とか教団とか民族とか、何かを中心に奉っている人間の集まりとか、何かに寄りかかる人間たちの匂いとかが生理的にだめで、そんな類のものをたとえば「在日」というような言葉に大雑把に括ったり、名づけたり、呼んだり、自分がそこに括られたり、そう呼ばれたりすることを嫌悪し吐き気を催し悪態ついて尽きることを知らぬどうしようもない激しさを自分のなかに抱え込んでいます。

その一方で、そんな役にも立たぬ激しさは内に隠しこんだまま、ただただ生理的にいやでたまらぬ括り方呼ばれ方囲われ方に黙ってこつこつ穴をあける私もいます。

こつこつ穴をあけて、そこからひっそり何食わぬ顔で外に出てゆく、何度でも手を変え品を変え同じような括り込み囲い込みはやってくるから、私も何食わぬ顔のまま誠実にこつこつ繰り返し穴をあけて外に出る。ひっそりしっかり旅を続ける。

誰かが整えてくれたらしい道を、死にもの狂いで一心不乱に何食わぬ顔ではずれてゆき、この世の果ての向こう側を見失わぬよう四方八方しっかり見まわして、なにげなくゆらゆら旅をする。

この世には故郷を持たずに生まれ落ちてくる者たちがいて、よりどころなく生きて、すがるものなく歩いて、地図にない道を拓いて、未来のどこかのまだ名もなき場所にたどりつく。選択の余地もなくそのように生まれついてしまう者がこの世にはいる、もし自分がそのように生まれついてしまったのならば、ひとりで歩くしかないのであれば、せめて自分に恥じることのない歩き方をしよう。常々私はそう思ってきました。

森崎さんもまたそんな旅人のひとりでした。縁あって大先達の旅人である森崎さんに初めて出会い、言葉を交わしたとき、私もまたそういう旅人でありつづけたいと心底思ったのでした。胸に影のように落ちてきた「朝鮮」をめぐるかすかな戸惑いとともに。

戸惑い、あるいは、捕らわれ。勿論、それは私の心の中だけでの出来事です。

戦前の植民地「朝鮮」に生まれ育った森崎さんにとっての「朝鮮」、戦後日本に生まれ育った私にとっての未知で異邦で棄てるべきものとしての「朝鮮」。それは重なり合いようのない二つの「朝鮮」です。ところが、私が在日と呼ばれる存在であるがゆえに、好むと好まざるにかかわらず、どんな形であれ、私と「朝鮮」との間にはなんらかの関わりがあるがゆえに、どこからか知らず知らず滲みでてくる曖昧な懐かしさ親しみが、なんとなく、軽々と、にこやかに、異なる「朝鮮」を胸に抱く二人を、気恥ずかしくもすんなりとつなげてしまう。とんでもなく居心地の悪い、居心地の良さ、とでもいうのでしょうか。

私は「朝鮮」に関しては用心深くて、頑なで、心が狭い。いろいろな人々が「朝鮮」にまとわせた意味に足をすくわれ身ぐるみ骨ぐるみさらわれてしまうことを恐れる小心者です。だから、「朝鮮」というものを自分と未知の人との接点にしようとは夢にも思わない。それ以外のもっとずっと大切な接点があり、そこにたまたま「朝鮮」がくっついてきたのならば、しょうがない、息を潜めてそこにいてちょうだいと「朝鮮」にきつくそっと声をかける。

ところが、その歩き方に感じ入ってしまった旅人との出会いに、別の言葉で言うのならば、「旅」という私が生きていくうえでかけがえのないところで出会って声を交わした人とのやりとりに、どうしても「朝鮮」がまとわりついてくる、身をかわし、払いのけ、知らん振りを決め込むことなどできぬほどの存在感で「朝鮮」が森崎さんの傍らにいる。森崎さんの中にもいる。

いや、もしかしたら、そうではなかったのかもしれません。そう感じたのは、私の性急さゆえのことだったのかもしれません。私の「愚」は、既に森崎さんと初めて出会ったときから、私自身を惑わせはじめていたのかもしれません。


森崎さんと出会ってからも、あちらこちらゆらゆらと心のおもむくままに旅をしました。

吹雪の夜を貫いてユジノサハリンスクからポロナイスクまで、窓を染みとおってくる冷気を心地よく感じつつ特急の寝台に身を横たえていたサハリンの夜。ポロナイスクでは日本名とロシア名と民族名の三つを持つニヴフ人の女性の家に泊まりました。花柄のパジャマを着たその女性は、ソロジェ、ソロジェ（こんにちは、こんにちは）とニヴフの言葉で即興で歓迎の唄を贈ってくれました。川辺で風や木や草と歌で語り合っていた彼女のおばあさんの話をしてくれました。私には読めない、彼女にとってはとっても大切な、ニヴフ語の辞書を出会いの証にと私に手渡してくれました。

南ロシアの、静かなドンの川べりの町で、偶然にサハリンから流れきていた韓人の老夫婦に会ったこともありました。ふたりとも戦前の樺太の生まれ育ち。朝鮮語を話す朝鮮人の両親は朝から晩まで炭鉱で働き、自分たちは親のいない時間ずっと日本語で話し歌う日本の少国民だったと老夫婦は話しました。笠智衆と原節子のような日本語でした。戦後、樺太がソ連領サハリンになって、自分たちの子どもはロシア語で話し歌うようになったとも老夫婦は言いました。老妻の母は帰国事業のおかげでサハリンから韓国に戻れたけれども一人で暮らしている、でも自分にとって韓国は異国だから老母と暮らすためにロシアを離れようとは思わない、でもでも本当に暮らしたいのは、自分にとっての故郷は、見たこともも行ったこともない日本なのだと老妻は語りました。日本の歌、よく覚えています、そう言って老妻が歌いました。うさぎ追いしかの山、こぶな釣りしかの川、……、ああ、歌詞、忘れました、……、夢は……今も……めぐりて……忘れがたきふるさと……。わたしたち運が悪かったんですと老妻が呟き、いや運は悪くはなかったさと老夫が呟き返しました。よくはなかったけどねと老妻に微笑みかけながら。

旅先ですれ違うようにして出会った、歴史にも本にも記録されることのないような名もなき人々の、カラダから滲み出してくるココロの声、タマシイの歌、それはどんな文字より言葉より私のカラダに染みいってココロまで染みとおって、やがて、生きている人間の生きている言葉となって私の口からこぼれでてくるのでしょう。旅する私は、そういう瞬間がやってくることを切に願う私でもある。

でも、それは待っていれば、歩きつづけていれば、やってくるものではない。人との出会い、与えられる好意、贈られる優しさ、思いもかけぬ慈しみ、たまたま身を置いた空間に満ち溢れる情愛……、それが私を育み、私の道を拓き、私の旅を豊かにし、生きている私の生きている言葉を紡ぎだす力になる、というわけではない。そのために私自身がしなくてはならないことが、少なくともひとつはある。そのことに私は旅を繰り返しながら、ようよう気づきはじめたのです。

それは、かさぶたを引き剝がすこと。

自分自身の記憶のかさぶたを繰り返し繰り返し引き剝がすこと。

忘れてはならぬことを忘れないこと。見えず聴こえず語られぬことの芯にあるなにか、自分だけが知っているその何か、それをけっして忘れぬこと。記憶を癒さぬこと、美化しないこと、逃げないこと、痛みに酔わず、痛みを痛みのまま感じつづけること。

カラダが見えない記憶のかさぶたでおおわれているかぎり、私は誰のどんな言葉も声も歌も私のカラダに染み込ませ、私のココロに届かせることができはしない。かさぶたでおおわれたカラダからは、私のココロから湧き出してきた声は外に出て行かない。

そのことに、ようやく、実のことを言えば、ほんのつい今しがた気がついた。それが私の「愚」の源です。

私は、森崎さんが、なぜに、繰り返し、執拗なほどに、「朝鮮」の日々を語って語って語りつづけるのか、「サークル村」と炭坑の苛烈な日々が過ぎ去った後に、なぜに再び「朝鮮」へと森崎さんはまっすぐに眼差しを向けていったのか、というようなことを聞きたくて聞きたくてたまらなかった。

それは、私と「朝鮮」との折り合いの悪さゆえにかえって募るたちのわるい好奇心にも似たものだったようにも思えます。そして、私は森崎さんに愚かな問いで埋め尽くした手紙を書き送った。それが四年前の秋。

その手紙は、本来は、森崎さん自身が引き剝がすべきだった記憶のかさぶたを、実に乱暴に、容赦なく、引き剝がした。そのとき私が浴びた返り血の生々しくも赤い色は、あれからずっと私の心にずきずきと残っています。

この文章を書き出すまでに、私は「森崎和江コレクション 第一巻」に収められている作品をそれこそ必死で読みました。このたった一冊が、そのうちの大半の作品は何度も読んだことがあるというのに、ちっとも読み進めることができなかった。二ヶ月かけて二度読み返すのがやっと。痛かったのです。

収められているひとつひとつの作品、そのなかで語られている記憶を読むということが、実は森崎さんがぎりぎりじりじりかさぶたを引き剝がしているその手の動き、心の動きを追っていくことに他ならない。そうやって森崎さんが繰り返し記憶を語りなおすということは、実は森崎さんが何度でも納得いくまで命がけでこの世に自分を産みなおそうとしていることに他ならない、この世を命がけで産みなおそうとしていることに他ならない。

その痛みもろとも森崎さんの言葉を受け取っていくこと。それが森崎和江を読むということであり、森崎和江の旅に寄り添うということであり、森崎和江の旅の流儀を引き継いでいくことなのだろうと、ずきずき私は思ったのでした。私の「朝鮮」うんぬんへのとらわれは、今となっては、あさはかなほどにうすっぺらで、それこそどうでもいいことだったと、今さらながらひりひり悔やんだのでした。

おそらく、きっと、今も森崎さんは、何度も何度もかさぶたを剝がして、繰り返し生まれなおして、どれだけ血を流しても、違うんだ、そうじゃないんだ、この言葉じゃない、この声じゃない、この世ではない、このいのちじゃない、このわたしじゃないと叫び続けている。その哀しみに、私は立ち尽くしてしまいます。それでもなお、もっともっとかさぶたを剝がし、さらに生まれなおそうとする強さに茫然とします。

血を流しつづけたまま、難しいことも悲しいことも厳しいことも懐かしいこともたくさん語りながら、本当は心から体へ、体から声へと自然に流れでてゆく言葉を切実に欲しいと願っている森崎さんに、私も痛切に共感します。

「両手に口を当ててみなさあん、あたしも生きてるよう、という唄をうたう」

そう一言ポロリと森崎さんは書いているけれど、そんな境地にたどりつくまでに、どれだけかさぶたを剝がし、どれだけ生まれなおし、どれだけ産みなおしたらいいものやら、私は途方に暮れて、それでも前を向いて、私のはるか先をゆく森崎和江というたぐいまれな旅人を見やりながら、今日もひとりゆらゆら歩いてゆくのです。

（きょう・のぶこ／作家）

あとがき

夜明けにはほど遠い静寂の中、虫の音の彼方から、わが生誕以来今日までの八十余年の歳月に、直接に、また間接的にご縁に与かった朝鮮および日本の数世代の方々の、いのちの鼓動が響いてくる。その波長に育まれつつ記してきた生き直し旅の折節を、二〇〇四（平成十六）年の夏から次世代の井上洋子さんと上野朱さんが丹念に探し出し分別くださった。それこそ「布団の下から引き出した」とからかわれるほど、細やかに。そして、共著（単行本）、雑誌、新聞、月報、対談、鼎談、シンポジウム等々の掲載誌・紙から、ラジオドラマ台本や、森崎論・森崎についての文章、その他までを年代毎に整理し、翌年一月に集録リストをわが家へと持参くださったのだった。同時にこのリストを、著作集刊行の打合せに幾度も来訪いただいた藤原書店社長・藤原良雄氏へ、送りましたと聞いた。

今やウェブ社会の只中、手書き原稿の活字化すら恐縮する私に二〇〇七（平成十九）年八月末に藤原社長より電話が入り、著作集の構成を変更して、コレクション・プロジェクトチームを立ち上げました、と連絡をいただいた。同書店から八月上旬に『草の上の舞踏——日本と朝鮮半島の間《はざま》に生きて』が刊行された三週間後のことだった。以来、担当の山﨑優子さんと九州のお二人が連絡を重ねつつ、

『森崎和江コレクション――精神史の旅』（全五巻）の刊行へと、まさに、「九州スタッフ」は協同作業。
その進行途上のこと、韓国の大邱《テグ》市から亡父の慶州中学校長時代の卒業生代表として八十代の男性が墓参に来日された。私は言葉もなく兄世代を案内し、瞑目。こころがふるえた。

そして数か月後、未知の女性だった筑波大学大学院生松井理恵さんの手紙を添えて韓国で出版された『大邱新擇《シンテン》里志《ニジ》』という分厚い研究書が贈られてきた。松井理恵さんの手紙にはこの書をまとめられた一九七四年大邱市生まれの権相九さんの伝言も添えてあった。

私はすぐに礼状を出し、やがて理恵さん家族ともお会いした。彼女から『年報社会学論集』に収録の「韓国における日本式家屋保全の論理――歴史的環境の創出と地域形成」を受けて、この膨大な聞き取り調査の書が韓国慶尚北道大邱広域市の、「まちかど文化市民連帯」活動を行うボランティアの方達が、約六年かけて市内各地域の歴史・文化を具体的に調査研究を重ね、二〇〇七年三月に刊行の書であることを知った。『擇里志』とは朝鮮時代の実学者李重煥が著述した人文地理書であり、壬申倭乱（文禄・慶長の役）の後に焦土と化した郷里を離れざるを得なかった人びとへ住みよい場所を紹介した本だとのこと。調査研究会の一同はこの『擇里志』の精神にもとづいて、現代の大邱市の各地域の歴史・文化を航空写真を基にした地図を手に、住民個々人の体験や、日本式家屋で暮らす家族の追憶等々まで聞き取って編纂。この書籍は植民地時代を咀嚼し、乗り越え、未来のアジアの一拠点へと生き継ぐふるさとと創造の書であった。

私の、このコレクション第一巻『産土』は、この韓国大邱市民運動の市史の中の、町はずれの一点に、「第一章　原郷・朝鮮とわが父母」の日常生活の現場をしのぶことができた。今私は朝鮮海峡を越えてわが手元へと贈られてきた大邱市民のいのちの響きに合掌し、朝の光を浴びている。

コレクション第一巻『産土』は、十七歳の戦争下に渡海し、日本で最初に開校された福岡県立女子専門学校へ進学し学徒動員で九州飛行機株式会社の設計室で結核に感染、療養所生活三年を経て、戦後の新たな旅立ちへと入った頃までのエッセイと詩の一冊です。このコレクションの刊行に至るまでの山﨑優子さんと九州スタッフの井上洋子さん、(福岡国際大学教授)上野朱さん(古書店主)有難うございました。幾度も幾度も目を通して全五巻の構成へと努力するスタッフ、そしてプロジェクトチームの皆さま、改めてお礼を申します。

二〇〇八年　秋

森崎和江

著者紹介

森崎和江（もりさき・かずえ）

詩人、作家。1927年朝鮮大邱に生まれる。17歳で単身九州へ渡り、47年、福岡県立女専を卒業。50年、詩誌『母音』同人となる。58年、筑豊の炭坑町に転居し、谷川雁、上野英信らとサークル交流誌『サークル村』を創刊（～60年）。59～61年、女性交流誌『無名通信』を刊行。

詩集に『ささ笛ひとつ』（思潮社）『地球の祈り』（深夜叢書社）など、その他『まっくら』（理論社）『第三の性』（三一書房）『奈落の神々――炭坑労働精神史』（大和書房）『からゆきさん』（朝日新聞社）『慶州は母の呼び声』（新潮社）『いのち、響きあう』『愛することは待つことよ』『草の上の舞踏』（藤原書店）『語りべの海』（岩波書店）など著書多数。

森崎和江《もりさきかずえ》コレクション――精神史《せいしんし》の旅《たび》 〈全５巻〉

Ⅰ 産《うぶ》 土《すな》 〈第１回配本〉

2008年11月30日 初版第１刷発行©

著 者 森 崎 和 江

発行者 藤 原 良 雄

発行所 株式会社 藤 原 書 店

〒162-0041 東京都新宿区早稲田鶴巻町523番地

電 話 03(5272)0301

FAX 03(5272)0450

振 替 00160-4-17013

印刷・中央精版印刷 製本・誠製本

落丁本・乱丁本はお取替えいたします　Printed in Japan

定価はカバーに表示してあります　ISBN978-4-89434-657-4